U0528860

刘心武续说红楼

眼神 拾珠 细处

眼神·拾珠·细处

刘心武 著

图书在版编目(CIP)数据

刘心武续说红楼：眼神·拾珠·细处 / 刘心武著.-重庆：重庆出版社，2011.11
ISBN 978-7-229-04531-9

Ⅰ.①刘… Ⅱ.①刘… Ⅲ.①《红楼梦》人物—人物研究
Ⅳ.①I207.411

中国版本图书馆CIP数据核字（2011）第198810号

刘心武续说红楼
LIUXINWU XUSHUO HONGLOU
刘心武　著

出 版 人：罗小卫
策　　划：华章同人
特约策划：乌尔沁
责任编辑：陈建军　王　水
特约编辑：徐　虹　孟繁强
营销推广：杨　霄
封面设计：视界创意

重庆出版集团
重庆出版社　出版
（重庆长江二路205号）

北京合众伟业印刷有限公司　印刷
重庆出版集团图书发行公司　发行
邮购电话：010-65584936
E-MAIL: haiwaibu007@163.com
全国新华书店经销
开本：787mm×1092mm　1/16　印张：16.75　字数：200千
2012年1月第1版　2012年1月第1次印刷
定价：26.00元

如有印装质量问题，请致电023-68706683

版权所有，侵权必究

自 序

辑一 红楼眼神

下死眼 ·· 3
镜内对视 ··· 6
杀鸡抹脖使眼色儿 ·· 9
贾政一举目 ·· 12
乜斜着眼 ·· 15
相对笑看 ·· 19
以目相送 ·· 22

辑二 红楼拾珠

世法平等 ·· 27
事若求全何所乐 ·· 30
是真名士自风流 ·· 33
惟大英雄能本色 ·· 36
小心没有过逾的 ·· 39

1

到底还该归到本来面目上去 …………… 42

看见燕子就和燕子说话 ………………… 45

大小都有个天理 ………………………… 48

朴而不俗　直而不拙 …………………… 51

竟是拈阄公道 …………………………… 54

状元榜眼难道就没有糊涂的 …………… 57

水晶心肝玻璃人 ………………………… 60

太满了就泼出来了 ……………………… 63

推倒油瓶不扶 …………………………… 66

看着多多的人吃饭最有趣的 …………… 69

从小儿世人都打这么过的 ……………… 72

卖油的娘子水梳头 ……………………… 74

读书人总以事理为要 …………………… 77

黄柏木作磬槌子 ………………………… 79

牛不吃水强按头? ……………………… 81

前人撒土迷了后人的眼 ………………… 84

清水下杂面你吃我看见 ………………… 87

失了大体统也不像 ……………………… 89

提防着怕走了大褶儿 …………………… 92

蝎蝎蜇蜇老婆汉像 ……………………… 95

摇车里的爷爷 …………………………… 98

扬铃打鼓的乱折腾 ……………………… 100

管谁筋疼 ………………………………… 103

花儿落了结个大倭瓜 …………………… 106

可着头做帽子 …………………………… 109

仓老鼠和老鸹去借粮 ………………………………… 112

黑母鸡一窝儿 ………………………………………… 114

抓着理扎个筏子 ……………………………………… 118

丈八的灯台 …………………………………………… 121

浮萍尚有相逢日 ……………………………………… 123

老健春寒秋后热 ……………………………………… 127

隔锅饭儿香 …………………………………………… 130

自为花上几个臭钱没有不了的 ……………………… 133

千里搭长棚 …………………………………………… 136

辑三 红楼细处

自古嫦娥爱少年 ……………………………………… 141

柳藏鹦鹉语方知 ……………………………………… 144

贾母论窗 ……………………………………………… 147

《红楼梦》里的宠物 ………………………………… 150

见识狱神庙 …………………………………………… 154

留杩子盖头的小厮 …………………………………… 158

门礼茯苓霜 …………………………………………… 160

小吉祥儿问雪雁借衣 ………………………………… 163

宝官和玉官 …………………………………………… 166

莲花儿眼尖 …………………………………………… 169

北院大太太 …………………………………………… 172

阿其那之妻 …………………………………………… 175

茶搭子·热水瓶·饮水机 …………………………… 178

净饿 …………………………………………………… 181

两代荣国公 ································· 184
玉带林中挂 ································· 187
邂逅大行宫 ································· 190
傅恒何时归故里 ····························· 195
蜘蛛脚与翅膀 ······························· 198
科头抱膝轩中人 ····························· 201
让世界知道曹雪芹和《红楼梦》 ··············· 204
推荐《红楼梦》周汝昌汇校本 ················· 212
耄耋老翁来捧场 ····························· 215
周老赠诗有人和 ····························· 217

附录

诗赠心武兄赴美宣演红学 ············· 周汝昌 223
公众共享的红学——马凯《孔方中观〈红楼梦〉》序 ········ 225
揭秘刘心武——刘心武张越访谈录 ············· 228
周汝昌先生赠诗 ····························· 255
刘心武创作简历 ····························· 256

自　序

刘心武

本书包括三辑阅读欣赏《红楼梦》的文章。

第一辑《红楼眼神》，把书中几处关于人物眼神的描写拎出，道其妙处，和读者共享曹雪芹文笔之老辣精到。

第二辑《红楼拾珠》，则集中分析书中人物的精彩语言。

一部小说让读者读起来觉得很爽，一是叙述语言必须生动流畅，一是人物语言个性活现。曹雪芹的《红楼梦》就把那叙述语言和人物语言交织成的文本，书写得非常成功。《红楼梦》里那些如闻其声、如见其神的人物语言，犹如璀璨的珠玑比比皆是，我不过是拾取了其中一部分，拿来赏析发挥罢了。

我的这些"拾珠"，大都包含三个元素。一是研红心得，有的是独家见解，当然仅供参考，并无自以为真理在手，非得人家来认同的目的，只希望读者见了我这一家之言，多一种思考的角度，得一些交流的乐趣。二是对所涉及的具体语言"珍珠"的讨论，其中有的俗话俚语现在已经不大能从人们嘴里说出，比如"黑母鸡一窝儿"，究竟是表达的什么意思？查工具书未必能找到现成答案，问老前辈也多半不能确定，就需要讨论讨论。通过讨论，既有助于把《红楼梦》读通，也增加了对我们民族语言的丰富性、生动性的体验。三是从一句具体的语言"珍珠"，生发出对我们大家共处的社会现实和世道人心乃至人性的感慨与感悟。

第三辑《红楼细处》，更充分地体现出我对《红楼梦》进行文本细读的心得，也包括从书里延伸到书外的一些文字。最后的《揭秘刘心武》是首次入书的电视采访记录，读来应觉有趣，希望有助于大家对我研红特别是从秦可卿入手开辟"秦学"的理解与宽容。

我是中国人，我说中国话，我写中国方块字，我看中国方块字写成的书。我为自己民族有《红楼梦》这样的用方块字写成，并且记录下珍珠般的中国话的经典而自豪——谨以这最朴素的情怀，与能共鸣的读者共乐。

2010 年 5 月 15 日　绿叶居中

辑一
红楼眼神

下死眼

小红是曹雪芹笔下的一个极诡谲的形象。她大名叫林红玉，是荣国府大管家林之孝的女儿。

荣国府本有大管家赖大，是世代大管家，赖大的母亲赖嬷嬷在故事开始后仍健在，常到府里来给贾母请安、打牌。按说荣国府有赖大、赖大家的一对世仆充当管家也就够了，却偏还有林之孝、林之孝家的一对似乎非世仆的夫妇也来担任，而且一个天聋、一个地哑，令读者多少有些奇怪。

宁国府地位比荣国府高，书里只出现赖升一个大管家，难道是因为荣国府在故事开始的时候人丁比宁国府繁多，因此需要多设一对大管家？

更耐人寻味的是，有的古本上，林之孝的名字本来写成秦之孝，后来又把"秦"字点改为"林"字。林红玉若姓林，与林黛玉重姓；若姓秦，则又与秦可卿有某种关联。曹雪芹写得真是扑朔迷离。

"秦"在书里可不是个好字眼，贾宝玉随贾政初游大观园，有位清客在题咏时想必是忆起古诗"寻得桃源好避秦"，建议用"秦人旧舍"作匾，宝玉忙道："这越发过露了，'秦人旧舍'

说避乱之意,如何使得?"这样的文句显然绝非闲文赘笔,书里姓秦的难道都有"避乱"之嫌?

且不说秦可卿,在大观园南角上守夜的秦显家的,林之孝家的把她拉来顶替柳家的充当内厨房主管,平儿没答应,理由是对这个姓秦的不熟。林之孝家的为何推荐秦显家的?莫非是林之孝本姓秦,后为更稳妥地"避乱"而改姓林?

恐怕也正是为了"避秦",才天聋地哑地低调生存。

林之孝家的已是一成年妇人,却偏去认年轻媳妇王熙凤为干妈;自己明明手中有权,完全可以把女儿安排得地位高些,却偏把林红玉安排在怡红院里。先是看守空屋子,后来宝玉带一群人入住,林红玉只是个管浇花、喂鸟、拢茶炉子的三等丫头,多次被头等、二等丫头如晴雯、秋纹、碧痕等挤对。

总而言之,林红玉这个角色,从出身设计上来看,就谜团重重。

林红玉这名字,姓氏重了黛玉,名字更与宝、黛二位相犯,所以王熙凤初听到就皱眉撇嘴:"讨人嫌的很!得了玉的益似的,你也玉,我也玉。"这就更让人觉得林之孝夫妇不像赖大夫妇那样,属于家生家养。如果他们是家生家养,不至于给女儿取名字时,非重几位主子名字里的"玉"字,他们可能是已经为女儿取好了名字,再因某种机缘来到荣国府的。

更值得探究的是,书里用不少笔墨写林红玉和贾芸的爱情。

林红玉后来简称小红,但"红"字不仅与"怡红院"重合,更与"绛芸轩"暗合("绛"就是红色)。"绛芸轩"是宝玉给自己居处取的名字,早在跟着贾母住的时候,他就把自己居住的那个空间叫做"绛芸轩",移到怡红院后,他还么叫。"绛"若

辑一　红楼眼神

理解成小红，那么"芸"恰好是贾芸。这是怎么一回事呢？

根据古本里署名脂砚斋和畸笏叟的某些批语，可知宝玉后来被逮入狱。在狱神庙里，不仅有茜雪出现（"茜"也是红色），也有小红和贾芸出现。那么，"绛芸轩"这一轩名，是否就含有特殊的与小红和贾芸相关的隐喻呢？

小红和贾芸的爱情故事，是《红楼梦》里的重要篇章。他们首次见面的场景，有两笔特别值得细细鉴赏。

一是写贾芸的听觉享受："只见门前娇声嫩语的叫了一声'哥哥'。"那并不是叫他，是小红从怡红院出来传唤宝玉小厮焙茗。小红从焙茗话里听清从屋里出来的贾芸是本家的爷们，"便不似先前那等回避，下死眼把贾芸钉了两眼。"

曹雪芹笔下多次细写人物的眼神，依我之见，小红的"下死眼"对贾芸钉住端详，可评为全书"第一眼神"。

在那个时代那个社会那样的贵族宅第那样的具体环境里，无论小姐还是丫头，都必须按礼教行事，对异性尤其是青年男子，绝不能直视、正视、久视，偷窥已属不良行为，何况下死眼去钉住看？

但小红不甘心，她在怡红院悒悒不得志，她知道自己难以接近宝玉，纵使宝玉对自己产生一点兴趣，以后也绝无袭人那样的前途。

她也不愿像晴雯那样，毫无忧患意识地快活一天算一天。她深知"千里搭长棚，没有个不散的筵席"，下棋都要多看七八步。尽管她父母是府里大管家，她年龄大了拿去配小子时，或许遭遇会比那些出身背景差的略强一些，但她也不甘心任由父母包办婚

5

姻，她要自主择婿，趟出一条自强之路！

曹雪芹用"下死眼"三个字，把一位具有自主意识的女奴的心灵眼神活画了出来！

镜内对视

那真是一幅绝妙的图画，或者说是一个生动的镜头：麝月坐在梳妆匣前，卸去钗钏，打开头发，宝玉站在她身后，拿篦子给她一一地梳篦。

本是宁静的二人世界，忽然晴雯跑了进来。晴雯是跟人耍钱输了，回来取钱好去捞本。见此情景，立刻尖牙利齿地讥讽："哦，交杯盏还没吃，倒上头了。"宝玉忙表示也可为她篦头，晴雯说："我没那么大福。"拿完钱摔帘子出屋了。

于是宝玉和麝月就在镜内相视，宝玉笑对镜中的麝月说："满屋里就只是他磨牙。"麝月忙向镜中摆手，宝玉会意。果然晴雯掀帘子进来，不满发问："我怎么磨牙了？咱们倒得说说。"麝月笑道："你去你的吧，又来问人了。"晴雯又斗了两句嘴，才一径跑去接着玩耍。然后场面复归于宁静。

麝月在宝玉身边，"公然又是一个袭人"。书里写道，一次宝玉雨中回到怡红院，因为丫头们没有及时开门，门开后，宝玉

辑一　红楼眼神

任性地一脚踹去，万没想到踢中的是袭人，袭人"不觉将素日想着后来争荣夸耀之心尽皆灰了"，这说明袭人是有明确的人生目标的，就是当上宝玉的第一姨娘，并以此来"争荣夸耀"。麝月显然并没有这样的人生目标，她之像袭人，是可以在袭人缺位的情况下替代袭人，为宝玉的世俗生活提供避免微嫌小弊的技术性支撑罢了。

从书里描写看，袭人尽管性格温柔和顺，气质似桂如兰，论姿色却绝非一流，麝月就更平庸一些。虽然书里也有几次写出袭人的嘴不让人，也写到麝月出面去说退芳官干娘的无理取闹，呈现出她们性格中有棱角的一面。但总体而言，她们还是属于圆润型性格，不像晴雯那么爆炭般火辣、剪锥般尖刻，也不像芳官那么浪漫任性。

在晴雯被撵逐后，宝玉难以自持，袭人这样劝解："太太只嫌他生的太好了，未免轻佻些，在太太是深知这样的美人似的人必不安静，所以恨嫌他，像我们这粗粗笨笨的倒好。"

袭人说自己"粗粗笨笨"，把麝月也包括进去，称"我们"，倒未必是虚伪的谦词。从封建主子的角度看她们，"粗粗"就是姿色不那么细致嫩腻，对府第公子没有"狐媚子"的威胁；"笨笨"就是或许对比她们身份低的会显示出尊严和威力，但对主子却是跟前背后都绝不多言多语多想妄动的。

根据曹雪芹的构思，贾宝玉的丫头系列里，还有一个檀云，名字是跟麝月配对的。宝玉住进大观园后写的《夏夜即事》诗里有两句是"窗明麝月开宫镜，室霭檀云品御香"；晴雯夭折后，宝玉撰《芙蓉诔》悼她，里面又有对偶句："镜分鸾别，愁开麝月之奁；梳化龙飞，哀折檀云之齿"，正好把两个丫头的名字嵌了进去。

另外他还设计了一个丫头叫绮霰，绮霰和晴雯的名字也恰好对应。可惜檀云、绮霰还有媚人等宝玉的丫头，在前八十回里都只有其名不见其事，也许会在八十回后出现并参与情节的推衍？

我在《红楼梦八十回后真故事》的电视讲座和同名书籍里，探佚出麝月在八十回后的情节发展里，是袭人在忠顺王点名索要的情况下被迫离开荣国府，临走时告诉已经成婚的宝玉和宝钗："好歹留着麝月"。忠顺王勒令二宝减撤丫头只允许留下一名，二宝果然留下了麝月。但在皇帝通过忠顺王对荣、宁二府实施第二波毁灭性打击时，宝钗先已死去，宝玉被逮入狱，麝月则被收官发卖，不知所终。书里对麝月最后大概就是被卖的那么一个模糊的悲惨结局。

但是在书中写到宝玉为麝月篦头并镜内对视时，一条畸笏叟的批语却这样写道："麝月闲闲无一语，令余鼻酸，正所谓对景伤情。"批语的内容与书中那段情节并不对榫，因为那段情节里麝月并非"闲闲无一语"，而且那正是荣国府的全盛时期，繁华热闹，主仆同乐，人人喜笑颜开。

于是我从批语推测出，麝月是有原型的，其原型经历一番惨烈遭遇后，终于与批书人遇合。批书人把书里那段关于她和宝玉镜内对视的文字读给她听，她的悲怆并不形于外，而是"闲闲无一语"。真是"此时无声胜有声"，使得批书人鼻酸，不禁把书中往昔的繁华与书外今日的萧索两景相对照，伤情感慨万端！

杀鸡抹脖使眼色儿

这是一个连带肢体语言的极其生动的眼神描写。

贾琏和王熙凤的女儿染上天花,全家总动员,采取种种措施来维护大姐儿,使其逃过一劫。

有的现代读者不大理解,出痘算多大的症候,怎么荣国府里紧张到如此地步?

其实查查清代文献就可知道,那时候天花一旦流行,就是皇宫里也如临大敌,而且没有什么好办法来防止传染,治愈的几率很低,完全是听天由命的恐怖状态。若干皇子公主都夭折于天花。

玄烨之所以成了康熙皇帝,很重要的一个因素,就是他儿时染了天花,却只在脸上留下一些瘢痕而已。天花一旦得过挺住,便获得自动免疫力,余生再不会重患。顺治皇帝死后,掌握朝政大权的孝庄皇太后正是考虑到这一点,怕立了别的后代当皇帝,一旦染上天花驾崩则于朝廷不利,遂果断拥立玄烨成为康熙皇帝。当然,也是看中玄烨还有许多其他优点。

清朝每当天花流行,都会造成大批幼童死亡。曹雪芹之所以四十岁就去世,也是因为他的独子死于天花,悲伤过度。《红楼梦》里写大姐儿染上天花，立刻安排隔离治疗，贾琏和凤姐也要暂停夫妻生活，一点都不牵强，正是那个时代一般世态的真实写照。使用接种牛痘的方法获得针对天花的免疫力，是近代才有的医学进步，服用药丸免疫更是近三十年来的新医学成果。

王熙凤是真为女儿着急奔忙，贾琏却利用这个空当偷腥。当大姐儿病愈，要从外书房回归与王熙凤的共居处时，平儿收拾铺盖，发现了贾琏偷腥的证据——一绺女人的青丝。贾琏意欲抢回，平儿拼力挣扎，正在这个当口，王熙凤来了，询问平儿整理东西时，可发现少了什么，多了什么。杀鸡抹脖使眼色儿，便是这时候贾琏在王熙凤身后抛给平儿的一套做派。平儿不动声色，若无其事，竟替贾琏遮掩了过去；贾琏却过河拆桥，王熙凤一走，到头来还是把那绺青丝夺到手中。

这是《红楼梦》第二十一回里的情节，这一回的回目是"贤袭人娇嗔箴宝玉 俏平儿软语救贾琏"。前半回写袭人和宝玉的冲突，当中夹写了一笔宝钗对袭人的暗赏。古本里这个地方有条脂砚斋批语，意思是这一回是从两个丫头来表现两对主子的关系，到了后来——指的是八十回后——有一回回目是"薛宝钗借词含讽谏 王熙凤知命强英雄"，那回文字里，就不是通过袭人、平儿来折射二宝和琏、凤的关系了，是直接去表现那两对人物的意识冲撞。

我在《红楼梦八十回后真故事》的电视讲座和书籍里，探佚出八十回后，有王熙凤被贾琏休掉，并且与平儿换了个位置的情节。有的听众读者提出，王熙凤被休尚可信，她与平儿互换位置，则难以认同。

有位读者说，王熙凤带着巧姐离开另过不就结了吗？她怎么能忍受与平儿互换位置的奇耻大辱？

这是现代人的思维。现在女性与男子离异，当然可以通过法律保护带着孩子离开另过；《红楼梦》所表现的那个时代，是个男权社会，女子被丈夫休了，只能独自离开返回娘家，一个子女也不能带走的。

又有读者问，王熙凤既被休了，就该回到王家去呀，她怎么会还在贾家呀？

我在讲座里和书里，对这一点的探佚心得交代得不细，借此文加以补充。

故事发展到那个阶段，书里的四大家族都陆续遭受到皇帝打击。首先被打击的应该是史家，也就是贾母的娘家，史湘云的两个叔叔全被削了爵。然后遭到打击的就是王家。王家原来有个在朝廷做大官的王子腾，是王夫人、薛姨妈的哥哥，王熙凤的伯伯或叔叔。这个人被皇帝罢官治罪，牵连到王家几房，全都忽喇喇似大厦倾。王熙凤那一房，也整个儿败落了，她的胞兄王仁只顾自己苟活，哪里还管她的死活。因此，贾琏休掉王熙凤的时候，她已无娘家可回，无娘家人认领，不得已接受了留在贾家、贾琏将平儿扶为正妻、自己降到往昔平儿那样的通房大丫头地位的方案。

再加上，情节发展到那个阶段，贾元春已经失却皇帝宠爱，皇帝已经命令忠顺王来查封贾家。忠顺王知道王熙凤原来是荣国府大拿，为查清荣国府的财产，也绝不允许王熙凤以任何理由离开府第。王熙凤"知命"，屈辱存活，但她毕竟性格刚硬，有时候又不免梗着脖子"强英雄"。可惜我们现在只知道曹雪芹的八十回后有这样一个回目,具体是怎么行文的,竟只好意想悬悬了。

贾政一举目

认为《红楼梦》一书具有反封建的思想内涵,是非常值得尊重的论断。但有的持这种观点的人士,把贾政设定为一个代表封建正统的载体,从书里截取出贾政的若干言行,特别是训斥贾宝玉的那些话语,从而把全书的主线概括为那个时代的"新人"(新兴市民阶层的代表人物)与封建顽固势力进行斗争。我以为,这样的观点有简单化的弊病,不利于我们理解曹雪芹的苦心、参透《红楼梦》的真味。

书里写贾政,也是立体化的,对贾政需作面面观。

贾政固然有忠于皇帝的一面,有父权、夫权的威严,有封建正统思想,对于贾宝玉总体而言是施以必须走仕途经济"正路"的意识形态压迫,但书里也多次写到贾政内心的矛盾,他的灵魂由多种因素组合,而且常会发酵,生发出种种复杂的况味。

第二十二回写"制灯谜贾政悲谶语",就多层次地展开了贾政内心涌动的情愫。由于其原型并非贾母亲子的原型而是过继的，虽然"真事隐"，却又"假语存"，写到贾母对他的冷淡和他内心里对母爱的需求，更写到他面对元、迎、探、惜等晚辈灯谜中透露出的不祥之兆的警觉惊悚，写出了他在家族兴隆时期内心的孤苦无告与疲惫凄清。

这是一个有血有肉的形象，欣赏这个艺术形象要摆脱贴标签的模式，从中体味出曹雪芹挖掘探究人性的功力。

按有的人的粗糙思路，贾政一举目，定然无好事，又要宣扬什么封建正统思想？但是在第二十三回，写贾政和王夫人召集子女们公布元妃让他们住进大观园的谕旨时，晚辈到齐后，曹雪芹特意写下这样一笔："贾政一举目，见宝玉站在跟前，神采飘逸，秀色夺人；看看贾环，人物委琐，举止荒疏；忽又想起贾珠来，又看看王夫人只有这一个亲生的儿子，素爱如珍，自己的胡须将已苍白；因这几件上，把素日嫌恶处分宝玉之心不觉减了八九。"

这个地方把贾政的眼神从外在形态直写到内在底蕴，说明他也有超越封建价值观念判断的审美亲情。

七十八回前半回写"老学究闲征姽婳词"，更进一层写出"近日贾政年迈，名利大灰，然起初天性也是个诗酒放诞之人，因在子侄辈中，少不得规以正路。近见宝玉虽不读书，竟颇能解此，细评起来，也还不算十分玷辱了祖宗……"

读者读到这里，会感觉到贾政与宝玉并非势不两立，他们灵魂深处，都有看淡功名、诗酒放诞的因素，只不过贾政素日自己压抑，更去压抑子侄，而宝玉能挣脱压抑自觉释放罢了。

我在《红楼梦八十回后真故事》的电视讲座和书籍里，告诉大家我的探佚心得:"老学究闲征姽婳词",是贾政内心深处悲悼明亡情绪的一次大宣泄。

有的听众读者发问:贾政是个满清王朝的官僚,他怎么会有这样的心思?更有人指出,曹雪芹是八旗子弟,又不是明朝遗老遗少,他怎么会在书里去通过这样的情节这样的人物来表达哀明的情绪?

要弄通这个问题,就必须要知道三个事实。

第一,曹雪芹祖上是满洲八旗的成员,且所属的正白旗还是八旗中的"上三旗"之一。一直有人误以为曹雪芹祖上是汉军旗的成员,非。如果是满清入关前后所编制的汉军旗的成员,那么在整个社会系统里面,身份就比较低下;属于正白旗,表面上就属于最正统的满族。

第二,曹雪芹祖上是汉人,但被满人俘虏得早,那时究竟满人能否得天下,还很难说。但曹雪芹祖上与满人共同作战,立下汗马功劳,后来竟一同入关。清王朝定都北京、统一全国,跟随满族主子夺得天下的汉人(如曹雪芹祖上)纷纷得享胜利果实,被委任为有权有势的官僚。曹雪芹家后来三代四人担任江宁织造,在康熙一朝,无限风光。特别是曹雪芹祖父曹寅,他与康熙可谓"发小",除了织造任内的事务,还兼负盐政、制造铜筋、刻印典籍等重任,更担任着不为人知的单线与康熙联系的特工任务,其中一项就是与明朝遗老遗少套近乎,笼络时也就刺探到他们的内心想法与外在作为。

第三,虽然被编制到了满八旗中,但曹雪芹家族血管里流淌的毕竟是汉族的血液。而他家在正白旗里,地位又比满族成员低，属于"包衣"，就是奴隶。他们分配到的衙门是内务府，也就是为皇家服务的一个专门机构。

从曹寅留下的诗文里，能找到不少在与明朝遗老遗少唱和中，自己也发哀明之幽思的蛛丝马迹。这一方面可能是为了"统战"，另一方面也不排除其内心确有那样的情愫涌动。

但曹寅那样做，却又有所仗恃。康熙六次南巡四次住进曹寅接驾的江宁织造署，而且康熙为了强调满清政权在中国的合法性与连续性，专门去祭奠明太祖陵，书写了"治隆唐宋"的碑文。因此，适度地表达悼明情绪，对曹寅那样的人来说，属于"打擦边球"，并不一定是悖逆，弄巧妙了倒是对满清"奉天承运"的一种肯定。

了解这些书外的情况，有利于我们理解书里贾政"闲征姽婳词"这段情节。

乜斜着眼

《现代汉语词典》里对"乜斜"有两解，一是眼睛因困倦眯成一条缝，一是眼睛略眯而斜着看（多表示瞧不起或不满意）。曹雪芹写《红楼梦》不止一次使用"乜斜"一词表现人物眼神，但他赋予这个词汇的意味却比《现代汉语词典》的解释更为丰富。

《红楼梦》第三十回写到盛暑中午，宝玉因无聊，顺脚进入王夫人上房。只见王夫人在里间凉榻上睡着，金钏儿坐在旁边捶腿，乜斜着眼乱恍——这里的"乜斜"一词，确实只是形容金钏困倦时眼神恍惚。宝玉悄悄跟她调笑，其间有动作，有玩笑话，金钏说了句最不该说的涉嫌下流的话："我倒告诉你个巧宗儿，你往东小院子里拿环哥儿彩云去。"宝玉和金钏儿都万没想到，王夫人那时候并未睡沉，忽然翻身起来，照金钏脸上就打了个嘴巴子，指着金钏骂道："下作小娼妇，好好的爷们，都叫你教坏了！"盛怒之下，立即把金钏母亲叫来，将金钏撵了出去，后果大家都清楚，是"含耻辱情烈死金钏"。

　　金钏之死，性质是否属于奴隶主对女奴的迫害？以今天的观点来看，答案是肯定的。其实宝玉也有一定责任，金钏固然轻佻，宝玉在那短暂的时间里也只释放着贵族公子的特权意识，其人格中的优美面毫无体现。王夫人打骂金钏时他一溜烟跑了，竟没有留下，为金钏辩解哀求几句。

　　就曹雪芹下笔而言，他倒未必是要表现主子对奴才的压迫，似乎是在书写又一个性格悲剧。因为在第二十三回，写到贾政和王夫人召见众子女时，就特意写到宝玉进门前，一群丫头在廊檐下站着，见到他都只是抿着嘴笑，唯独金钏一把拉住宝玉说："我这嘴上是才擦的香浸胭脂，你这会子可吃不吃了？"金钏仗着素日王夫人对她服务的惯性依赖，竟不知收敛自己的轻薄做派，她是迟早要出事的。

　　而王夫人对金钏的投井自尽，在曹雪芹笔下并不是狠毒无情，而是心有悔意，也很符合王夫人的一贯性格。包括后来王夫

辑一　红楼眼神

人决定抄检大观园，撵逐晴雯等丫头，曹雪芹在叙述文字里说"王夫人原是天真烂漫之人，喜怒出于胸臆，不比那些饰词掩意之人"，我以为那并非反讽之语，而是对王夫人性格的白描。

乜斜死金钏，偶然性里有必然性。

金钏的乜斜是睡眼，醉眼也可能呈乜斜状。第二十四回"醉金刚轻财尚义侠"，写贾芸在卜世仁舅舅家受了气，烦恼中低头往家走，不曾想一头撞到了一位醉汉身上。那是市井泼皮醉金刚倪二。倪二正抓住贾芸脖领骂完要打时，贾芸忙叫道："老二住手，是我冲撞了你！"倪二听是熟人的语音，将醉眼睁开看时，见是贾芸，忙把手松了，趔趄着转怒为喜。

这段描写里曹雪芹虽然没有使用"乜斜"这个字眼，但脸上醉眼、脚下趔趄，有读者产生倪二双眼乜斜的想象，也很自然。醉金刚这个角色很耐琢磨。按说他在市井中重利放贷，属于法外谋财的社会填充物，似乎没有什么正面价值可言，但曹雪芹却用十分明亮的色彩来描绘他，把他安排进回目，称道他"轻财尚义侠"。脂砚斋批语更指出，在作者和他的实际生活里，都遭遇到醉金刚这样的人物，言外之意，是他们多舛命运中的若干援助者，恰恰是这种"泼皮破落户"。

醉金刚是底层的社会边缘人，书里另一位引人注目的社会边缘人是柳湘莲。曹雪芹对柳湘莲这样一位破落世家的飘零子弟，就给予了更多的温情与赞美。

薛蟠错把会串戏的柳湘莲视为一个可以轻亵的相公。第四十七回"呆霸王调情遭苦打"那段情节里，曹雪芹从各种角度描写到薛蟠色迷颠顶的眼神。他听到柳湘莲明明是骗他的话，竟信以

17

为真,"喜的心痒难挠,乜斜着眼忙笑道……"薛蟠的这个眼神,区别于金钏的睡眼和倪二的醉眼,是十足的色眼,这样看视柳湘莲当然更刺激出柳湘莲痛打他的决心。

但是,我们要注意到,在曹雪芹笔下,柳湘莲是个由着自己性子生活的人,他常会随性而变。痛殴薛蟠之后,他避事藏匿,有的读者或许以为他的故事就此结束,没想到第六十六回,他竟忽然和薛蟠同时出现在贾琏面前,一问,竟是戏剧性地驱散了劫掠薛蟠商队的强盗,与薛蟠不仅尽弃前嫌,更结拜为兄弟了!贾琏趁便促成了他和尤三姐定亲,谁知回到京城后,听了宝玉几句话,他又坚决反悔,要收回定亲的鸳鸯剑,这就导致尤三姐持剑自刎。然后有一段迷离扑朔的文字,使读者觉得柳湘莲遁入空门,从此不再出现于俗世。

我在《红楼梦八十回后真故事》的电视讲座和书籍里,探佚出柳湘莲在八十回后复出俗世,不仅作了对抗皇帝和"日派"政治势力的"强梁",还与没嫁成梅翰林家的薛宝琴在离乱中遇合,使得宝琴最后的归宿是"不在梅边在柳边"。根据之一,就是曹雪芹已在前面为柳湘莲的性格特征和命运轨迹定下了调子:他是最会随性而变,也最出人意表的一种生命存在。

相对笑看

抄检大观园的导火线,是傻大姐在大观园山石上捡到的一个绣春囊。那绣春囊究竟是谁失落在那里的?

绝大多数读者都认同这样的判断:是迎春的大丫头司棋的情人不慎遗落在那里的。抄检时从迎春的箱子里抄出了司棋表兄潘又安写给她的一封密信,里面提到"所赐香袋二个,今已查收";那么当潘又安潜入园子与司棋幽会时,很可能就至少佩带着一个绣春囊,在隐蔽处宽衣求欢,又被鸳鸯无意中惊散,惶恐中失落在山石上,顺理成章。

但是,历来《红楼梦》的读者中,对绣春囊究竟是由谁遗失在那里的,却也有另样的理解。

比如一位叫徐仅叟的读者,他就认为那绣春囊非司棋潘又安所遗,是谁的呢?薛宝钗!有人听了可能哑然失笑,会觉得这位徐姓读者是个现代小青年,也许是在网络上贴个帖子,以"语不惊人死不休"谋求高量点击率罢了。但是我要告诉你,这位徐仅叟是晚清的官僚文士,跟康有为、梁启超志同道合,他对《红楼梦》里描写的人情世故,比我们不知要贴近多少倍。作为饱学之士,他这样解读书中绣春囊的遗落者,自有其逻辑。

抄检大观园丑剧发生第二天，惜春"矢孤介杜绝宁国府"，尤氏被惜春抢白了一顿，怏怏地到了抱病疗养的李纨住处，没说多少话，人报"宝姑娘来了"，果然是薛宝钗到。头晚抄检，薛宝钗住的蘅芜苑秋毫未犯，理由是王善保家的提出王夫人认可的——不能抄检亲戚。但是，那又为什么不放过潇湘馆呢？难道林黛玉就不是亲戚？这些地方，曹雪芹下笔很细，虽未明点王夫人的心态，聪明的读者却可以对王夫人诛心。抄家的浩荡队伍虽然没有进入蘅芜苑，但没有不透风的墙，薛宝钗探得虚实后，第二天就来到李纨这里，说母亲身上不自在，家中可靠的女人也病了，需得亲自回去照料一事。按说从大观园撤回薛家需跟老太太、太太说明，或者去跟凤姐说明，但宝钗强调"又不是什么大事，且不用提，等好了我横竖进来的"，因此只来知会李纨，托她转告。对于宝钗的这一撤离决定，曹雪芹这样来写李纨和尤氏的眼神："李纨听说，只看着尤氏笑，尤氏也只看着李纨笑。"几个人一时间都无语，丫头递过沏好的面茶，大家且吃面茶。

李纨和尤氏的相对笑看，那笑应是无声的浅笑，心照不宣。她们都深知宝钗的心机，真个是随处装愚、自云守拙。

如果宝钗真拥有绣春囊，我们也不必拍案惊奇。书里多次写出宝钗见识丰富，高雅低俗无所不通。她如果拥有绣春囊，并不意味着她心思淫荡，她只不过是要尽可能扩大认知面罢了。她哥哥薛蟠一定是拥有许多这类淫秽物品的，她得来全不费工夫。当然，她把那东西带进大观园并失落在山石上，可能性实在太小，徐仞叟若把这一点解释圆满，恐怕也不容易。尽管如此，我觉得徐仞叟的观点仍有参考价值。书里写宝钗是有"热毒"的，她需时时吞食"冷香丸"来平衡自己的身心状态。

我们可以把宝钗和二玉对比一下。

宝玉、黛玉虽聪慧过人,却"五毒不识"。他们不懂仕途经济,宝玉不会使用称银子的工具而黛玉不识当票,他们坐在台下看《鲁智深醉闹五台山》却不会背其中的唱词,接触到《西厢记》的戏本他们欣喜若狂,而人家宝钗早在幼年时就把《元人百种》都浏览过了;宝玉不识绿玉斗的贵重、黛玉不知梅花雪烹茶才称上品而旧年蠲的雨水"如何吃得"……

宝钗之所以能成为那个时代那个社会那种贵族家庭里的模范闺秀,不是因为她单纯、真诚、透明,而恰恰是因为她什么都知道却能装作什么都不知道,说出话行出事来常常让别人心下明白却又无法点破。这是她游弋于那个社会那种环境的优势,但也使她即使获得了宝玉这个人却无法获得宝玉那颗心。

宝钗来辞别,李纨、尤氏先只是相对笑看,无语应付。后来李纨才说"你好歹住一两天还进来,别叫我落不是"。这时宝钗却冒出一句很厉害的话来,叫做"落什么不是呢,这也是通共常情,你又不曾卖放了贼。"按说宝钗不该如此绵里藏针,她为什么脱口来上一句"你又不曾卖放了贼"?

难道真如徐仅叟所言,她对抄检一事除了回避,还有某种微妙的心理?

以目相送

有一个被称为"靖藏本"的古本《红楼梦》,它在上世纪中叶一度浮出水面,却又神秘地消失。有阅读过这个古本的人士,抄录下其中若干独有的批语,寄送给当年的红学家们。因此这些"靖藏本"的批语也就传播开来。

我对这些资料也是很重视的,纳入到自己探佚的参考范畴之内。

我的《红楼梦八十回后真故事》电视讲座和书籍公开后,有观众读者指出,"靖藏本"第六十七回前,有很长的批语,涉及全书结尾。可是在我的探佚心得里,却没有采纳,这是为什么?

首先,古本《红楼梦》的第六十四回、六十七回,经过不止一位红学家研究考证,基本达成共识,就是这两回文字不是曹雪芹的文笔,当然也不是高鹗弄出来的,应该是跟曹雪芹比较亲近的人士揣测曹雪芹构思补缀的。第六十四回,还有人认为前半回大体是曹雪芹留下的;第六十七回,则正文全不可靠,其批语的价值也就格外可疑。在现存的其他古本里,第六十七回都没有任何批语,"靖藏本"的批语的确是独家所有。这一回回前的批语,抄录者过录下来的文字,简直无法阅读,文句错乱到不知所云的程度，这也是我不敢采纳的重要原因。

勉强点读，大体而言，是说最末一回，写到宝玉"撒手"，达到"了悟"，他出家不必削发，回到青埂峰，仍应在甄士隐的梦里，而在前面引领他回归的，是尤三姐。我的探佚，最末一回，却是有二丫头出现。

我为什么看重二丫头，认为她会在最关键的时刻起到令宝玉顿悟升华的作用？是因为在第十五回里，写到宝玉随凤姐去到一处农庄，在凤姐来说，不过是找处地方暂且"更衣"；对宝玉而言，却是来到一处与平日完全不同的环境里，产生了新鲜的生命体验。在农庄里宝玉遇到了二丫头，一个淳朴的村姑，二丫头纺线给他看，使他大开眼界。

本来这段文字似乎也没有什么警动读者之处，但到登车离开农庄时，曹雪芹却写出这样一些惊心动魄的文字："出来走不多远，只见迎头二丫头怀里抱着他小兄弟，同着几个女孩子说笑而来。宝玉恨不得下车跟了他去，料是众人不依的，少不得以目相送，争奈车轻马快，一时展眼无踪。"

关于二丫头的出现，脂砚斋批语指出："处处点情，又伏下一段后文。"在"以目相送""车轻马快"侧旁，又批道："四字有文章。人生离聚，亦未尝不如此也。"所指"四字"，多认为是"车轻马快"，我觉得更应指"以目相送"，宝玉的这个眼神，体现出他内心对囚禁于富贵之家的大苦闷与复归淳朴田园生活的大向往，同时也是一个大伏笔，就是到最后他会在二丫头的引领下顿悟，从而悬崖撒手、复归天界，也就是"因空见色，由色生情，传情入色，自色悟空"。

请注意,"色即是空,空即是色"是佛教已成泛滥的说辞,但曹雪芹用"由色生情,传情入色"八个字作为顿悟的桥梁,就超出了传统世俗佛教的"色""空"概念,强调出了"情"在宇宙人生中的重大意义。

历来多有用世界上现成的理论解读《红楼梦》的。王国维早在上世纪初就试图用叔本华的悲观哲学来阐释这部奇书;上世纪中叶运用俄罗斯别林斯基、车尔尼雪夫斯基、杜勃罗留波夫(简称别、车、杜)的文艺观点,特别是运用恩格斯提出的"典型环境中的典型人物"的理论来分析论证《红楼梦》的主题与人物,更成为一种潮流;直到进入21世纪,也还有用康德、尼采、海德格尔的哲学来说事的,更有引进女权批评、结构主义、后现代主义、解构主义来诠释《红楼梦》的。十八般文艺批评的利器,凡有可取处的,皆可借鉴、试用。我自己的研究,也一直借鉴使用着原型研究和文本细读的方法。

但曹雪芹写《红楼梦》却是超越理论的,他不是在既有理论指导启发下来写这部小说的,他自创了"真事隐"而又"假语存"的文本,书中又"处处点情",以"情"贯串全书。他似乎在启示我们:宇宙人生中最宝贵的,不是功名利禄,不是传宗接代,不是声光色电,而是那些人与人、人与自然之间的情感享受。哪怕只是暂短的、转瞬即逝的,只要享受到了真情,人生就具有实在的意义与价值。

我曾说自己的红学研究从秦可卿入手可称"秦学",其实,更准确的称谓,应该是"情学"。

辑二

红楼拾珠

世法平等

妙玉在大观园所住的那所尼姑庵，究竟叫栊翠庵还是拢翠庵？各个古本《红楼梦》在写法上不一致，通行本庵名第一字从"栊"，过去有"帘栊"的说法，"栊"有细栅的意思，跟"翠"连用意义难解；"拢"有梳理汇聚的意思，"拢翠"就是把一派翠绿理顺集中，庵名曰此较为合理，我下面说妙玉居处，采取"拢翠庵"的写法。

妙玉是"金陵十二钗正册"中，唯一的一位既不属于有贾、史、王、薛"四大家族"血统，也非嫁入"四大家族"作媳妇的女性，而且她排位第六，在书中大主角戏份极多的王熙凤之前。可见曹雪芹对她的珍爱，非同寻常。

在前八十回里，妙玉正面出场只有两次：一次是她在庵中招待大家品茶，一次是中秋深夜，林黛玉、史湘云联句未竟，她忽然出现，最后到庵中一气将诗篇完成。有些读者因为不懂书中关于她的《世难容》曲里"到头来，依旧是风尘肮脏违心愿。好一似，无瑕白玉遭泥陷，又何须，王孙公子叹无缘！"这几句，又受到高鹗续书的影响，对这一角色产生出不应该有的误解，这是需要为她辩明的。特别是"风尘肮脏违心愿"这一句，误解最严重。有的读者一见"风尘"就联想到风尘女子,觉得妙玉后来一定是沦为妓女了。其实"风尘"一词过去还有很通行的一种解释,就是"尘世",也即"世俗社会"的意思。"肮脏"在这里要读成"抗藏"的第三声,是不屈不阿的意思。古人常这么使用这个语汇,如文天祥《得女儿消息》诗里就有"肮脏到底方是汉,娉婷更欲向何人?"的句子。"风尘肮脏违心愿"是说妙玉最后还是回到尘世上,做了一番不屈不阿可歌可泣的大事。这虽然违背了她那做一世"槛外人"的初衷,是个"无瑕白玉遭泥陷"的自我牺牲的惨烈结局,但这并不意味着堕落,反而更说明她品质高贵。那么她究竟爱不爱贾宝玉?"王孙公子叹无缘"指的是否就是贾宝玉喟叹跟她没缘分?我的探究结果,是否定这些猜测的。她赞赏贾宝玉的脱俗,认为贾宝玉是个难得"些微有知识的",却未必是暗恋贾宝玉;叹"无缘"的王孙公子另有其人,我考出是第十四回出现的那位陈也俊(曹雪芹明文称他和另几位为"王孙公子")。我在探佚小说《妙玉之死》中,写下了自己对八十回后妙玉命运的描述,有兴趣的读者可以找来一阅。

"拢翠庵茶品梅花雪"这半回书,只用了1325个字(按庚辰本统计,其他本子出入有限),就把妙玉性格活跳出来。曹雪芹写妙玉拉宝钗、黛玉到耳房去品私房茶,宝玉跟了过去。妙玉给钗、黛二位用的茶具,那名字又难写,又难读,都是稀世古玩;给宝玉用的呢,则是她自己常日吃茶的绿玉斗,看上去似乎平庸。这时候宝玉就发牢骚了,当然主要是开玩笑,他笑道:"常言'世法平等',他两个就用那样古玩奇珍,我就是个俗器了?"妙玉立刻正告他:"这是俗器?不是我说狂话,只怕你家里未必找的出这么一个俗器来呢!"妙玉究竟是怎样的家族背景？又究竟为什么从江南流落到京城大观园？她怎么会拥有那么多价值连城的珍贵瓷器珍玩？她实在是十二钗正册里最神秘的一位女性，其神秘度比秦可卿还更胜一筹。

贾宝玉所说的"世法平等"一语，源于《金刚经》。《金刚经》里过去被人引用最多的是"一切有为法，如梦幻泡影，如露亦如电，应作如是观"几句，这是很虚无的观念。《金刚经》里也有"是法平等，无有高下"的句子，却又能让人感受到在佛法面前人人平等的一种温馨许诺，使信众增强在攘攘红尘中继续趱行的信心。值得注意的是，曹雪芹写贾宝玉说那句话时，故意把"是法平等"写成"世法平等"，虽然这句前后的句子各古本多有差异，但这四个字却完全一样，可见是曹雪芹原笔原意。曹雪芹通过贾宝玉这一艺术形象，表述了世界上人人应该平等相处的人际法则。这不但在他那个时代是超前的，就是搁在今天，也是很先进的思想。联想到近时，还有一些人嫌贫爱富，甚至对外出打工的农民特别多的省份歧视，对来自那一地域的农民工"老实不客气"，难道这些人不应该感到惭愧，不应该在"世法平等"的理念中改弦易辙吗？

事若求全何所乐

这样的概括有一定道理：林黛玉小心眼儿，但有反封建的叛逆意识；薛宝钗豁达圆通，对封建礼教依顺维护——但请注意，这只是现代人从"一定角度"粗线条概括的"道理"，其实曹雪芹对他笔下的人物总无单线平涂的笨笔，他能写出人的复杂性，所谓"活生生"是也。林黛玉在扬州随贾雨村读书时，年龄还很小，大约才五岁吧，却能自觉地把"敏"读作"密"，以避母亲贾敏的名讳，何尝天生是个"反封建"的"新人"。薛宝钗扑蝶偶然听到小红在滴翠亭里吐露隐私，不惜嫁祸林黛玉来个"金蝉脱壳"，这即使按封建道德规范也是不雅之举。在栊翠庵品茶，林黛玉遭到妙玉尖刻的讥讽："你这么个人，竟是个大俗人。"她也并没有小心眼儿发作，容纳了妙玉的乖僻。薛宝钗只不过听到贾宝玉一句说她像杨贵妃一般"体丰怯热"，就不由大怒，竟然"借扇机带双敲"，不仅对宝玉冷言怪语，还把无辜的小丫头靛儿呵斥了一顿，心眼儿又何尝宽宏。

在曹雪芹笔下，黛中有钗，钗中有黛，既如二水分流、双峰对峙，又似形动影随、阴晴交融。到第四十九回，宝玉发现林黛玉竟然绝不再猜忌宝钗，二人亲如同胞姊妹，"心中闷闷不乐"

"只是暗暗的纳罕",如此灵动地写出人性复杂人际诡谲的文笔,是一般先给角色定了性再去细描的作家决计不能有的。

如果仔细阅读《红楼梦》,就会发现曹雪芹笔下的林黛玉,她的性格虽然始终如一,其思想境界却在不断变化提升。第七十六回,她和史湘云一起在凹晶馆联诗,那时的她,已经不同于吟菊花诗时,少了些幽咽哀怨,多了些淡定禅悟。当时她们在池边两个湘妃竹墩上坐下,看到月光下的美景,史湘云就说应该到水中泛舟吃酒,林黛玉则表示,就那么坐着赏月已经很好了,"事若求全何所乐"。

在前几十回书中,林黛玉给人的印象是个"完美主义者",她的苦恼往往缘于"美中不足,好事多魔"(注意:曹雪芹在书里一再地写成"好事多魔"而非"好事多磨",有深意存焉),所谓"情重愈斟情",泪珠也就总是涟涟不断线。但到凹晶馆这一回,她似乎通过生活的磨炼有了顿悟,不再有求全之想,眼泪也似乎所储不多,作为天上的绛珠仙草下凡历劫,她偿还神瑛侍者甘露浇灌之恩,已经所欠有限。据周汝昌先生考证,按曹雪芹的构思,林黛玉并不是死于高鹗所写的什么"调包计",而是因为遭到赵姨娘诬陷(硬说她与宝玉有"不才之事"),以及吃了贾菖、贾菱错配的药(这从第三回一条脂砚斋批语可知),"风刀霜剑严相逼",便自己沉湖而殁了。史、林联句中有"寒塘渡鹤影,冷月葬花魂"的句子,就是在暗示她们二人最后的归宿;通行本《红楼梦》后一句作"冷月葬诗魂",有的人很欣赏,但曹雪芹的原笔应该就是"葬花魂"(书中几次出现"花魂"一词,黛玉葬花时吟的就有"昨宵庭外悲歌发,知是花魂与鸟魂?花魂鸟魂总难留,鸟自无言花自羞"等句),鹤鸟喻湘,花魂喻黛,这是我们应该知道的。

"事若求全何所乐",揭示了一条真理,就是:你一定要追求美,却无论如何不必追求完美。比如有的人讲究卫生,到了怎么洗手都觉得不干净的境地,没完没了地洗个不停。终于洗完,一拿东西,就立刻怀疑沾染了病菌,心里总闷闷不乐。再比如有的女性其实相貌身材并不差,却为了完美,一再地去整容,虽然没造成什么不良后果,却被亲友一句"你没原来自然"弄得气急败坏;更有的上当受骗,花费不赀却成为"丑容",面对美容机构的推脱耍赖,踏上了漫长的投诉、诉讼之路。还有人一味追求人际上的"人见人爱",削掉了必要的性格棱角,甚至不能坚持原则,到头来隐忍了对个别、少数腐化分子的恶感,没有去抵制抗争,弄得反而得罪了大多数,甚至在腐化分子被查处时还惹了一身骚。以上是自己对自己求全闹得痛苦焦虑,对他人如果求全责备、缺乏宽容忍耐之心,也会闹得心烦意乱、抑郁暴躁,难以与人共事。追求完美如果达于极端化,会造成病态人格,甚至精神分裂,因为觉得自己怎么都难以完美,便会自杀;而觉得人家实在是不能完美,便会产生"干脆把其灭掉"的恶念。

林黛玉最终被其所处的险恶环境所毁灭,是大悲剧的结局,但她给我们留下的"事若求全何所乐"的悟语,却值得我们细细体味。

辑二　红楼拾珠

是真名士自风流

　　琉璃世界白雪红梅，大观园的冬景真是美丽动人，然而更美的是活跃其间的青春花朵，脂粉香娃割腥啖膻，史湘云带头大嚼鹿肉烧烤。今天的"布波族"不会认为吃烧烤是不雅之举了，但在曹雪芹笔下那个时代，贵族家庭的主子是绝不能吃"自助烧烤"的，来客居的李婶娘就认为那是吃生肉，对之惊诧不已。但是史湘云真如海棠怒放，娇憨潇洒，不仅自己吃得津津有味，还带动宝琴等都围上来尝鲜，林黛玉就打趣说："今日芦雪广（作者注：这"广"字在繁体字系列里，与现在作为简化字的"广州"的"广"字是两回事，读作掩，意思是依山傍水修建的亭榭）遭劫，生生被云丫头作践了，我为芦雪广一大哭！"史湘云就还击她说："你知道什么！是真名士自风流，你们都是假清高，最可厌的！我们这会子腥膻大吃大嚼，回来却是锦心绣口！"果然，后来在芦雪广联诗，独她和宝琴两个吃鹿肉最多的大展其才，技压群芳。

　　是真名士自风流。这里的"风流"，是"数风流人物，还看今朝"的那种用法，指才能出众、光彩溢人，整句话的意思就是真正的高雅人物用不着装扮做作，其一举一动自然而然地就能显示出超俗洒脱的高品位来。

史湘云在《红楼梦》里，是最具天然健康之美的绝品女性。林黛玉是病态美，当然那也是一种独具魅惑力的美，贾宝玉就为之倾倒。薛宝钗是一种自动收敛的含蓄美，吃冷香丸以压抑内在的"热毒"，住进大观园的蘅芜苑以后，居室雪洞一般，连贾母都觉得素净到没有道理的地步，但她"任是无情也动人"，自《红楼梦》流布后，多少读者把她设定为梦中情侣。曹雪芹笔力真是令人敬佩，按说塑造出林、薛两个形象已经难能可贵了，他却又写出了一个史湘云，绝无林黛玉那样的病态，也绝无薛宝钗那样的内敛，天真烂漫，如云舒卷，她的割腥啖膻以及醉卧芍药裀，我们从旁看去，绝对是曼妙的行为艺术。但是就她自己而言，完全是率性而为，跟她穿上宝玉男装哄得贾母以为就是宝玉，以及在大雪地里扑雪人等等行为，都是她活泼泼生命力的惯常状态，不像黛玉葬花那么精心预设、理性驾驭，也不像宝钗扑蝶只是偶一为之难得再现。

是真名士自风流，天性的底子固然是一个潜在的因素，但更应该说那是一种修养、一种境界。现在小资一族追求所谓品位，一般的段数，是达到使用宜家家具、喝星巴克咖啡、吃必胜客比萨饼、读米兰·昆德拉和张爱玲、看法国艺术电影、养吉娃娃狗⋯⋯有人指责他们"躲进小巢成一统，管他国事与民工"，其实那是不公平的。多数这样的人士是心怀世界的，网上的许多相关的帖子，是他们贴上去的；对于经济状况比自己低下的社会群体，他们中的多数也很在意，而且在力所能及的前提下，是有所捐助的。这里要提醒他们的是，学学史湘云，去除矫情做作，崇尚自然洒脱，修炼成风流倜傥的真名士。

辑二　红楼拾珠

忽然想到了陆文夫，他前些日子去世了。这是一位从不张扬的杰出作家，他一生居住苏州，描写苏州，他的作品可以说是姑苏风味十足，小桥流水声潺潺，小巷深处响筝琶，极富特色。在他身上，我就体味到"是真名士自风流"。一次是1978年，他来北京领全国优秀短篇小说奖，我称他陆大哥。早就仰慕他的大名，亟欲与他交谈，以获教益，于是一天他牵头，到招待所外面一家餐馆去聚餐，我自然紧随其后。到了餐馆坐他身边，大家随意闲谈，兴味盎然，酒尽之后，他站起来撤出，大家也都纷纷踱出餐馆。到了街上，还边走边聊，我总问他些短篇小说的技巧问题，他的回答听似漫不经心，后来细加咀嚼，却都是点铁成金之言。走出很远了，陆大哥忽然止步，微笑问我："我们付钱了吗？"啊呀，大家才想起来，我们竟忘了付账就离开餐馆了。于是我随陆大哥回餐馆，他补付餐款，我问柜台上的人："你们当时怎么不拦住我们啊？"他笑指陆大哥说："一看就不是俗人，肯定会回来补钱的，我们着什么急啊！"

陆大哥那似乎永不会发脾气、永不会高声急语、永是蔼然可亲、永能将就他人的音容笑貌，此刻宛在眼前。又想起1983年，我们同游洪泽湖，一行人同乘一辆面包车，雨后路滑，车行减速，中途还抛了锚，我坐在车上，望见柏油路外一片泥泞，心中颇为不快。但忽见陆大哥从容下车，姿态优雅地走向村路边的一个粥摊，要了一碗清粥，坐在那粥摊简陋的木桌旁的长条凳上，两只脚小心地踩定于泥泞中，喝起了那碗粥来。哎，他那将喝一碗乡村清粥当做审美活动的意态，真难描摹，我确实就联想到了《红楼梦》里史湘云的割腥啖膻，湘云说那之后才有锦心绣口，而

35

也恰恰在喝那清粥不久，陆大哥就发表了绝妙佳构《美食家》。是真名士自风流，这不是在当代的最好诠释吗？

惟大英雄能本色

因为朝廷里薨了一位老太妃，皇帝敕谕天下，凡有爵之家，一年内不得筵宴音乐，因此贾府为元妃省亲所准备的梨香院十二官，也就应该蠲免遣发。但她们原是拿银子买的，"产权"属于贾府，因此也可以留下她们当丫头使唤。最后有八个官愿意留在贾府，自愿离去的是龄官、宝官和玉官，龄官画蔷和情悟梨香院是《红楼梦》里的重场戏，但龄官和贾蔷后来究竟是终成眷属，还是劳燕分飞，因为曹雪芹的八十回后失传，我们不能得知；还有一个药官死掉了；留下的八官分别被派往各自主子处，贾母要了文官，宝玉处是芳官，黛玉处是藕官，宝钗、湘云、探春、宝琴、尤氏处分别是蕊官、葵官、艾官、荳官和茄官。

这留下的八个女孩，十分淘气，芳官尤其活泼伶俐，宝玉十分欣赏她，把她装扮成小土番模样，还给取了个诨号"耶律雄奴"。后来因为有人咬不准音，叫成了"野驴子"，于是又改叫"温都里纳"，据说是海西福朗思牙金星玻璃石的译音。芳官自己很得意，大观园的众儿女为之雀跃，一时风气大炽，宝琴的荳官也扮成了书童，如此有趣的事，湘云岂有不参与的？她便将原来唱大花面的葵官也扮成个男子，因为葵官本姓韦，就唤作"韦大英"，暗含"惟大英雄能本色"的意思。

湘云在书中，是最具本色美而且有豪气的女性。她自己也很喜欢女扮男装，有一回她穿上宝玉的衣服，站在离贾母稍远的地方，哄得贾母把她错认为宝玉，逗得人们都笑起来。黛玉很真情，不虚伪，但黛玉小心眼，疑心大，常对宝玉使小性子，未免矫情。宝钗打小就靠"冷香丸"维持生命，拼命压抑自己青春少女的情怀，用一副中规中矩的面具来取悦他人尤其是长辈，只偶尔露出点真性情，如宝玉挨打后去探望时，总体而言，她很不本色。

第五回贾宝玉神游太虚境，看到金陵十二钗册页，还聆听了红楼梦十二支曲，关于湘云的《乐中悲》曲里明确地唱道："幸生来，英豪阔大宽宏量，从未将儿女私情略萦心上。"最近周汝昌前辈在其新著里指出，贾宝玉对林黛玉是怜多于爱，他所真正钟情的，其实是史湘云，书中第三十一回回目"因麒麟伏白首双星"指的就是宝玉与湘云最后遇合，得以白首偕老。对于周老的前一判断，我目前还难以全部认同。从八十回书里看，就情爱而言，宝玉真爱、挚爱、钟爱黛玉，是非常清楚的；而在他与宝钗、湘云相处时，则可以看出，他对她们非常欣赏，有深厚的感情，但只是闺友闺情。从薛宝钗方面来说，她是暗恋宝玉的，但她努力压抑自己那"越轨"的情愫，她并没有像她母亲和姨母王夫人那样，处心积虑地想让贾宝玉娶她，她的本性还是善良的，结局也是悲剧性的；从湘云方面来说，在八十回书里，她并没有情窦初开，爱上宝玉或别的男子，她是自自然然地、坦坦荡荡地跟宝玉及众姊妹相处，天真烂漫，口无遮拦，率性而为，诗意生存，有一定的中性化特色，既是巾帼英豪，也颇有男子汉气派。

湘云给葵官取"韦大英"的名字，并非只是因为葵官正好姓韦，将就而名，实在是因为她把"惟大英雄能本色"作为座右铭。我们都记得，她在芦雪广，曾带头烧烤，大嚼自烤的鹿肉，在黛玉讥讽时，说过"是真名士自风流"。"惟大英雄能本色"与"是真名士自风流"可以作为一副对联，倘加一横批，则"霁月光风"可矣。

就做人而言，千色万色，本色最难。所谓大英雄，并不一定是在政治上、经济上、学术上取得多么骄人的成绩，一个人能心无恶意，善意待人，对自己负责，对社会有益，就是无名英雄，不枉来世界一趟。

眼下我们都处在社会转型期，有人说，在如此诡谲的世道中，不得不戴上一定的人格面具以自我保护。"不如意事常八九，可与人言无二三"，因此活得很累，并且常常是在热闹场中，在看似喧嚣嬉笑的场合里，内心依然感到非常孤独，甚至有无助的凄凉感，这样的感受，我以为属于正常。我并不主张大家都像史湘云在大观园里那般本色示人、名士风流。我们处在远比大观园复杂的人际网络里，太直率，过烂漫，确实未必受各方欢迎，也许还会吃哑巴亏。但是，在自己最亲近的家属姻戚朋友同仁同好的那个小社会小环境里，放松自己，以本色示人，还是非常有必要的。说破了，我们之所以那么艰难地应付各方面的人际，为的不就是在从社会人际中得到自己那份正当的报酬报答后，能在亲情、爱情、友情的范畴里，本色一番吗？

辑二　红楼拾珠

小心没有过逾的

　　薛家寄居到贾家,并不是自家在京城没有现成的房子住。从薛姨妈的角度讲,住在姐姐、姐夫家,有很多方便之处,何况戴金锁的女儿需许配给戴玉的,成就一段"金玉良缘",当然是离目标越近成功率越高;薛蟠呢,开头还怕舅舅管束他,后来发现那舅舅根本不理家事,宁、荣两府的表哥贾珍、贾琏又跟他臭味相投,也就"乐不思蜀",住在荣国府里舍不得搬出去了。薛宝钗恪守孝道,母兄做主,她便依从,当然,住进贾府,而且后来更住进了仙境般的大观园蘅芜苑,使她的生活变得如诗如歌,她表面上不动声色,内心里一定觉得真是三生有幸。
　　林黛玉刚往荣国府时,也曾提醒自己要"步步留心,时时在意,不肯轻易多说一句话,多行一步路"。但性格支配行为,也决定命运,她后来在那府里率性而为,多说的话何尝几句,多行的路何尝几步,爱她者固然绝不真正计较,厌她的那就都难以原谅了。
　　薛宝钗的为人处世,有的论家,指出是顺应封建礼教规范。当然有的表现可以那样定性;有的呢,则不必都去"上纲上线",她有其不同于林黛玉的性格,而就性格而言,其实是难以是非而论的。薛宝钗做事谨慎,这是她内敛型性格决定的,但也有超出性格层面,可以叫做修养的成分在里面,这就是她的优点了。

薛家刚到荣国府,住在梨香院,后来梨香院圈入大观园,成了戏班子居住排练的场所,薛家就另到府第东北角一处院落居住。这院落与荣国府其他建筑群之间有墙隔断,但有夹道角门可通,薛姨妈、薛宝钗,还有薛宝琴、香菱等人,都常使用这个角门。第六十二回,曹雪芹特地写下一笔,就是宝玉去她家做客回来,她跟宝玉同回大观园,一进角门,她就命婆子将门锁上,把钥匙自己拿着。宝玉见了觉得何必多此一举,宝钗就跟他说:"小心没有过逾的。你瞧你们那边,这几日七事八事,竟没有我们这边的人,可知是这门关的有效了。若是开着,保不住那起人图顺脚,抄近路从这里走,拦谁的是?不如锁了,连妈和我也禁着些,大家别走。纵有了事,就赖不着这边的人了。"后来大观园里发现了绣春囊,酿成抄检丑剧,宝钗就干脆搬出大观园,去跟母亲住在一处,更体现出她那"小心没有过逾的"这一处事原则。

"小心没有过逾的",意思是就做事一定要小心谨慎这一点来说,怎么样地小心,都不算过头。这实在是一句金玉良言。最近妻子住院,我去守护,护士跟她已经很熟了,但每次给她打点滴和发药,还是要先看病床上的患者牌证,再问一声她的名字,经确认,才挂输液瓶放小药碗,我就笑问过那护士:"这些程序非那么机械地过一遍吗?"她说必须如此,不怕一万,就怕万一,他们医院里就曾有一对双胞胎同来住院,住的不是同一科的病房,一位到花园遛弯儿去了,一位来找姐姐看床上没人,就躺上去看杂志，看一会儿睡着了，护士来给安排打点滴，觉得床上就是那姐姐，就把出液口插在那妹妹手上现成的插口里了，过了半个钟头，姐姐回来才发现弄错了，造成了一次医疗事故！

一位比我还大两岁的朋友，三年前考下了驾照，买了辆桑塔纳开来开去的。刚上路的磨合时期，因为小心，跟在一辆货车后头始终不敢超车，竟跟了十几公里，曾被熟人们引为笑谈。但是现在所有认识他的都对他肃然起敬，因为他三年下来车技娴熟来往自如，却一直保持着零违章和零事故的纪录，连小剐小蹭的情况也没有过，搭乘他的车，最安全最舒适。他对我说，他的诀窍是，能精确判断前后左右的司机究竟想怎么开，"光想着自己不出错是不行的，更要提防他人以错误来妨碍甚至伤害自己"，他可谓深得薛宝钗那"小心没有过逾的"的高论精髓。

薛宝钗命运的悲惨结局，不是她小心过度所致，也不是靠着凡事小心就能加以避免的，那是时代、社会状况和不可抗拒的灾难所决定的。冷艳的牡丹的凋谢，与风露中芙蓉的陨落，同样令我们扼腕叹息；但是薛宝钗的某些想法和做法，体现出一种具有超时代的、普适性的修养，仍是今天的人们可以认同的。

到底还该归到本来面目上去

妙玉在品茶拢翠庵一回中,把那放诞诡僻的性格表露得淋漓尽致;到第七十六回,她第二次正面出场,却将其性格中那温情通达的一面展现了出来。她先在凹晶馆暗处倾听林黛玉、史湘云联诗,听到"寒塘渡鹤影,冷月葬花魂"两句,她转出明处,参与进去,将黛、湘二位引到自己庵中,趁兴将那联诗一口气续完。结果这中秋夜大观园即景联句三十五韵,她一人独占十三韵,黛、湘二位才各有十一韵,她的确是"气质美如兰,才华阜比仙",黛、湘惊叹:"可见我们天天是舍近而求远,现有这样诗仙在此,却天天去纸上谈兵!"并非谀词恭维,而是发自肺腑的赞许,这也可见妙玉是曹雪芹心中格外珍爱的一位女性。

妙玉所续的十三韵,依我的推敲,是把八十回后贾府的崩溃和众女子的云散陨落加以了艺术性的概括。特别有意思的两韵,其一是"石奇神鬼搏,木怪虎狼蹲",字面上是形容大观园夜里那些太湖石和树木阴森可怖,实际上"石奇"也就是"奇石",即贾宝玉,他后来的命运是"神鬼"(主流社会和世俗恶势力)不容,都要来打击他;而"木怪"也就是"怪木"即林黛玉,她后来将被"虎狼"(封建礼教和嗜利者)吞噬,悲惨殒灭。其二是"钟鸣拢翠寺，鸡唱稻香村"，意味着八十回后贾府被抄检治罪后，大观园其他部分一时都空落荒芜了，但妙玉并不是贾府的成员，也不是贾府的奴仆（那个时代主子获罪奴才会被当做"动产"与不动产一起罚没，再加分配或变卖），她暂且还可以在拢翠庵里喘息一时。而李纨，我有文章考据出，她的原型是曹頫的未亡人。曹頫被治罪，她作为寡嫂并不连坐，因此她和她的儿子（曹頫遗腹子）尚可另寻出路，其子后来通过科举当了官，她也就成了诰命夫人。曹雪芹将此人作为原型，加以艺术处理，把她降了一辈来写，但仍留下了不少真实的生活痕迹，这也就是为什么小说里的李纨在贾府倾覆后犹能凤冠霞帔。妙玉的诗句"鸡唱稻香村"，也正是照应八十回后关于她和贾兰"独好"的情节。

妙玉在续十三韵前，强调"到底还该归到本来面目上去"，这既是美学宣言，也是人生誓言。妙玉是一个在任何情况下，都坚持自己的本来面目，也就是由着自己的性情生活的"畸零之人"，这在任何时代任何地域，都是极难做到的。社会要求个体服从群体，少数服从多数，要求个人将就他人，这是社会运作与发展的必要条件，我觉得我们每个人必须想通，但是我也一贯呼吁社会群体尊重个体生命。我在1978年就发表过一个短篇小说《我爱每一片绿叶》，表达了出自内心的强烈诉求：如果一个人并没有妨碍群体和他人，而且还通过自己的劳动为社会做出了一份贡献，那么群体和他人，乃至社会的各个方面，就不但应该对他或她性格的放诞诡僻或者内敛幽深保持尊重，而且应该懂得，只有各种各样的隐私、各种各样的性格、各种各样的爱好取向等都得到宽容，社会真正实现多元并存下的公正，才是一种理想的境界。妙玉虽然有缺点，如她嫌刘姥姥脏，不能认识到这位乡下老太婆也有心灵美，贾母把那她献茶的成窑五彩小盖盅递给刘姥姥，刘姥姥喝了杯里剩茶，她就连那么贵重的古瓷也不要了。但妙玉总体而言，在权势不容的情况下，仍能那样绝不害人欺人损人地过自己闲云野鹤般的生活，应该说还是很值得肯定的，也是很不容易的。更何况根据我的考证，她在八十回后还勇于牺牲自己，解救贾宝玉和史湘云，那就更令人钦敬了。

妙玉在说了"到底还该归到本来面目上去"以后，进一步说："若只管丢了真情真事且去搜奇捡怪，一则失了咱们的闺阁面目，二则也与题目无涉了。"这一方面透露出曹雪芹所追求的艺术风格，是以真情真事为根本去生发出艺术的奇葩仙果；另外，这句话也让我们知道，妙玉虽然是带发修行的尼姑，内心里却一直把自己和黛、湘等都视为"咱们闺阁"的成员。她"云空未必空"，身在尼庵，心系闺阁；她也有自己隐秘的情爱生活，不过她所爱恋的并非贾宝玉，对她叹无缘的王孙公子，也绝不是贾宝玉。而有关的交代，可能都在曹雪芹写成又佚失的文稿里，我们再不得见，思之不禁长叹！

辑二　红楼拾珠

看见燕子就和燕子说话

在一套《红楼梦》烟画里,有一幅画的是傅秋芳,这是一个并未在前八十回书里正式出场的人物,估计曹雪芹会在八十回后写到她,也许在他撰成的一些文稿里已经正面写到了她,只是跟茜雪、小红狱神庙慰宝玉等五六稿一样,被"借阅者迷失"了。

傅秋芳是在第三十五回被郑重提及的,说是她哥哥傅试算贾政的门生,总想利用妹妹秋芳高攀豪门,常派人到贾府请安联络,那天就又派了两个嬷嬷来,并且还指名要见贾宝玉。本来贾宝玉是最厌见愚男蠢女的,却破例地允许两个婆子进怡红院来请安。曹雪芹交代:只因那宝玉闻得傅秋芳也是个琼闺秀玉,传说才貌双全,虽自未亲睹,然遐思遥爱之心十分敬诚,故而爱屋及乌,容那两个傅家嬷嬷近前问好。书里交代,那傅秋芳已然二十三岁,比贾宝玉要大很多。脂砚斋指出,曹雪芹的文笔是"一树千枝,一泉万派,无意随手,伏脉千里"。连第十三回只不过是出现了一次名字的卫若兰,也是八十回后有重头戏的角色,何况三十五回里对其身份有详尽交代的傅秋芳,肯定不会是一闪后绝不再现的赘物。晚清时的一些读者评家都估计到了这一点,题咏《红楼梦》人物时多有专为傅秋芳而赋的,几十年前的烟画里为她

45

专设一幅,都不足奇;我在所撰写的探佚小说《妙玉之死》里就安排她正面出场,写她对落难的贾宝玉有所救助,这样写可能尚切合曹雪芹设置这一人物的初衷。

傅家派到贾府请安的两个婆子,本是极次要的过场人物,但曹雪芹却让她们承担了极重要的任务,那就是通过她们二人离开怡红院后,一边走一边议论,将贾宝玉的性格加以再次皴染,给读者留下了非常深刻的印象。书里是这样写的:这一个婆子笑道:"怪道有人说他家宝玉是外像好里头糊涂,中看不中吃的,果然有些呆气。他自己烫了手,倒问人疼不疼,这可不是个呆子?"那一个婆子又笑道:"我前一回来,听见他家里许多人抱怨,千真万确的有些呆气。大雨淋的水鸡似的,他反告诉别人'下雨了,快避雨去罢。'你说可笑不可笑?时常没人在跟前,就自哭自笑的;看见燕子,就和燕子说话;河里看见了鱼,就和鱼说话;见了星星月亮,不是长吁短叹,就是咕咕哝哝的……"

据脂砚斋透露,曹雪芹实际已经大体完成了约十一回的《红楼梦》,最后一回是"情榜",每个上榜的人物都有一个"考语",宝玉的"考语"是"情不情"。第一个"情"字是动词,意思是他这人能将自己的感情赋予那些甚至是无情的事物,有着一种博大的泛爱情怀。傅家两个婆子的这段对话不仅是对宝玉"情不情"的又一证词,而且也生动地揭示了宝玉那种追求无功利的诗意生存的执拗劲头。

贾宝玉这一贵族公子的艺术形象,于我们而言,当然主要是具有认识价值与审美价值,并不能作为模范仿效。但他那"情不情"里所蕴含的人道主义因素,仍不失为我们置身于当下社会中，面对弱势群体中的具体成员时，值得汲取的一种情感资源，可以增进我们的同情心，促使我们伸出援手去扶危济困。

婆子所描述的，宝玉"看见燕子就和燕子说话"等行为表现，我以为那不仅是"情不情"，更是一种让自己的生活更富诗意的人生追求。《红楼梦》里所刻画的贾宝玉，与其说是一个反封建的叛逆人物，不如说是一个总想逸出功利社会的理想主义者，他的理想其实是在任何时代任何社会体制下都不可能彻底实现的。他要花儿开了不谢，要青春女性容颜永驻，而且永不增岁变老，永是女儿永不嫁人，永远如春花般陪伴在他身边，还要盛宴永不散，欢乐永不歇……我们看不到八十回后的《红楼梦》也许反倒是我们的幸事。说实在的，这样的一个贾宝玉，他面临狂暴的摧花风雨时那撕心裂肺的痛楚，那些文字纵使存在，我们又怎能忍心卒读？

但是，如果不去照搬贾宝玉的那些长吁短叹、咕咕哝哝，而是在时下功利主义甚嚣尘上的情势下，适度撷取他那诗意生存的态度，也能偶尔看见燕子就和燕子说话，看见河里鱼儿跟鱼儿打招呼，把朝霞夕阳、月亮星星当做有灵性的朋友，对之凝视沉思，甚或低吟浅唱，肯定是有好处的。我们不能也不必像贾宝玉那样，非把自己的生存完全地诗化不可，然而我们却无妨让自己的生活至少镶嵌进诗意的片断，对不对？

大小都有个天理

一次饭局上，都是些同行，大家嘻嘻哈哈，随意闲聊。其中一位最抢话头，这本也没有什么，各人有各人的性情，话匣子型的性格比锯嘴葫芦型的性格，原更适合于社交，本不应对之反感。但那回此公的言谈，竟全是糟改同行及相关熟人的笑话。一会儿把某人在某场合不慎说错的话一再地模仿挖苦，一会儿又把某人难看的吃相模拟得活灵活现。他真是欲罢不能，接二连三，牵四挂五，渐渐打趣到同桌的忠厚者头上，形容他当年作检讨时是怎么一副"孙子样"；甚至离席站起，学起某人不雅的"蛙跳步"，连大家都认识的一位资深编辑和一位司机也不放过，讲了二位无从对证的荤笑话……席上有人听了哈哈大笑，有人抿嘴不语，我实在听不下去，只好佯作去洗手间，避席畏听糟改语。

有人专爱从门缝或锁眼看他人，形成了一种心理定势。比如我刚到某单位时，私下向一位比我资深的人士请教，意思是有劳他把其他跟我们分在一个组学习的人士介绍一下，他就眉飞色舞地给我形容起来：一位当年如何走投无路，是他在大街上偶然遇见了，才大发善心帮助其调到我们单位，而此公普通话又如何蹩脚，以至于在文章里写出了别别扭扭的怪句子；另一位如何在家里受老婆辖制；再一位当年在大会上被当众点名时如何面如土色……就连分组学习作记录的那位女士，他也将其一桩隐私添油加醋地描绘了一番，这么听下来，除了他本人，真真是"洪洞县里无好人"了。那以后，我当然也就成了他对别人糟改的靶子，甚至于有时在正式社交场合，他也要用一些字面上堂皇的语句，把我讽刺性地介绍给在座的客人，令我既难堪，又无奈。

我现在的怕社交，怕某些饭局，实在跟不愿再遇上这样的人，听这类的聒噪有关。经历过太多的人际摩擦，我现在懂得，尽量以善意看待别人，不吝把真诚的赞语说出口，才应该成为我们的心理定势与社交准则。

因为有了这样的感悟，所以再读《红楼梦》第三十九回的一段"过场戏"，就觉得特别有味道了。曹雪芹写到李纨偶然地从平儿身上摸到一串钥匙，引出她一番感慨："我成日家和人说笑，有个唐僧取经，就有个白马来驮他；刘智远打天下，就有个瓜精来送盔甲；有个凤丫头，就有个你。你就是你奶奶的一把总钥匙，还要这钥匙作什么？"宝钗跟着说："这倒是真话。我们没事评论起人来，你们这几个都是百个里头挑不出一个来，妙在各人有各人的好处。"宝钗所说的"我们"，是她们那一群主子小姐，"你们"则是指平儿等上等丫头，接着李纨又赞扬了鸳鸯，说她不仅把贾母伺候得舒舒服服，而且"心也公道"，并不仗着贾母的信任依赖"依势欺人"，"倒常替人说好话儿"。惜春也赞鸳鸯，又引得宝玉探春赞彩霞，当然袭人也就被提出来大加肯定。其中李纨还把对这些人的肯定上升到理论："大小都有个天理。"

"大小都有个天理",意思是人无论高低贵贱,他或她的存在,总有个最基本的道理,那就是"各人有各人的好处"。一个人看待别人,应该把这一点作为前提,对家人亲友要这样自不待言,对待同事、邻居、同行、熟人也要这样。当然,社会确有复杂的一面,知人知面难知其心。所共事的也好,所遭逢的陌生人更不消说,都会有缺点盖过优点的人,或竟隐蔽着罪恶意识,对自己可能不利、有害的,对之需加防范,不可轻率置评。但在人际交往中,尊重他人,善待他人,扬其善,赞其美,懂得人与人之间是一种互补互助的依赖关系,还是应该成为我们的主导意识;玩笑可以开,幽默应该有,但无论是背靠背地糟改,还是当面冷嘲热讽,都是不对的。说轻了是低级趣味,说重点就是为人刻薄有违厚道,再说重点,那就是自丑忘形。

李纨那样一群封建贵族家庭的主子们,对其丫头们尚且能多看优点,赞美其好,而且懂得双方的生命历程是在相互依赖中达于和谐的,我们生活在今天人文环境下的人们,互相之间已经没有了主奴关系,难道不是更应该把"大小都有个天理"这句话铭记在心,在为人处事中多些相互肯定、真诚赞语吗?

辑二　红楼拾珠

朴而不俗　直而不拙

　　一般读者都记得惜春会画画，天津泥人张曾创作过一座非常生动的泥塑《惜春作画》，那照片经许多报刊登载，风靡一时。电视连续剧里也有表现惜春作画的段落。但一般读者往往忽略了探春的专长，只知道她诗才逊于黛、钗、湘，似乎只有理家方面的管理才干。其实，曹雪芹也是把她作为一个书法家来塑造的，我们万不可眼错不见。

　　《红楼梦》里除了在表现秦可卿卧室时使用极度夸张手法外，对其他居室的描写一律是写实的手法。他那样表现秦的卧室，是别有用意——暗示她真实的皇家血统公主身份，他是不得不用那样的"曲笔"。描写贾府空间别的部分他虽然也有艺术升华，但力求给人以真实感，比如他写林黛玉第一次进入贾政王夫人居住的荣国府正房，就见到炕上"靠东壁面西设着半旧的青缎靠背坐褥""挨炕一溜三张椅子上，也搭着半旧的弹墨椅袱"，"半旧"二字倍增可信度。

　　刘姥姥二进荣国府，贾母带她在大观园里溜了个够，几乎把每位小姐的闺房都逛到，其中描写最细腻的，就是探春住的秋爽斋。探春素喜阔朗，三间屋子不曾隔断，当地放着一张花梨大理

51

石大案,案上垒着各种名人法帖,并数十方宝砚,各色笔筒,笔海内插的笔如树林一般,那一边设着斗大的一个汝窑花囊,插着满满的一囊水晶球儿的白菊;西墙上当中挂着一大幅米襄阳《烟雨图》,左右挂着一副对联,乃是颜鲁公墨迹,其词云:"烟霞闲骨格,泉石野生涯";案上设着大鼎,左边紫檀架上放着一个大观窑的大盘,盘内盛着数十个娇黄玲珑大佛手;右边洋漆架上悬着一个白玉比目磬,旁边挂着小锤……怎么样?古今书法家,几人能够拥有一个如此高雅阔朗的挥洒空间?

元春省亲后,"便命将那日所有的题咏,命探春依次抄录妥协",之所以点名让探春抄录,就是因为元春知道这个妹妹精于书法。

光看上面对于探春居所的描写,我们难免会觉得她的审美趣味十分贵族化,她使用的陈设的那些东西,哪一样不是精妙昂贵的?有的更可以说是无价瑰宝。但曹雪芹把探春的审美品格设定在了更高的段位上,那就是超越了一般的富贵与高雅眼光,更能追求来自乡土民间的淳朴之美。在"饯花节"那一天,她把宝玉哥哥叫到一边,喁喁地说私房话,托付宝玉去外面给她买回些美丽的东西来,宝玉一时也想不出有什么可买的,对她说外面"左不过是那些金玉铜磁没处摆的古董",她就点明:"谁要这些,怎么像你上回买的那柳枝儿编的小篮子,整竹子根抠的香盒儿,胶泥垛的风炉儿,这就好了,我喜欢的什么似的……你拣那朴而不俗、直而不拙者,这些东西,你多多的替我带了来!"难怪她屋里卧榻,那拔步床上,悬的是葱绿双绣花卉草虫的纱帐,从农村来的板儿立即认出上面有蝈蝈和蚂蚱。

懂得欣赏朴而不俗、直而不拙的乡土工艺品的人士，才算具有高段位的审美品位。眼下中国人真个是富起来了，这里暂且不谈财富分配不公的问题，只就小康与大富的社会阶层而论，追风雅，搞收藏，炫品位，诩内行，一时风气大炽，而各级市场也应运而生。从高级拍卖会，到大众化地摊，吸引了众多的人士。有的一脑门子心思只在低价搜奇以待升值大赚，有的一掷万金气度不凡意在炫富，有的苦心孤诣呕心沥血誓淘传世瑰宝，有的收进售出频繁与炒股炒汇一个目的属单纯的投资行为……而在这些人士眼中，"柳枝儿编的小篮子，整竹根抠的香盒，胶泥垛的风炉儿"等等，都是不值钱的毫无收藏价值的，甚至如果自己偶然摆弄了被人看见了还会觉得"丢份儿"。正是在这种"一颗富贵心，两只体面眼"（这是《红楼梦》里的话）的作用下，朴而不俗、直而不拙的乡土工艺品越来越难觅得，有的已经失传。鸡年庙会上，我见到了大量工业流水线上生产出的塑料鸡、棉绒鸡、铁皮鸡、石膏鸡，就是见不到手工制作的布鸡、泥鸡。好不容易见到了吹糖鸡捏面鸡的，却是围观的不多购买的更少，跟那民间小贩一聊，说是没办法，也就是自己跑来找个乐儿，靠那手艺根本无法维生。

我们这社会还需要推广探春式的审美观，懂得鉴赏朴而不俗、直而不拙的草根产品，不仅可以保存一大批民间工艺制作的文化遗产，还可以维系富裕阶层与清贫阶层的心灵沟通，有利于在审美共识中，滋润出和谐的社会气象来。

竟是拈阄公道

英国的莎士比亚生活在 16 世纪末 17 世纪初，比曹雪芹约早一个世纪，他作品里有句名言："弱者，你的名字是女人！"曹雪芹也同情被社会所摧残所毁灭的弱女子，但他的思想境界比莎士比亚更上层楼，他宣称"女儿是水作的骨肉"。创作《红楼梦》的动机，是因为"忽念及当日所有之女子，一一细考较去，觉其行止见识，皆出于我之上，何我堂堂须眉，诚不若彼裙钗哉？……闺阁中历历有人，万不可……使其泯灭也。"他笔下的青春女儿形象，个个性格凸显，如闻其声，如见其形，又各不相同；有的豪爽，有的泼辣，有的姣俏，有的端庄，有的狡黠，有的伶俐……有王熙凤那样的"巾帼英雄"，也有迎春那样的懦弱小姐。

迎春的身份，各古本《石头记》里歧文横生，有贾赦前妻所出、贾赦妾生、贾政前妻所出、贾赦女过继给贾政等不同说法。可见曹雪芹在对这个角色定位时，颇费神思，因为全书稿未定曹雪芹就溘然而逝，所以尽管我们能大体知道迎春出嫁后被孙绍祖这匹"中山狼"践踏而死，但具体的情节，还是只能依靠想象。就迎春这个形象而言，以莎士比亚那句名言来对之喟叹，是恰切的。

辑二　红楼拾珠

　　1874年，英国出版了一本名为《龙之帝国》的书，书里写到英国商人菲力普向接待他的曹频讲起了莎士比亚戏剧故事，忽然发现屏风后有人偷听，曹频去从屏风后揪出一个少年，加以责备，这个少年应该就是曹雪芹。这是一段与英、中两国大文豪都相关的趣闻，足充谈资。

　　迎春的相貌，第三回通过林黛玉进府有所描写：合中身材，腮凝新荔，鼻腻鹅脂，温柔沉静，观之可亲。一次贾政、王夫人召见府中子女辈，宝玉到得最晚，见他进屋，唯有探春、惜春和贾环站了起来，这就点明，迎春比他们四位都大，因为是姐姐，所以见了宝玉不用起立迎接。在这样一个封建礼法森严的环境里生活，迎春因为与世无争，能忍能让，因此不像其他姐妹们那么时生焦虑，和所有的上下人等都从无龃龉冲撞。第三十八回写众女儿吃蟹之余，林黛玉倚栏杆坐着钓鱼，宝钗俯在窗槛掐桂花蕊掷向水面喂鱼，探春惜春李纨立在垂柳阴中看鸥鹭，而迎春呢，曹雪芹为她设计的行为是"独在花阴下拿着花针穿茉莉花"，这是多么娴雅柔媚的女儿形象，谁能将其绘成绝美的仕女图？

　　迎春在书中很少开口说话。即使有话，也多半是被动式，人问她答。秋爽斋偶结海棠社，迎春积极性不高，随大流而已。李纨封她为副社长之一，负责限韵，迎春难得地发表了一个看法："依我说，也不必随一人出题限韵，竟是拈阄公道。"

　　后来她果然采取了类似拈阄的方式，随手翻书，翻出七言律，于是让大家作七言律；又让小丫头随便说一个字，那丫头正倚门立着，便说了个"门"字，"门"属于诗韵"十三元"，头一个韵就定了"门"；又从韵牌匣子"十三元"一屉中随机抽出

"盆""魂""痕""昏"四块牌子,这样就确立了吟白海棠花的全部规则。

在一个利益分割日趋细化,而游戏规则尚不健全的社会环境里,弱者常会选择或服从抓阄的方式。迎春说出"竟是拈阄公道"的话语绝非偶然,这是曹雪芹针对她的性格特点所延伸出的一个艺术细节。在写灯谜诗时,曹雪芹又特意为迎春设计了一首谜底为算盘的诗:"天运人工理不穷,有功无运也难逢;因何镇日乱纷纷?只因阴阳数不同。"这灯谜诗其实表达的是对精确算计的不信任,而宁肯将一切托付给"运气"的那么一种无奈的心情。

在我们当前所置身的社会里,一般老百姓所期盼的,是公平合理的社会分配机制的确立。像北京的经济适用房的发售,对发售对象尽管有相关的规定,但"镇日乱纷纷"。只见有住进去享受三个卫生间安了七台电视,并且楼下停着豪华轿车的;许多符合条件的市民昼夜排队等候放号,却排得死去活来后被告知"此队无效",望穿秋水,身心憔悴。最新的消息,是采取了迎春那"竟是抓阄公道"的方案,在电脑上摇号。这对弱势社群来说,也许真是个说不上有多好,但毕竟可以接受的消息。曹雪芹通过他的书弘扬一种"情不情"的人道情怀,第一个"情"字是动词,就是对"不情"即不懂得感情的事物,也要主动赋予满腔的关爱。现在我们面对着那么多懂感情的普通市民,最起码,要把这"抓阄"的公道履行好,别让类似西安"宝马车彩票案"那样的事态重现吧!

状元榜眼难道就没有糊涂的

元、迎、探、惜四春，在曹雪芹笔下探春着墨最多，元春次之，迎春和惜春升为主角的"本传"只各有半回，迎春的是"懦小姐不问累金凤"，惜春的则是"矢孤介杜绝宁国府"。迎春的身份在现存古抄本《红楼梦》里异文极多，究竟把她设置为贾赦前妻所出，或妾所出，或贾政前妻所出，曹雪芹似乎犹豫过，最后也没有敲定；但惜春设定为贾珍胞妹，这在各古本和通行本上都是一致的。

因为贾氏两府辈分最高的是贾母，她又特别喜欢女孩儿，所以她把两府的小姐都集中到荣国府来抚养，后来又都安顿到大观园里，探春入住秋爽斋写得很明确，迎春和惜春开始说是分别住在缀锦楼和蓼风轩，后来又说分别住在紫菱洲和藕香榭，也许是她们在大观园里搬迁过？

在"惑奸谗抄检大观园"后，惜春因为丫头入画箱子里被翻查出男人物品和一大包金银元宝，算是违犯了府规府法。她认为此事令自己丢了面子，就让人去叫来嫂子尤氏，执意要撵入画出去。入画跪求，尤氏认为入画固然不该私自传递东西进园，但那些钱财物品确实都是贾珍赏给她哥哥的，入画并不是像迎春丫头司棋那样与外面的男人私通，只不过是把"官盐"弄得成了"私盐"，罪过不算大，训斥警告一番尚可察看留用。但惜春却冷面冷心，说"快带了他去，或打，或杀，或卖，我一概不管"；尤氏进一步劝说，惜春哪里听得进去，还把双方争论的话题从入画可不可赦，引申到风闻很多对宁国府的不堪议论，因此她不仅是要杜绝入画，还要从今后跟宁国府一刀两断。尤氏在一群丫头、嬷嬷面前被小姑子如此排揎，脾气再好也难隐忍，就说"四丫头年轻糊涂"，惜春顶嘴说"你们不看书不识几个字，所以都是些呆子"。话赶话，尤氏急了，就讽刺她"你是状元榜眼探花，古今第一个才子，我们是糊涂人，不如你明白"，探春这时就说出了一句掷地有金石声的名言："状元榜眼难道就没有糊涂的不成？可见他们也有不能了悟的！"

惜春性格的孤介乖僻，可与妙玉媲美。她的诗才虽然平庸，却比擅诗的黛、钗、湘等多一方面的才能——绘画。她的悲惨命运，在第五回里透露得很清楚："可怜侯门绣户女，独卧青灯古佛旁。"有清代人在笔记里记载，曾见到八十回后古本，惜春最后是"缁衣乞食"。高鹗续书胡写什么"沐皇恩贾家延世泽"，说惜春后来在妙玉被劫后的拢翠庵中安顿下来，那是不符合曹雪芹原意的。拢翠庵是元春省亲时建的，到贾府败落时才三年多的时间，哪是什么"古庙"（第五回太虚幻境册页里画的是古庙），里面又哪儿来的古佛？

状元榜眼探花相当于现代竞赛中的冠亚季军，对这些"蟾宫折桂""出人头地"者的迷信，不仅过去存在，到如今也还存在于一般俗众之中。但曹雪芹早在二百多年前，就通过笔下惜春这个人物，发出了"状元榜眼难道就没有糊涂的不成？"这样的呼声。抛开惜春这个人物不近人情、过分地冷面冷心、陷入悲观主义的这一点不论，就她对状元榜眼那具有穿透力的觑破揭露而言，确实是振聋发聩的。当然，惜春对他们的评判另有标准，那就是能否"了悟"，也就是《红楼梦》十二支曲里关涉惜春的那首《虚花悟》里点出的，人需要懂得"将那三春看破，桃红柳绿待如何？……说什么，天上夭桃盛，云中杏蕊多。到头来，谁把秋捱过？……生关死劫谁能躲？"这样的标准太虚无、太消极，我们难以认同，但往昔那些状元榜眼探花大都热衷名利，欲望烧心，有几个真能挣脱名缰利锁，而且能拿出真本事造福社会的？把他们当成"纸老虎"觑破，很有必要。

不仅过去封建社会科举制度下的状元榜眼探花不值得崇拜追逐，就是一再进行了改革的现代考试、评奖机制下的冠军亚军季军及什么前多少名，也不能盲目地推崇效仿。遗憾的是，直到今天，把高学历、高名次、高职称、高位置、高头衔、高座次看得过死过重，而忽视了人的实际素质、实践能力、可开掘潜力与可持续前景的庸俗眼光，仍流行于社会；遮蔽、阻挡、妨碍、毁灭有真才实学、实践能力的"无名次"俊杰的现象，仍非个别存在。在这种情势下，我们跟着惜春喊一句"状元榜眼难道就没有糊涂的不成？"还是有清心醒脑作用的。

水晶心肝玻璃人

王熙凤只约略识得几个字,是贾府年轻一辈里肚中最缺乏墨水的一个,她平时记账清算开单查书等与文字相关的事宜,都支使一个未弱冠小童彩明办理,那其实也就是她的文案秘书。但有一天李纨探春等忽然找到她,说是要请她当大观园诗社的"监察御史",她立刻明白,"御史"的高帽子戴到她头上,绝非什么妙事。她马上戳破探春等人的诡计:"我猜着了,那里是请我作监察御史,分明是叫我作个进钱的铜商。你们弄什么社,必是要轮流作东道的,你们的月钱不够花了,想出这个法子来拘了我去,好和我要钱,可是这个主意?"一席话说得众人都笑起来了,李纨就说她:"真真你是个水晶心肝玻璃人!"

李纨说王熙凤是个"水晶心肝玻璃人",明褒实贬。听话听声,锣鼓听音,王熙凤是个任何方面都要拔尖占强的人,受此讥讽,岂能甘休,就说了"两车无赖的泥腿市俗家常打算盘分金拨两的话"出来,惹得一贯寡言少语笨嘴夯腮的李纨,也就一口气说出了一大篇揭她短处的话来,甚至说王熙凤跟平儿"只该换一个个儿才是"——这段文字不仅把李纨性格塑造得更其丰满,也是"草蛇灰线,伏延千里",逗露出八十回后,确有王熙凤被贾琏休掉、平儿被扶了正的情节。

所谓"水晶心肝玻璃人",并不是说此人单纯,对他人的透明度高、无城府、忒直率,而是指其聪明过人、机关算尽,对他人的意图,哪怕是非常含蓄地表达出来,甚至还不及将整个意思表达完毕,就已经心知肚明,并立即有了应付的词语与策略。王熙凤正是这样,她点破探春、李纨等人的诡计,遭逢李纨一番超常发挥的抨击后,飞快地适应形势,转攻为守,甚至不惜营造出一种"缴械投降"的氛围,谋求"哀兵必胜"的效果。当李纨最后问她:"这诗社你到底管不管?"她的回答真是非常漂亮:"这是什么话,我若不入社花几个钱,不成了大观园的反叛了,还想在这里吃饭不成?明日一早就到任,下马拜了印,先放下五十两银子,给你们慢慢地作会社东道,过后几天,我又不作诗作文,只不过作个俗人罢了,监察也罢,不监察也罢,有了钱了,你们还撑出我来也使得!"一番话化干戈为玉帛,皆大欢喜。

"水晶心肝玻璃人",更多地意味着对他人有超常的洞察力。《红楼梦》里非常生动地写出,王熙凤如何能效戏彩斑衣,哄贾母开心,并从贾母因开心而施予的恩宠里,获得实际的好处;她又能将贾琏的心思一眼看破,或以言语点破,或以颜色示之,在前八十回里,基本上将贾琏辖制得无可奈何。王熙凤的这种对他人的洞察力,是她行事胆大妄为的心理前提。虽然我们现在看不到曹雪芹笔下的八十回后文字了,但在前面曹雪芹已经非常明确地告诉了读者,这个"水晶心肝玻璃人"并没有什么好结果,她的生命结局是非常凄惨的:"机关算尽太聪明,反误了卿卿性命,生前心已碎,死后性空灵……呀!一场欢喜忽悲辛……"水晶心一旦破碎，该喷出怎样汹涌的鲜血；玻璃人一旦成为碎片，该是怎样一种不堪回首的惨景！

与"水晶心肝玻璃人"对应的，在《红楼梦》语汇里，有一句"痰迷了心，脂油蒙了窍"。"酸凤姐大闹宁国府"时，王熙凤见了尤氏劈头便骂，就骂出了这句话。一个人"痰迷了心，脂油蒙了窍"，当然是完全昏聩，毫无优点可言了。其实对比于王熙凤，尤氏理事的能力未必逊色多少，像贾母让她为王熙凤操办生日，她就处理得非常之好，退回几个"苦瓠子"和几位丫头的"份子钱"，收买了人心，却又并不克扣留给自己，用那些银子把那场生日活动办得丰丰富富、多姿多彩。丈夫贾珍、儿子贾蓉都不在家，忽然公公贾敬吞丹而亡，面对这突发事件，尤氏的应变能力也不算弱，体现出一定的理事水平。尤氏这方面的能力受到抑制，主要是因为她丈夫贾珍爵位在身，又是一族之长，非常强悍，况且她是填房，跟王熙凤带着堂皇的嫁妆被贾琏娶为头房正妻，有所不同。在《红楼梦》里，尤氏戏份不少，细心的读者，应该从那些情节里发现不少她优于王熙凤的地方。但尤氏在八十回后的结局也很悲惨。曹雪芹写出了社会大环境大事态对个人命运的无情控制，"个人是历史的人质"，不管是"水晶心肝玻璃人"还是"痰迷了心，脂油蒙了窍"，到头来决定人命运的往往并非其品质，而是大势。

但我们不应因此陷入宿命论中。就个人而言，无论面对怎样的命运，都应努力提升自己的心灵品质。不要做一个"水晶心肝玻璃人"，太累，也太难与人为善；当然也不要"痰迷了心，脂油蒙了窍"，活得懵懵然昏昏然。郑板桥的那"难得糊涂"的意蕴还是值得我们体味的，在大事情上要清醒，大原则上要坚守，在小事情甚至某些中等事情上，对他人无妨"没心没肺"一点，对自己则无妨"得过且过"一点，这样的人生，应该才是朴素自然、问心无愧的。

太满了就泼出来了

由贾母发起，"闲取乐偶攒金庆寿"，为凤姐过生日，派尤氏张罗此事，尤氏只能从命。尤氏领命后，来到凤姐房里，商议如何行事，不禁微嗔："你这阿物儿，也忒行了大运了，我当有什么事叫我们去，原来单为这个。出了钱不算，还要我来操心，你怎么谢我？"凤姐笑道："你别扯臊，我又没叫你来，谢你什么！你怕操心？你这会子就回老太太去，再派一个就是了！"尤氏于是回击："你瞧他兴的这样儿！我劝你收着些儿好，太满了就泼出来了！"

《红楼梦》开篇不久，有秦可卿给凤姐托梦的情节，里面就有"月满则亏，水满则溢"的警告，又一连说出"登高必跌重""树倒猢狲散""盛筵必散"等含义相通的俗语。不过，那个语境里的"水满则溢"，主要是预示一种物极必反的状态，而尤氏所说的"太满了就泼出来了"，则是抨击一种恶劣的心态，对于

63

读者的启示，侧重面有所不同。

王熙凤那样跟尤氏说话，所仗恃的，就是贾母这座靠山。王熙凤以戏彩斑衣、噱头不断的手法，哄得贾母开怀大笑，于是她的劣迹丑行，就都瞒蔽过了贾母以及王夫人等。

读《红楼梦》读得细的人，都会发现书里不时出现"官中的钱"这样一个概念，就是说贾府经济上的开支，是由一个总账房来管理的。凤姐的权限，是向总帐房领取了月银月钱后，再按分例往各处发放，从贾母、王夫人起，李纨、宝玉、众小姐，当然还有她自己，一直到大小丫头，都从她手里往下发。按说这些银钱是"官中"的，绝非她的私房钱，但她却总是预支来了以后，便让旺儿拿到外头去放贷取利，利银归己，数年如一日地如此敛财，经常是因为本利没有及时收回，而耽搁了月例银钱的发放，这事后来连袭人都知道了，贾母、王夫人却一直被蒙在鼓中。宝玉挨了父亲暴打后，养伤时说想喝莲叶羹，贾母一叠声地让赶快去做，这事当然由凤姐来操办，她就传话给厨房，让做出十来碗，解释说这东西平时难得做，既然给宝玉做，也就顺便多做些，请贾母、王夫人、薛姨妈等都尝尝，贾母就指责她是拿着官中的钱做人情。贾母的指责当然只是口头上的，心里是觉得这个孙儿媳妇着实是办起事来面面俱到；凤姐也就表示多做的汤，不必由官中开支，这个东道她还做得起。

贾府有府规，有总账房，府里人称之为"官中"。从贾母到凤姐，府里的家下人等，嘴里都承认，甚至敬畏这个"官中"。但实际的情况是，从上到下，许多人心里都另有一杆秤，把一己私利奉为准星，损"官中"而肥自身，蔚成风气。曹雪芹写得非常细致，比如关于玫瑰露和茯苓霜的官司，就牵扯面极广，谁真正按规矩行事？凤姐作为内当家，胆子就更大，瞒天过海，贪得无厌，她又不信什么阴司报应，百无顾忌，反正有贾母这位老祖宗的宠信，她的心态岂止是"自我感觉良好"，简直是"自我感觉优秀"，尤氏说她"太满了就泼出来了"，指的就是她那有恃无恐的狂劲。

我认为，"太满了就泼出来了"这句话，作为劝诫一般人要谦虚谨慎，固然也适用，但就其出现的语境，以及其词语的意象而论，应该还是更针对像凤姐那样的大狂妄者。

曹雪芹的本意，未必是把凤姐当贪官来写，他笔下的凤姐是个复杂的人物，对凤姐后来的悲惨命运，他也惋惜悲叹。但是我们今天读《红楼梦》，也无妨把凤姐身上那负面的东西，比如"太满了就泼出来了"的狂妄心态，作为一种借鉴。我们置身的现实里，有的公务员之所以成为毫无顾忌的贪官，也跟凤姐一样，那心态膨胀得太厉害了，觉得自己"朝中有人"，谁能把自己怎么样？"你反映去呀，换个人来呀！"恣肆无忌，横行无度，你认为他"太满了就泼出来了"，一时间他却偏泼出些来也还盘踞不移。时下有的贪官连凤姐也不如，凤姐至少还能拿出些银子来请人喝莲叶羹，至少还以公然用"官中的钱"做人情为耻，至少总还能把放出的贷款连本带利收回来，把各处的月银月钱发放下去，拖欠的时间也有限。现在有的贪官连家里的卫生纸也公费报销，用公费宴私客成为习惯，而违规放出的贷款，根本就无从收回，搞得下面连工资也发不出。

但是，从根本上说，"太满了就泼出来了"，这种心态必然

65

导致行为的严重失范,最后君临其身的并非什么阴司报应,而是现世报。凤姐"机关算尽太聪明,反误了卿卿性命""呀!一场欢喜忽悲辛!"就这一点而言,还是足令我们今天的某些人惊悚的吧?

推倒油瓶不扶

王熙凤一张嘴,赛过三千毛瑟枪。她自己巧舌如簧、满嘴滚珠,也喜欢所使唤的人能跟她一样,舌尖生花、口齿脆朗。她宣称最恨那起"必把一句话拉长了作两三截儿,咬文嚼字,拿着腔儿,哼哼唧唧的"奴仆,"急得我冒火,他们那里知道!先时我们平儿也是这么着,我就问着他,难道必定装蚊子哼哼就是美人了?说了几遍才好些儿。"所以她偶然发现怡红院的杂勤丫头小红,居然说话"口声简断",立刻召到麾下,加以任用。

大凡读过《红楼梦》的人,都难忘王熙凤的生动言辞。她那"从来不信什么是阴司报应""拼着一身剐,敢把皇帝拉下马"的泼辣话,以及形容宝玉和黛玉口角后握手言和:"倒像黄鹰抓住了鹞子的脚,两个都扣了环了!"等等软幽默,许多读者都能随口道出。

王熙凤一向打心眼里看不起宁国府的尤氏。在贾琏偷娶尤二姐事发,她去宁国府大闹撒泼时,就高声呼出了这样的话:"你又没才干,又没口齿,锯了嘴子的葫芦,就只会一味小心图贤良的名儿,总是他们也不怕你,也不听你!""他们"指贾珍和贾蓉,这二位确实是贾琏偷娶尤二姐的"大媒"。前八十回里,王熙凤在家里对贾琏可是处处要占上风,贾琏在她面前倒仿佛是个"锯了嘴的葫芦",凡跟她过话总是遭噎。所谓"一从二令三人木",就是指贾琏在第一阶段总是不得不服从王熙凤;到八十回后,才因她诸恶逐步曝光,进入第二阶段,就是贾琏可以命令她了;最后一个阶段,她被贾琏休掉("人木"就是"休",《红楼梦》中经常用"拆字法"暗示人物命运)。

　　秦可卿丧事过后,贾琏和林黛玉从扬州也料理完了林如海的丧事,回到荣国府。王熙凤设酒宴给贾琏接风,说起协理宁国府,王熙凤一番话亏曹雪芹怎么模拟得来:"我那里照管得这些事!见识又浅,口角又笨,心肠又直率,人家给个棒槌,我就认作针;脸又软,搁不住人家给两句好话,心里就慈悲了……一句也不敢多说,一步也不敢多走。"这是听来令人起鸡皮疙瘩的"谦词"。说到她所面对的那些仆妇,则这样形容:"咱们家所有的这些管家奶奶们,那一位是好缠的?错一点儿他们就笑话打趣,偏一点儿他们就指桑说槐的抱怨。坐山观虎斗,借剑杀人,引风吹火,站干岸儿,推倒油瓶不扶,都是全挂子的武艺……"则听来足令人倒抽凉气。

　　且不管那王熙凤如何把自己形容为柔弱善良的憨妇,又如何把别人形容为一群奸狡刁钻的丑类,来达到夸赞自己、堵塞问责的目的,现在我们单把她嘴里所说的那些反面的"全挂子武艺"

拎出来探讨探讨，也还是挺有意思的。

如今的某些公仆，似乎有着贾府里那些"管家奶奶"的"遗风"。对上，"错一点儿就笑话打趣"，"偏一点儿就指桑说槐的抱怨"，在公私宴席上，除了说"荤笑话"，就是此种"打趣"与"抱怨"。对其自己所负的那一摊责任，不仅谈不到对人民负责，就是对上司同僚，也无团结奋进、和衷共济之心，"坐山观虎斗""借剑杀人"，是把为人民服务的岗位当成了争名夺利的权力网络，"引风吹火"地制造内部矛盾，所管辖的领域内出了问题不去认真解决，对应予协调解决的兄弟部门的事情更是"站干岸儿"，任凭人家在"险浪"中挣扎也不伸出援手。你说恶劣不恶劣，该不该曝光揭露、批判罢免？

"推倒油瓶不扶"，我曾听一位胡同杂院的大妈告诉我，又可以说成是"带倒油瓶不去扶"，所形容的，是极端不负责任的态度。大妈说，"推倒"不一定是故意要做坏事，但因为一贯马虎，所以会"一不留神"连带着把"油瓶"弄倒。这本来并不难挽救，只要及时地扶起来，问题也就解决了，即便漏出一点油，损失也有限。但就有那么一些人，身负某方面责任，却吊儿郎当，在其责任范围内"油瓶"不慎被带倒后，居然不去扶正，任那油咕嘟咕嘟地流到地上，他心里想的只是"反正这油瓶又不是我故意推倒的""反正这油又不是我家的""反正这瓶油流空了，还会再给这块儿补上一瓶来"，这样的家伙，有时就居然以一纸检查混过事故责任，之后依然盘踞其位，会上照瞌睡，宴后照剔牙，你说可气不可气？该不该想个彻底杜绝这类"公仆"的法子？

辑二　红楼拾珠

看着多多的人吃饭最有趣的

贾母是个享乐主义者，在吃上严格履行孔老夫子的"八字方针"，即"食不厌精，脍不厌细"；在艺术欣赏上能"破陈腐旧套"，布置房屋，用今天的话来说也就是搞装潢设计，她的品位既高贵也高雅。这些，读《红楼梦》的人都会留下很深刻的印象。

但是，有一个细节，往往被许多读者忽略，那就是第七十五回，贾母说了句发自肺腑的话，她表达了她的一个最强烈的人生享受，那就是：看着多多的人吃饭最有趣的。

贾母是宁、荣两府尊崇的老祖宗。她是女性，地位虽尊，族长还是让贾珍去当。荣国府值班守夜的婆子，吃醉了酒，忙着分主子筵席剩下的果品，当尤氏丫头去支派她们的时候，两个婆子很不耐烦，借着酒劲儿，说出了"各家门，另家户"的话，惹出一场风波。其实我们仔细阅读《红楼梦》的文本，就会感觉那两个婆子说的并不错，宁国府跟荣国府尽管都认贾母这个老祖宗，但是经济上是分开核算的。贾珍过年时会跪在贾母榻前敬酒，但是敬完酒退出去就只顾追欢买笑，何尝真对贾母所在的荣国府这边的得失挂在心上。

贾母是荣国府的顶梁柱。她有很雄厚的私房。人们都知道，她也含蓄地表达过，宝玉、黛玉两个人的一娶一嫁，用不着"官中的钱"，她是全包的。贾琏、凤姐作为荣国府的管家，在开支上掰不开镊子时，跟鸳鸯开口，让鸳鸯协助他们，暗中把属于贾母自己的几大箱金银器皿拿去当了，来应付窘局。鸳鸯为什么那么胆大妄为？其实，鸳鸯做这件事，私下里还是跟贾母汇报了的，贾母只当不知道，鸳鸯只当没跟贾母说，贾琏凤姐也就只当没做这件事。曹雪芹写得真妙。他写出了封建大家庭"内囊尽上来了"的景象，也写出了家族内部几种人物之间微妙的心照不宣。

贾母刚见刘姥姥就跟她说："我老了，都不中用了，眼也花，耳也聋……亲戚们来了，我怕人笑我——我都不会，不过嚼的动的吃两口，睡一觉，闷了时和这些孙子孙女儿顽笑一回就完了。"这些话，刘姥姥在大观园里那么一逛，心里就明白全是谦词，你看贾母带着刘姥姥和一群人到了林黛玉的潇湘馆，是怎么对凤姐谆谆教诲，让凤姐和大家懂得蝉翼纱和软烟罗的区别的；再后来到了薛宝钗的蘅芜苑，又是怎么教训薛宝钗不可以那样简朴到没道理的地步，立即命令鸳鸯"你把那石头盆景儿和那架纱桌屏，还有个墨烟冻石鼎……再把那水墨字画白绫帐子拿来"，贾母处理这些事情，是非常睿智也非常麻利的。

第七十三回，一连串的偶然事件，引发出贾母亲自查赌。老祖宗一怒，谁敢徇私？"虽不免大家赖一回，终不免水落石出"，贾母的威严、杀伐，跃然纸上。

所以，把贾母简单化地定位于封建大家族宝塔尖上"福深还祷福"的"享福人"，是不对的。这是一个既放权享受，又时时处处统领家族全局，必要时甚至亲自干预局部乃至细节的家族领袖。

到第七十五回，跟贾家休戚与共的江南甄家已经被皇帝查抄治罪，而且荣国府已经违反王法替甄家藏匿了转移来的家产，荣国府收取的租米已经不能达到原来的水平，整个儿是捉襟见肘、风雨飘摇的局面了。但就在这一回，曹雪芹特意写到，贾母自己吃完饭，在地下走来走去"行食"，先叫薛宝琴和探春坐在她吃饭的桌子两边吃，又叫尤氏坐下吃，更叫丫头鸳鸯、琥珀和银蝶都坐在一处吃。这在那样的贵族家庭里，是很出格的，按规矩，不仅奴才没资格坐在那样的地方，当着贾母面吃饭，就是那些媳妇小姐也不能那样。但是贾母不仅又一次"破陈腐旧套"，而且还跟大家笑道："看着多多的人吃饭，最有趣的。"

把"看着多多的人吃饭"当做人生的一大乐趣，这说明贾母有一种"全族富足我快乐"的情怀。贾母是一位封建大家庭的总主子，尚且懂得只有"多多的人"包括她那个空间里的丫头下人全有充足的饭吃，才能称其为繁荣，才能有家族的稳定与和谐，她自己也才能获得坚实的快感，这对今天的某些辖管一大空间或领域的"父母官"来说，应该仍是有借鉴启发意义的吧？

从小儿世人都打这么过的

王熙凤因为贾琏酒后跟下人鲍二家的老婆乱搞,大泼老醋,最后两口子一直闹到老祖宗贾母面前。谁知贾母虽也呵斥贾琏,却当着众人跟凤姐儿说了这么一番话:"什么要紧的事!小孩子们年轻,馋嘴猫儿似的,那里保得住不这么着,从小儿世人都打这么过的……"这话凤姐儿听到耳中,落入心底,居然也就不再撒泼打滚,一场闹剧,最后竟以喜剧收场。

过去的评家和读者,有把贾母定位于封建家族宝塔尖上大罪人的,说她不劳而获,穷奢极欲,维护封建正统,而又以虚伪的开明言行迷惑人们。像她在"变生不测凤姐泼醋"后所说的这些话,就凸显出她的腐朽本质:为了维护贾府的正统秩序,不惜撕下封建道德的虚伪面纱,赤裸裸地为封建贵族的糜烂生活辩护,宣扬建筑在对劳动人民敲骨吸髓基础上的享乐主义。

曹雪芹写贾母,却并没有也不可能从阶级分析的角度出发,他忠于自己的人生体验,忠于客观真实,忠于把生活原型刻画到纸上使其获得艺术生命的追求。我们如果摆脱了"以阶级斗争为纲"的视角,冷静地阅读其笔下的文字,就会觉得贾母确实也是一个无法用简单标签来定位的形象,她对孙辈的慈蔼和对贾政、贾赦的冷漠，对刘姥姥的惜怜和对府中设赌局的婆子的严厉，对贵族礼数的因循执著和对曲艺表演的破陈腐旧套，对福寿的一再昏祈与对人生艰辛的清醒认知，对生活享受的精致敏感与能糊涂时且糊涂，种种似乎相悖的特性却都很协调地融汇在她的精神世界与行为语言中，对这一艺术形象我们似乎不必去加以褒贬，而应该将其作为认知那一时代的一种生命存在的宝贵标本。

把贾母那一番话，用今天的语言加以详解，应包括以下丰富的层次：第一层，食色，性也。个体生命的性存在，是毋庸大惊小怪的。第二层，在主观上并不真正想改变婚姻状况的前提下，偶尔的性出轨属于"什么要紧的事"！（贾琏和那淫妇虽有些怨嫌凤姐的浪语，但那都不过是趁兴说说罢了。）第三层，在双方都属自愿的前提下，婚外通奸并非什么大罪大恶，"那里保得住不这么着"，夫妻间没必要非闹个鸡飞蛋打。第四层，"小孩子们年轻"，允许年轻人犯错误，人都有一个从荒唐到庄重的成长过程。第五层，不要以为只有自己遇到了这样的窝心事，配偶花心闹出些风流韵事，或者只不过是因为"馋嘴猫儿似的"，不管脏的臭的，都临时拉来泄欲，这类的事情其实可以说是一种普适的规律性存在，"从小儿世人都打这么过的"，只不过很少被人看破说透而已。第六层，看破说透了，配偶双方应该回复到平日基本上是恩爱和谐的生活常态中来。

一位常跟我讨论《红楼梦》的年轻朋友说，他以为贾母的言论即使搁在今天，也是振聋发聩的。如今关于婚外性行为方面的讨论，能用寥寥几句把观点亮明而且富于雄辩力，超越贾母之上的论家，似还不多见。我向他指出，贾母的论点，朝男性一方倾斜,庇护丈夫一方有余而要求妻子一方容忍则又过苛,不知当年她对贾代善的性出轨是否真能一笑了之?年轻朋友说,去除掉贾母言论中的这一会令女权主义者不满的因素,对夫妻双方"一碗水端平"地要求他们都能懂得"从小儿世人都打这么过的",在今天的社会情势下,至少应该说还是很有启发性的。不知读者诸君是怎样的一种看法?

卖油的娘子水梳头

这句话里的"油"不是指食用油,而是史湘云那句"这鸭头不是那丫头,头上那讨桂花油"趣话里的那种女用梳妆油。

这话是王夫人说的。凤姐因病需配调经养荣丸,要使上等人参二两。王夫人先让丫头在自己屋里找,找出来的只有几枝簪挺般细的,剩下全是些须末。去问邢夫人那边,更没有。只好求救于贾母,贾母那边倒有一大包,都有手指头那么粗,但送去给医生看,医生说这东西不能久放,凭是怎么好的,过一百年全变成灰,贾母那里的人参虽未成灰,也都是朽糟烂木,早无性力,根本不能使用了。王夫人于是叹道:"卖油的娘子水梳头,自来家里有好的,好歹不知给了人多少,这会子轮到自己用,反倒各处求人去了。"第七十七回的这段情节,清楚地印证了脂砚斋一再告诉我们的，曹雪芹所写的是贵族家庭的"末世"。八十回后，肯定会一步紧逼一步地写到贾府以及整个贾、史、王、薛"四大家族"的"忽喇喇似大厦倾，昏惨惨似灯将尽""好一似食尽鸟投林，落了片白茫茫大地真干净"，绝对不会像高鹗那样，还要去写什么"占旺相四美钓游鱼　奉严词两番入家塾"，以及"沐皇恩贾家延世泽"。

"卖油的娘子水梳头"是一句俗语。按说卖头油的老板娘应该最不缺头油使，但是她却偏用刨花水甚至清水来代替桂花油等化妆品，凑合着把头发勉强梳顺，使其有一点亮光。

现在像《红楼梦》里写到的那种头油，已经近乎绝迹，现在发廊里使用的焗油用料，还有摩丝发胶什么的，大都含有多种化工原料。当年的头油可都是纯植物制品。我童年时代每天上下学要穿过北京隆福寺庙会四次，尽管关注的主要是零食摊和玩具摊，但逛得久了，也难免会偶尔注意一下别的货摊。记得那庙会上就有老远能闻见气息的头油摊，光顾的主要是妇女，那摊上摆放着大大小小的玻璃瓶子，瓶子贴着花花绿绿的标签，标签上还往往有仕女画或花卉蝴蝶的图案。那些瓶子里装的就是头油，有桂花油、茉莉油、玫瑰油等不同的品种，看摊的有老板，也有老板娘，只记得那老板娘镶着银牙，头上老插着艳丽的绢花，描着弯弯的细眉，脸颊上抹着胭脂，只是不知道她头上是否擦有头油，或者竟是"水梳头"？

后来也曾跟同住一个胡同杂院的大妈，聊闲天时扯到《红楼梦》，涉及"卖油娘子水梳头"这句话。那大妈却说，她老早听到过这句话，但其意思是形容人"抠门儿"（吝啬）"善敛财"。

一句俗话在流传的过程里，意义不断地丰富，而且在不同的语境里分流，转化为不同的含义，是很正常的语言现象。

这话搁到今天，其实还可以引申出更丰富的意思。现在有的经营者，不在提升产品质量、加强管理和科学营销等方面下工夫，单以自己"水梳头"的"苦肉计"方式去谋求成本的降低，甚至压低员工工资、不按规定为全体员工投入医疗保险和养老保险，这种克扣式"水梳头"，必将导致"枯发""掉发"，形成"秃顶"的后果。起先这"水梳头"还只是主观上的收敛；到后来，想拿些油来"梳头"也力不从心了，"水梳头"成了无奈之计；再往后，则意味着企业连头油也没有了，实际上已经停止正常运转，"水梳头"说明还在强撑着脸面而已。当然，也有那样的情况：开头，猛地享受自己的"桂花油"，即从无节制地"增加福利"，发展到无利也"分红"，最后成了"破馅饺子"，甚至是号称"饺子"而无馅，竟是满锅的浑汤烂皮儿，根本就没了"桂花油"，焉能不"水梳头"？某些国企，不就在上演这样的闹剧，最后使绝大多数职工处在悲剧的境遇中吗？

无论是哪种原因导致"卖油的娘子水梳头"，都不是什么好事情。但愿人们在用这话解嘲之后，能将事态调整、纠正到一个正常的、可持续发展的局面。

辑二　红楼拾珠

读书人总以事理为要

　　《红楼梦》字字珠玑，人物语言尤其精彩，而且十分感性，很少在写人物说话时故意制造哲理警句，真是一个角色有一个角色的独特话语。比如史湘云，这是一个多么具有魅力的艺术形象，但你细检她的语言，都从她活泼的天性自然流出，其中几乎没有什么抽象的理性。"这鸭头不是那丫头，头上那讨桂花油"，谐谑而富有情趣；就是跟丫头翠缕论阴阳，也是一派天真，毫无学问气，像是说绕口令。

　　但第一回就出场的贾雨村，却是个爱说哲理性语言的角色。第二回里，他对冷子兴长篇大套地讲述了一番"阴阳二气掀发搏击论"。这里且不去管他，单说第一回得甄士隐资助赴京赶考，他留下的那句话，就值得品味一番。甄士隐头晚才给他银子衣服，他第二天五鼓竟已启程，留下的话是："读书人不在黄道黑道，总以事理为要，不及面辞了。"

　　贾雨村是书中除了贾宝玉外，有具体外貌描写的男性，他生得腰圆背厚，面阔口方，剑眉星眼，直鼻权腮，非常雄壮。由于此人后来与贾政过从甚密，双方在仕途经济的价值观上一致，被贾宝玉视为国贼禄蠹，深为厌恶；又由平儿嘴里揭露出他陷害石呆子,将石珍藏的古扇掠给贾赦,还招致贾琏被贾赦痛打,平儿因此咬牙骂他是"半路途中那里来的饿不死的野杂种"。根据前八十回的脂砚斋批语透露,八十回后还会写到贾家败落过程里他恩将仇报,狠踹了贾府几脚;当然最后自己也还是没能逃脱"因嫌纱帽小,致使枷锁扛"的命运,许多评家都指出这个人物是典型的"奸雄"。

但我以为曹雪芹刻画他笔下的人物,虽然有爱憎臧否蕴含其中,但总是还原于鲜活,写出了性格的复杂与人性的诡谲,正如我们不能对历史中的真正存在以人废言一样,对于贾雨村这个艺术角色也不能以其劣行而废其睿智之言。

从《红楼梦》中撷拾人物珠玑般的语言,也就可以将贾雨村的"读书人不在黄道黑道,总以事理为要"作为一例。将这句话从书里剥离出来,搁到今天的社会环境中,对我们仍具有启发性。

中国的阴阳八卦、黄道黑道、西洋的星座运程、扑克占卜,这类玩意不能说完全没有它一定的道理,大体而言是一种概率推测,或模糊数学,更多的因素则是非科学的随心所欲。直到今天,迷信这些而疏远精密科学的人还非常之多,包括不少的读书人,比如按属相、血型、星座来判断一个人的气质命运,将其视为谶言,因吉语少而生焦虑的,就大有其例。其实仔细想想,全世界那么多人,若按属相等分类也不过就那么多种,难道各种属相的人真的就同命运共遭遇?就在你身边,也可以找出归于一类但境况大相径庭的例子啊,被那么粗糙含糊的说辞搞得神魂颠倒、忧心忡忡,不是太可笑了吗?再比如近期太阳黑子活动频繁,在这种情况下乘坐飞机是否安全?单就这一个因素而言当然安全性是降低了,"不宜出行",但现在的科学技术足以在飞机导航方面使其影响化解到最微小的程度;而在一个"万胜历"上标明是黄道吉日最宜出行的日子和时辰,却又偏偏发生了空难与车祸。这就说明决定事物状态的应该是诸多因素的集合,而精密科学就是认知与把握这些合力的"事理",读书人实在是应该带头摆脱迷信,"总以事理为要"。

黄柏木作磬槌子

这是歇后语的前半句,后半句是"——外头体面里头苦"。这话是宁国府贾珍说的。一些读《红楼梦》的人总没弄清,贾珍虽然比贾母辈分低两辈,比他父亲贾敬和荣国府的贾赦、贾政低一辈,但书里故事开始时,他却已经是贾氏家族的族长,这在那个时代可是个非同小可的身份。贾珍在族务上不仅统管宁、荣两府,他的管理面还包括两府以外的所有贾氏族谱上挂号的人士。建造大观园他是总监工,贾母带领府中女眷和贾宝玉到清虚观打醮,他充当总指挥,大展族长威严,让仆人往躲懒的贾蓉脸上啐口水,把其他族中子弟都震慑住了。书中还有不少细节刻画他作为族长的善于周旋和应对,在家族败象频现的中秋节,开夜宴时大家忽然听到那边墙下有长叹之声,祠堂槅扇有开阖怪响,别人全慌了,他还能厉声叱咤,显示出体现在他身上的阳刚之气。

　　过去的许多《红楼梦》评论都把贾珍当成个简单的反面人物来分析,特别是他与秦可卿的乱伦关系,老仆焦大之骂,似乎把他钉牢在了耻辱柱上。我却认为曹雪芹并没有把他当做"反面教员"的意思,是力图把一个真实的封建贵族家庭的壮年族长的形象血肉鲜活地呈现在我们面前。他有罪愆,也有光彩,有荒唐,也有魄力,种种因素汇聚在他身上。对这一角色我们不应该粗率地贴标签,而应该细致地分析他的存在方式与审美价值。我在自己开创的"秦学"中,考证出秦可卿的原型是康熙朝废太子胤礽的一个女儿,胤礽在小说中则以"义忠亲王老千岁"的符码隐现。按曹雪芹原来的写法,是因为宁国府冒极大风险收养了"坏了事"的"义忠亲王老千岁"的女儿,所以才终于遭抄家殒灭,"家事消亡首罪宁"正是这个意思。在收养的过程里,秦可卿名义上是贾蓉的媳妇,其实是贾珍的情妇,他们之间的爱情是真挚而深切的。在反复整理书稿的过程中,为了避文字狱,曹雪芹后来听取了脂砚斋的忠告,把已写好的文字删去了很多,又打了补丁,将秦可卿的出身说成是一个从养生堂里抱来的野种。

　　书里写到贾珍的话语,总是非常贴切于他的身份,性格鲜明,别具韵味。"黄柏木作磬槌子——外头体面里头苦"这个歇后语,是他在接收府里庄田之一的黑山村乌庄头送年租来时,因为乌庄头误以为贾府有宫里娘娘支撑,就一定富贵无忧,说出的带有自嘲意味的一句话。

　　人最难得的是有自知之明。知己的同时当然还应该知彼。双知的情况下,对自己的劣势一面,应该有自嘲的能力。自嘲能化解焦虑、浮躁、恐惧与慌张。自嘲是软幽默，能在困境中令人软着陆。缺乏自嘲能力的人，即使在优势胜过劣势的情况下，也可能因为心理上的僵硬，而经不起变故，甚至经不起的仅仅不过是谣言的冲击。贾珍能当着边远地方来的佃户头子说出这种"露家底"的话，显示出他在家族颓败情势下，还具有相当健康的心理状态，这也是他尚能在颓势中拼力一搏的本钱。

抛开《红楼梦》，撇开贾珍，"黄柏木作磬槌子——外头体面里头苦"这个歇后语，也可以令我们生出许多的联想。世上的人和事，多有与这种磬槌子类似的。但能对此有清醒认知的，不多；能以此自嘲，坦率地面对命运，去努力改变、抗争的，那就更少了。

牛不吃水强按头？

这是一句带强烈反抗情绪的话，所以必须加上一个"？"，念出时需在句末将声调往上硬挑。

这是鸳鸯说的。作为老祖宗贾母的宠侍，鸳鸯平时出语总是不急不躁，显得温柔敦厚而又诙谐可人。但没想到老色鬼贾赦竟打上了她的主意，意欲向贾母讨去作妾。邢夫人不仅不阻拦，还亲自去动员鸳鸯，鸳鸯性格中桀骜泼辣的一面于是破茧而出，曹雪芹写了她一系列激越铿锵的话语，读来令人不禁拍案叫绝。

贾府的丫头，有的是家生家养的，有的是中途来的。家生家养的属于"世奴"，是最不能自己把握自己命运的，主子可以任意摆弄她们，反抗往往是徒劳的。鸳鸯偏就属于这一类的家奴，她父母在南京贾府老宅看守空房，兄嫂在荣府当差，非家养世奴的平儿、袭人很为她担心，因为其兄嫂势必会来帮主子逼婚，鸳鸯就说："家生女儿怎么样？牛不吃水强按头？我不愿意，难道杀我的老子娘不成？"

后来鸳鸯那嫂子果然跑进大观园来，企图说服鸳鸯就范，鸳鸯对其心肠一眼洞穿，对平、袭说："这个娼妇专管是个'六国贩骆驼的'，听了这话，他有个不奉承去的！"那嫂子刚说有"好话"有"天大的喜事"要告诉鸳鸯，鸳鸯就指着她骂道："你快夹着屄嘴离了这里，好多着呢！什么'好话'？宋徽宗的鹰，赵子昂的马，都是好画儿！什么'喜事'？状元豆儿灌的浆儿又满是喜事！怪道成日家羡慕人家女儿作了小老婆，一家子都仗着他横行霸道的，一家子都成了小老婆了！看的眼热了，也把我送在火坑里去！我若得脸呢，你们在外头横行霸道，自己就封自己是舅爷了，我若不得脸，败了时，你们把忘八脖子一缩，生死由我！"一番痛骂真是酣畅淋漓、血泪交喷。其中"好话（画）""喜事"两句，是以谐音来讥讽其嫂。因为侍奉的是贾府上层，耳濡目染，所以鸳鸯知道宋徽宗画的鹰、赵子昂画的马是好画；清朝时人们最害怕的是出天花，那时往往一蔓延开就会死很多人，特别是婴儿，倘若出的"状元豆"能灌满浆，那么尽管可能会留下麻坑，却标志着生命可保无虞了，所以俗称是"喜事"。急切中鸳鸯说出这么两句，十分符合她的身份见识，也显示出她对其嫂是既气愤更蔑视。

鸳鸯抗婚是《红楼梦》中最精彩的篇章之一，也为八十回后埋下了伏笔。高鹗的续书，把鸳鸯之死锁定在"殉主"上，这是违背曹雪芹本意的。鸳鸯作为贾母的忠仆，如用今天的眼光看，类似机要秘书的角色。她与贾母在长期相处的磨合中，除了主觉奴顺奴感主恩外，也确实会派生出超越阶级地位的真实感情。贾母如死在她之前，她大为悲痛是必然的，而且她上述激烈抗婚的言行之所以能一时得逞，也确实是因为有贾母这么一个大庇护伞，贾母一死，那就谁也保护不了她，只能落在贾赦手心里了。按曹雪芹八十回后的构思，鸳鸯之死虽会借"殉主"的形式，但实质应该仍是对贾赦的反抗，而且意义还不仅是对一个恶人的反抗，需知像她那样的"世代家奴"是主子以"口"计算的财产，生死都是不能由自己来支配的，你自己去死了那是破主子家的"活财"，会被视为针对整个主子集团的大罪。可惜我们今天已经无缘得见曹雪芹笔下的鸳鸯之死。

时代已经转换，社会已经进步，我们所处的人际间现在已经没有了《红楼梦》里的那种主奴关系，但个人有时还会遭遇不良势力甚至是恶势力的胁迫。在这种情况下，从鸳鸯身上汲取有益的营养，发出"牛不吃水强按头？"的抗争之声，求助于法制、法律和社会道德舆论，包括公序良俗，摆脱胁迫，使公民权益不受侵犯，仍是保持生命尊严的必要手段。

| 红楼眼神

前人撒土迷了后人的眼

贾琏偷娶尤二姐，王熙凤设计迫害尤二姐，导致尤二姐把已成形的男婴流掉，在悲伤绝望中吞金自尽，被草草火化埋葬。这段故事在《红楼梦》读者中，对尤二姐的同情是一致的；对王熙凤的评价，却产生出分歧。有的觉得王熙凤实在阴狠歹毒，是她人性中黑暗面的一次大暴露；有的却觉得她在那种一夫多妻制的处境里，所作所为，也不失为一种妇女对夫权的反抗，还是有其可以理解与谅解的一面。

清朝入主中原以后，允许满汉通婚，《红楼梦》里出现的女性，实际上是满汉混杂的。曹雪芹所写下的故事，虽然具有明显的自叙性、自传性，但他不愿意把朝代、地域过分坐实。林黛玉进荣国府以后，故事基本上都发生在北京，多次写到炕：上炕，下炕，炕桌，一条腿跪在炕上一条腿立在地下吃饭等等，这都是江南金陵地区不可能有的情况。写书中人物的服饰装扮，男人避免写到辫子，所有的男性角色只写到贾宝玉梳辫子，但又不是清朝法定的那种剃光前半个脑袋上头发的那种辫子。写女性角色的服装基本上全是汉族式样（清代入关后对男子发型服装有严格规定，对汉族女子的服装却基本上维持明代风格），没有旗袍、两把头、花盆底鞋等典型满族女装的描写；至于女性脚的样式，也绝少涉及，以至有的读者一直在问：林黛玉薛宝钗她们究竟是三寸金莲还是天足啊？

要说《红楼梦》里完全没有写到女性的脚，那也不对。写"红楼二尤"的故事时，就直接写到尤三姐是小脚。她在对贾珍、贾琏的调戏实行反抗、嬉笑怒骂时，"底下绿裤红鞋，一对金莲或翘或并，没半刻斯文"，这说明尤氏父亲续弦所娶的尤老娘，是汉族妇女，她带来的两个"拖油瓶"女儿，从小就是裹脚的。尤二姐被王熙凤"赚入大观园"，带去见贾母，贾母戴上眼镜看完了她的手，"鸳鸯又揭起裙子来"，这是暗写请贾母检查她的脚裹得好不好，贾母看毕摘下眼镜笑赞道"更是个齐全孩子"。所谓"齐全"就是从头到脚都中规中矩，尤二姐的"金莲"按当时标准来说，是令府里的老祖宗满意的。

但是根据我们对《红楼梦》里诸多人物的原型研究，大体可以确定，属于"四大家族"的女性，应该都是随满俗，脚是天足，不裹脚的。这是因为"四大家族"祖上应该都是早年在关外就被满族俘虏，编入正白旗，成为包衣奴才。他们后来生下的女性，基本上是在满族文化风俗中长大成人的。林黛玉呢，比较费猜测，她母亲是"四大家族"中的女性，但父亲林如海很可能又是汉族。父母是否能形成统一意见，或让她缠足或任其天足，曹雪芹没有写，读者也就只能各随其想。

《红楼梦》里的丫头，傻大姐是特意写到她"两只大脚"，以为鲜明特征，可见府里丫头并非都是大脚，而且丫头们互骂"小蹄子"，又讽刺不愿跑腿是"怕把脚走大了"，可见属于小脚的不少。贾宝玉在《芙蓉诔》里有"捉迷屏后,莲瓣无声"的句子,可见晴雯是小脚。但像鸳鸯那样的府中家生家养的世仆的后代,我们判断她是天足,应该是八九不离十的。

"齐全孩子"尤二姐,死得很惨。一年以后,王熙凤忽然假惺惺地对贾琏说:"我因为我想着后日是尤二姐的周年,我们好了一场,虽不能别的,到底给他上个坟烧张纸,也是姊妹一场。他虽没留下个男女,也不要'前人撒土迷了后人的眼'才是。"

"前人撒土迷了后人的眼"究竟是什么意思?有解释为"稀里马虎含混了事"的。但古本《石头记》里,写王熙凤说这句话,有的本子在前头是"也要",有的却是"也不要"。如果选择"也要"——红楼梦研究所校注的现在十分流行的本子,选择的就是"也要"——那么,整句话就不通了,王熙凤是故意说这个话来欺骗人,她不可能直接表明她主张对尤二姐的周年祭"含混了事"。

曾请教过北京什刹海边的老大妈,她说那是句早年常听见她上两辈说到的俗话,应该是"前人撒土别迷了后人的眼",意思是做事情要尽量周到,不要前人所做的事情对后人不利。录此以为红学研究者和红迷朋友们参考。

我个人比较倾向于这句俗语的正确说法是"前人撒土别迷了后人的眼"。抛开王熙凤什么的不论,就是在今天,这话对我们不也仍有一定的警示作用吗?

辑二　红楼拾珠

清水下杂面你吃我看见

"红楼二尤"的故事是令人难忘的。尤二姐善良软弱,尤三姐泼辣刚烈,贾琏在小花枝巷"包二奶",不仅包了二姐,把尤老娘和三姐也养起来。贾珍本是色迷,乘虚而入,有一回跑到小花枝巷去,正鬼混间,贾琏回来。贾琏采取了同意"共享"的态度,于是居然兄弟二人与尤三姐同桌共饮,谈笑取乐。这时尤三姐站在炕上,指着贾琏嬉笑怒骂道:"你不用和我花马吊嘴的,清水下杂面你吃我看见,提着影戏人子上场——好歹别戳破这层纸儿。你别油蒙了心,打谅我们不知道你府上的事,这会子花了几个臭钱,你们哥儿俩拿着我们姐儿两个权当粉头来取乐儿,你们就打错了算盘了!……"她以拿两个贵族男子开涮的方式进行反抗,自己高谈阔论,任意挥洒一阵,弄得那二人连口中一句响亮话都没了,那局面竟仿佛她嫖了男人,并非男人淫了她。一时她酒足尽兴,也不容那兄弟二人多坐,撵了出去,自己关门睡去了。

"清水下杂面你吃我看见",在这里的意思是"你的意图瞒得了谁,我可是一清二楚"。有一种揭露对方、不屈服于对方而控诉、斥责的力度在里面,因此声调必是拔高的,与"见提着影戏人子（就是皮影戏的角色造型）上场——好歹别戳破这层纸儿（就是放映皮影戏的那个纸幕）"连说，更具冲击力。

　　这句话在《红楼梦》的另一段故事里又出现了一次。那是宁、荣两府为贾母贺八十大寿，尤氏作为孙媳，必须要体现孝道，于是一连几日都不回宁府，白日间迎送宾客，晚间就到大观园稻香村李纨那里歇息。且说那日尤氏晚间一径来至园中，只见正门与各处角门仍未关，犹吊着各色彩灯，就命小丫头叫该班的女仆。没找到一个女仆，只好到二门外去找管事的女人，见到两个婆子正在那里分主子席上撤下的菜果，就让她们去唤管事的女人来。那两个婆子听到并不是凤姐的命令而是尤氏的命令，就不放在心上，只顾分菜果，还说了句"管家奶奶们才散了"，以为就对付过去了。谁知那宁府来的小丫头不是好糊弄的，点破她们如果是荣国府的主子下命令，早就"狗颠儿似的传去的"。那两个婆子一则吃了酒，二则被这丫头揭挑着弊病，恼羞成怒，回口道："扯你的臊！……什么'清水下杂面你吃我也见'的事，各家门，另家户，你有本事，排场你们那边人去！"小丫头便赶到大观园里，当着荣国府的人，把两个婆子的话告诉给尤氏。

　　这段情节虽然不如二尤故事那么吸引人，但曹雪芹写它的用意很值得我们重视。他是以此来表现贵族大家族各支派间的矛盾。从表面上论，宁国府和荣国府如唇齿相依，荣国府里有两府辈分最高的老祖宗贾母，宁国府里则有整个贾氏宗族的族长贾珍，两府肯定是一荣俱荣、一枯俱枯。利益既然相连难分，两府的主子应该都可以不分彼此地随意支使另一府里的仆役；但实际情况上，却是不同的宗族支派间貌合神离，表面礼让，实则各怀异心。曹雪芹把这这一段情节还衍生为邢夫人趁机挤对王熙凤,即所谓"嫌隙人有心生嫌隙"。从一桩小事,揭破封建大家族人际间"乌眼鸡"般的明争暗斗,为我们提供了丰富的认识价值与审美乐趣。

两个分菜果的老婆子嘴里讷出的"清水下杂面你吃我也见"(用字与尤三姐略有不同),是反讽的口气,意思是"你别把事情分得那么清楚,不存在什么清清楚楚的可能性"。她们借着酒劲儿居然紧接着就喊出了"各家门,另家户"的话来,把宁、荣两府利益分流、彼此敷衍甚至龃龉冲突的隐秘一面公开出来;小丫头自然将这话当做把柄,气急败坏地找到尤氏告状,结果一浪推一浪地掀起了轩然大波。

在今天的社会语境下,"清水下杂面你吃我看见"这句俗语,也仍可在特指的前提下,激活为一种对"公开透明度"的朴素诉求。"别以为能瞎糊弄过去,清水下杂面你吃我看,咱们走着瞧!"还是掷地有声,具有威慑力的。

失了大体统也不像

薛宝钗协助李纨、探春理家,说了一句"天下没有不可用的东西",可谓至理名言。她们从赖大家那里获得启发,原来一个破荷叶、一根枯草根子，都是值钱的。赖家的花园子比贾府大观园小许多，但就靠着把一切东西皆转化为金钱的经营方式，除了自家戴花、吃笋等不用外买节约出许多开销，还可将多余东西外卖出二百两银子来。天下东西皆可用，宝钗接着说："既可用，便值钱。"探春算起账来，越算越兴奋，于是三人就计议一番，要在大观园实行兴利剔弊的新政；所实施的政策，便是承包责任制。十几年前就有人写文章，说岗位责任的个人承包体制，早在《红楼梦》里，就通过第五十六回"敏探春兴利除宿弊　时宝钗小惠全大体"很具体很生动地描写出来了。确实如此，我这篇文章不想把立意再局限于这个方面，我想强调的，是薛宝钗的另一思想侧面。

　　承包的前提，是将个人责任与个人利益紧密联系在一起；说破了，也就是首先承认人皆有私心，人性中皆有恶，因此顺其心性，加以驾驭，"使之以权，动之以利"，因为所承包的事项关系到自身收益，所以会尽心尽力，一定会努力地降低成本、减少浪费、提升技术、珍惜收益；一个一个的承包者皆是如此，则大局一定繁荣。用宝钗的话说，就是光一年下来的生产总值，就"善哉，三年之内无饥馑矣！"

　　但承包的做法，是挥动了一把双刃剑。一边的剑刃用于提高生产积极性很锋利；一边的剑刃却很可能因为没能辖制住人性恶，而使获利者的私心膨胀，伤及他人，形成不和谐的人际龃龉，甚至滚动为一场危机。曹雪芹的厉害，就在于他不仅写出了敏探春、时宝钗她们的"新政"之合理的一面与繁荣的效果，也用了很多笔墨写出了因为没有真正建立起公平分配机制，所形成的大大小小的风波。仅从看角门的留栊子盖头的小幺儿与柳家的口角，就可以知道承包制使大观园底层仆役的人际关系比以往紧张了多少，一个个两眼就像那鷖鸡似的，眼里除了金钱利益，哪里还有半点温情礼让？

薛宝钗是个头脑极清醒的人。所谓"时宝钗"，用今天的话来说，就是"摩登宝钗"，既能游泳于新潮，又能体谅现实的因循力量，总是设法在发展与传统之间寻求良性的平衡。她一方面肯定岗位责任制，一方面又提出了"均富"的构想，这构想又细化为：一，大观园里的项目承包者，享受税收方面的优惠，即不用往府里的账房交钱，但他们也就不能再从账房那里领取相关的银子或用品。比如原来他们服侍园里的主子及大丫头们，要领的头油、脂粉、香、纸，或者笤帚、撮簸、掸子，还有喂各处禽鸟、鹿、兔的粮食等等，此后都由他们从承包收益里置办。二，承包者置办供应品外的剩余，归他们"粘补自家"。三，除"粘补自家"外，还须拿出若干贯钱来，大家凑齐，散与那些未承包项目的婆子们。薛宝钗在阐释这一构想时，一再强调"虽是兴利节用为纲，然……失了大体统也不像"，"凡有些余利的，一概入了官中，那时里外怨声载道，岂不失了你们这样人家的大体？"她特别展开说明，为什么要分利于那些并没有参与承包的最下层的仆役："他们虽不料理这些，却日夜也是在园中照看当差之人，关门闭户，起早睡晚，大雨大雪，姑娘们出入，抬轿子、撑船、拉冰床，一应粗糙活计，都是他们的差使。一年在园里辛苦到头，这园内既有出息，也是分内该沾带些的。"

薛宝钗的"大体统"，当然是指贾府的稳定，起码是表面上的繁荣与和谐。过去人们读这回文字，兴趣热点多在"承包"的思路上，对与之配套的"均富"构想重视不够。我们的现实社会，实行"承包"已经颇久了，甚至有人已形成了"改革即承包"的简单思维定势。实际上"承包"不是万能的，有的领域有的项目是不应该承包给私人的；而实行承包也不能只保障直接承包者的利益，而忽略了没能力没兴趣没必要参与承包的一般社会成员，特别是社会弱势族群的利益。薛宝钗的"均富"构想，虽然很不彻底，而且在她所处的那样一种社会里，也不可能真正兑现，但是对我们今人来说，还是很有参考价值的。特别是她能考虑到如何让抬轿、撑船、拉冰床的做"粗糙活计"的苦瓠子们也能"沾带些"体制改革的利益，以保持社会不至于因"失了大体统"而"不像个样子"，这一思路，无论如何还是发人深省的。

提防着怕走了大褶儿

寿怡红群芳开夜宴，对贾宝玉和众女儿来说，是一次畅怀惬意的集体行为艺术；但若从贾府的规矩礼数角度上看，则是一次骇人听闻的集体越轨活动。好在袭人晴雯等很聪明，她们特意把代理王熙凤管理府务的探春、李纨和宝钗都强拉了来。这样，就使这样一次夜聚饮唱的行为获得了合法性。

贾府里的规矩是很多的。大观园每天早晚，管家娘子林之孝家的都要领着手下几个管事的女人各处检查，这天晚上也不例外。到了掌灯时分，前头一位打着灯笼，林之孝家的一伙儿来了。先把迎出来的上夜人清点了一下，看了不少，又嘱咐她们别耍钱吃酒，醉后闷睡误事，上夜的都忙说"那里有那样大胆子的人"；林之孝家的又问宝玉睡了没有？宝玉忙出去礼貌招呼，还请她进屋，林之孝家的也就进去，以有脸面的老仆的口吻，对贾宝玉进行了虽很柔和却又表述得很清晰的劝诫，宝玉只能乖乖听着，丫头们也都只能帮着贾宝玉唯唯称是。后来林之孝家的一行终于离开怡红院，晴雯等忙关了院门，进来笑说："这位奶奶那里吃了一杯来了，唠三叨四的，又排场了我们一顿去了！"这时麝月就说："他也不是好意的？少不得也要常提着些儿，也提防着怕走了大褶儿的意思。"

曹雪芹写这一笔，是为了把贵族大家庭的生存方式，展示得更加立体，更加精微。在那样的百年簪缨之族的府第里，服侍过两三代主子的老仆，不仅在诸多年轻奴仆面前威严有加，就是年轻的主子，也需谦恭以待。封建礼法的"大褶子"，在那样的时空里，是不许"走样"的。

麝月是贾宝玉身边的大丫头之一，身份比袭人略低而与晴雯、秋纹平肩。她性格沉稳，不像袭人那样心怀"争荣夸耀"的"大志"，也不像晴雯那么风流灵巧具有个性棱角，比起秋纹却又颇显大气洒脱。曹雪芹把她设计成诸芳水流云散的最后见证人。那天夜宴，她掣中的签上写着"开到荼蘼花事了"的诗句，据脂砚斋批语透露，贾府事败，袭人不得不离开时，曾跟贾宝玉说

"好歹留着麝月";而在曹雪芹已经写成的后数十回文字中,麝月后来也确实成为留在贫困潦倒的宝玉和宝钗夫妇身边唯一的忠仆;而且在古本《石头记》的批语中还有"麝月闲闲无一语,令余鼻酸,正所谓对景伤情"的句子,仿佛批书人批那段文字时,麝月的生活原型就坐在其身边,足资玩味。据周汝昌先生考证,脂砚斋就是书中史湘云的原型。经过一番颠沛流离,她终于与曹雪芹遇合,联合著书;而麝月的原型,竟也还能找到他们,同度艰难岁月。正所谓"秦淮风月忆繁华""燕市歌哭悲遇合"。

贾府的倾塌,外在因素当然是主要的,但其内在的腐朽,也是一个方面。所谓"大褶儿",也就是"大格局""基本规范",表面上似乎还具备"驴粪蛋四面光"的假象,颇为堂皇气派,其实内里早已掏空,人人自欺,又各欺人。后来府里乱象迭生,贾母一怒之下亲自过问,严查夜聚赌博,林之孝家的不得不听命盘查,结果一家伙查得大头家三人、小头家八人,通共竟有二十多人卷入。这才知道,夜幕下的荣国府和大观园,表面上是个温柔富贵乡,似乎一派安详甜美,其实早已是鸡鸣狗盗、藏污纳垢,严重地走了"大褶儿"的样。那罩在外面的堂皇衣衫,已经褶乱纽落,露出不雅,而且危机重重,厄运即至。

一种制度,一套规范,一旦确立就要认真实施,严格考核。"提防着怕走了大褶儿",按说只能是作为一道底线,哪里能连"大褶儿"也任其走样呢?但是不仅在曹雪芹笔下那个时代,就是到了今天,也仍然存在着连"大褶儿"也不顾,破着脸逾制违规的人与事,真令人气愤扼腕。

维护"大褶儿",求得表里如一、中规中矩的效果,应该从两个方面入手，一是必须对贪官污吏严惩不贷，提升法律规范的威严，建立健全纯净有效的监察监督机制；二是从群众中来，到群众中去，通过民主程序，剔除"大褶儿"当中的某些华而不实、无从遵循以及导致"罪不罚众"或者"卡死善良人，奈何奸邪人"的那些"褶缝"，使我们的制度规范更合理也更具可操作性。

蝎蝎螫螫老婆汉像

我曾写过一篇《话说赵姨娘》，探究过曹雪芹何以会那样地描写她。曹雪芹笔下的绝大多数人物，都塑造得非常立体化，写出了他或她性格的复杂、内心的丰富、人性的诡谲。换句话说，就是有优点写优点，有缺点写缺点；不因其有毛病而舍弃其好处，也不因其有好处而遮蔽其缺失。可是，他写赵姨娘，却用笔刻薄到底，给人平面化的感觉，这个妇人在他笔下只有丑恶粗俗愚蠢颟顸，而无其他表现。曹雪芹的《红楼梦》是一部自叙性的小说，其中的人物都是有生活原型的，赵姨娘也不例外。大概在他以往的生活中，真有这么一位父亲的小老婆，让他想起来就难以抑制自己的厌恶。他将这一生活原型写入小说中时，也就倾注了过多的憎恨与鄙夷，形成了我们现在所看到的一副笔墨。

据周汝昌先生考证，曹雪芹对林黛玉之死设计的原意原笔，绝非是高鹗所续的那样，因为凤姐实施"调包计"，贾母变了脸，而"焚稿断痴情"，"魂归离恨天"。造成林黛玉死亡的凶手并非贾母、王熙凤，而是赵姨娘。赵姨娘造谣生事，说林黛玉与贾宝玉之间有"不才之事"，又买通在荣国府内药房负责配药的贾菖、贾菱，在林黛玉平日所吃的药里下了慢性毒素，导致林黛玉身心交瘁，最后"冷月葬花魂"，在大观园的水域里沉湖自尽了。赵姨娘这样做，更主要的目的是搞垮贾宝玉，以便由她生的儿子贾环来继承荣国府的万贯家财。曹雪芹本人正是贾宝玉的原型，他对害死林黛玉原型的那个父亲的小老婆，恨之入骨，写入书中时，下笔难以冷静，也就可以理解了。《红楼梦》七十八回里的《芙蓉诔》，既是悼念晴雯，也兼暗示黛玉的命运，其中"钳诐奴之口，讨岂从宽；剖悍妇之心，忿犹未释"两句，一般论者多以为是痛斥袭人和王夫人的；其实，恐怕理解成是厉骂赵姨娘，更加准确。

我在《话说赵姨娘》一文中，特别提到第六十七回前半回里的一个情节，就是薛蟠从江南带回一批土特产，薛宝钗普遍地分赠给贾府的人，也送给贾环一份。于是赵姨娘就故意拿去给王夫人看，说了些不伦不类的话，本以为夸赞一下王夫人的亲戚薛宝钗能讨个便宜的彩头，没想到王夫人正眼也不看她，让她碰了一鼻子灰，她只好悻悻地走开去。在这段描写里，用了"蝎蝎蜇蜇"这么个形容词，我以为非常生动，把赵姨娘那副丑态概括得十分准确。但后来仔细研究《红楼梦》的文本，我就接受了一些专家早已提出的见解，那就是认为现存的第六十四回和六十七回，特别是这两回的前半回,很可能并非曹雪芹的原笔,而是另外的人补缀上去的。

蝎蝎蜇蜇,形容的是一种仿佛被蝎子蜇了似的,失去了正形的一副猥琐做派。第五十一回里已经出现过这个词儿,写的是在怡红院,夜里麝月出屋方便,晴雯也没披厚衣服,就跟了出去,想吓唬麝月一下,"忽然一阵微风,只觉侵肌透骨,不禁毛骨森然",宝玉在屋里高声告诉麝月:"晴雯出去了!"一来为麝月免受惊吓,二来也为了让晴雯赶紧回屋。这个情节又引出了下面晴雯受寒得病,但为了把宝玉不小心给烧出一个洞的雀金裘修理好,"病补雀金裘"的重头戏。这可都是曹雪芹的原笔。就在这个情节里,曹雪芹写到晴雯回屋后埋怨宝玉:"那里就唬死了他?偏你惯会这么蝎蝎蜇蜇老婆汉像!"

蝎蝎蜇蜇老婆汉像,是针对男子汉的讥讽语,意思是你本应是副男子汉的气派,怎么却仿佛被蝎子蜇了似的,失了正形,变得像娘儿们那样婆婆妈妈的,让人看着别扭!在这个具体的情景里,贾宝玉的表现从客观上说是否一定属于"蝎蝎蜇蜇老婆汉像",容当另议,但这句俗语直到今天,应该说仍有一定的警示作用。那就是提醒诸位男子汉,无论在何时何地,都应该有与自己性别身份相配的做派。千万别遇见某些情况,就变得"蝎蝎蜇蜇老婆汉像",婆婆妈妈、絮絮叨叨,要么委委琐琐,要么惊惊咋咋,惹人厌烦,尤其是令女性嗤鼻齿冷。

摇车里的爷爷

"摇车里的爷爷，拄拐的孙孙"，这是贾芸说的一句话。

《红楼梦》里写了多组爱情故事：贾宝玉和林黛玉的挚爱，薛宝钗对贾宝玉的冷恋，秦钟和智能儿的热恋，龄官对贾蔷的痴情，尤三姐对柳湘莲的单恋，司棋与潘又安的密恋，贾芸与小红的大胆之恋……其中贾芸与小红的恋爱故事着墨相当浓酽，"痴女儿遗帕惹相思""蜂腰桥设言传心事"，光是单为他们列出的回目就有这么两条，可见这是两个非常重要的、贯穿始终的角色。他们的爱情故事一波几折，而且像滴翠亭小红与坠儿私语被宝钗无意中听见，宝钗为摆脱自身尴尬处境，竟不惜以金蝉脱壳法，将小红的怀疑转嫁到黛玉身上。这样的情节真是极富戏剧性，对刻画人物起到一石数鸟的作用，也为八十回后铺垫下"草蛇灰线，伏脉千里"的伏笔，真是花团锦簇、灵动飘逸的妙文。

可恨高鹗续书时，把小红写丢了，又胡乱地把贾芸写成一个奸邪的坏蛋，使一些读者至今不能好好地欣赏曹雪芹笔下这两个乖巧而善良的活泼形象。

曹雪芹笔下的贾芸和小红，都是有缺点的人物。贾芸用尽心计以冰片麝香巴结凤姐以谋美差，小红以伶牙俐齿博得凤姐青睐

辑二　红楼拾珠

达到了"学些眉眼高低，出入上下，大小的事也得见识见识"的攀高枝的目的，但这都是些利己而不损人的行为，是由他们的具体的生存环境所决定的，无可苛责。据脂砚斋批语透露，八十回后将写到，已结为夫妇的贾芸和小红甘冒风险，到狱神庙去看望被系缧绁的宝玉，给予他安慰与救助的情节，他们对凤姐也不因其落难而忘恩负义。在那样的篇章里，这两个很世俗的人物将展现出他们人格中颇光彩的一面。可惜曹雪芹已经写好的这些文字，被"借阅者"所"迷失"，我们今天已无缘得见。

贾芸虽是贾氏宗族中的一员，但他家那一支当时已经非常衰微。他为生存和发展，不得不绞尽脑汁到荣国府里去钻营。一次有幸见到年纪比他小四五岁的宝玉，宝玉随口说了句"你倒比先越发出挑了，倒像我的儿子"，贾芸就趁机而入，笑道："俗语说的，'摇车里的爷爷，拄拐的孙孙'，虽然岁数大，山高高不过太阳。只从我父亲没了，这几年也无人照管教导，如若宝叔不嫌侄儿蠢笨，认作儿子，就是我的造化了。"后来他也真以这样的身份混进怡红院直至宝玉榻前，又送白海棠花给宝玉，成为大观园青春儿女结社吟诗的由头。

贾芸所引的俗语，不是汉族的而是满族的，这也是《红楼梦》将满汉文化融为一体的一例。摇车是满族特有的一种育儿工具，男婴与女婴各有入摇车的时间规定。上摇车是很重要的一个日子，家庭会有一系列特殊的安排，只是摇车的形制今已失传，不知尚有复原的可能否。

贾芸引此满族俗语，有阿谀之态，但也反映出他为人处世有圆通的一面。抛开书中的人物和情节，单就这俗语而言，不仅道出了年龄与辈分不必相谐的生命存在的现实，也蕴含着破除论资排辈定规的活泼思维，这种通达宽容的心理状态，在今天的世道中，也不失为我们现代人可以参照的一种健康标准。时下颇有一些年轻生命似乎"越位存在"，小小年纪就成为畅销书作家，版税收入可以名列于富豪榜中。到学校里去搞抽样调查，从初中生到高中生以至大学一二年级学生，会在他们的答卷里将这样的年轻作家与鲁迅并列在"最熟悉"或"最喜欢"的提问后，有的爷爷辈的人就对此气愤填膺，简直不能容忍，但又无法禁绝其存在，弄得自己损元伤身。我建议他们无妨笑道："摇车里的爷爷，拄拐的孙孙。"不必那么大惊小怪，更不必那么气急败坏，天道、世道往往就会那么"不按次序"，对自己觉得实在是"乱序有害"的事物，可以批评，可以指正，但应该出之理性，心胸开阔，花开花落两由之，由他后浪推前浪。

扬铃打鼓的乱折腾

　　因为宫里面薨了个老太妃，贾母、王夫人等都必须按皇家制度去参与丧礼；凤姐小产后身体一直难以复原，荣国府里一时颇有权力真空的态势；加上小戏班解散后十二官多半都分进了大观园，女孩子们更成了扎堆儿之势，各种矛盾暴露出来。怪事迭

辑二 红楼拾珠

出,大哭小叫,官司不断,难解难判。在这纷乱的局势下,连聪明过人处事果断的探春,也往往没了主意,大有"按下葫芦起了瓢"的狼狈感。

诸种矛盾交织纠结,"茉莉粉替去蔷薇硝 玫瑰露引来茯苓霜",闹到最后,连宝玉都卷了进去,面对如此情势,大观园该怎么治理?平儿经过一番调查,认定了柳五儿确实是蒙冤,通过宝玉包揽责任,可以解脱彩云,并且保住探春的面子,也不必将柳家的厨头职务撤销,改换秦显家的,多进行一次伤筋动骨的权力改组。于是,她就去向凤姐汇报,说服凤姐采纳她的怀柔政策。

谁知凤姐是个地道的"法家",她的治理方略是:"依我的主意,把太太屋里的丫头都拿来,虽不便擅加拷打,只叫他们垫着磁瓦子跪在太阳地下,茶饭也别给吃,一日不说跪一日,便是铁打的,一日也管招了。又道是'苍蝇不抱无缝的蛋',虽然这柳家的没偷,到底有些影儿,人才说他,虽不加贼刑,也革出不用,朝廷原有挂误的,倒也不算委屈了他。""文革"当中"四人帮"把"法家"捧上天,乍一听,似乎他们是主张"依法治国",但实质上他们并不是要建立以民为本的法制体系,而是想实行"朕即法"的苛酷压制。王熙凤真可谓"四人帮"的"好前辈",其"法制观"完全剥夺了被告的辩护权,搞的是"逼、供、信",主张捕风捉影,拒绝调查研究,一个人说了算,认为冤假错案也没什么了不起。真是种下蒺藜不计后果,更没有什么历史眼光。她在铁槛寺受贿三千两银子害死两条人命,就宣称过"从不信什么阴司地狱报应的,凭是什么事,我说要行就行"。不迷

101

信鬼神本来并不错,但不懂得善必将战胜恶,"不是不报,时候未到",一意孤行而毫无顾忌,这就大错特错了。

曹雪芹通过平儿,肯定了另一种治国齐家的思路。在怡红院的一场风波过后,她被请去处理,袭人告诉她:"已经完了,不必再提。"她就笑道:"得饶人处且饶人,得省的将就省些事也罢了。"面对固执己见的凤姐,她知道推行自己的治理方略很难,于是耐心地以迂回的逻辑劝说:"何苦来操这心!得放手时需放手,什么大不了的事,乐得不施恩呢……没的结些小人仇恨,使人含怨。好容易怀了一个哥儿,到了六七个月还掉了,焉知不是素日操劳太过,气恼伤着的?如今乘早儿见一半不见一半的,也倒罢了。"没想到平儿一席话,竟把凤姐说服了。平儿意思总起来说就是应该"抓大放小",在那个时代对于凤姐那样的角色来说,生下一个儿子是泼天大事,平儿就在这一点上做文章,软化了凤姐。

取得了凤姐的首肯,于是"判冤决狱平儿行权"。她出来对管家婆林之孝家的宣谕:"大事化为小事,小事化为没事,方是兴旺之家。若得不了一点子小事,便扬铃打鼓的乱折腾起来,不成道理。"

后来邢夫人从傻大姐那里得到绣春囊,将其交到王夫人手中,被激怒的王夫人找到凤姐,轰走平儿,竟听取了王善保家的馊主意,扬铃打鼓的乱折腾起来,抄检大观园,闹了个沸反盈天。正如探春所说:"可知这样的大族人家,若从外头杀来,一时是杀不死的,这是古人曾说的'百足之虫,死而不僵',必须先从家里自杀自灭起来,才能一败涂地!"果然,经过这么扬铃打鼓一顿乱折腾，且不说死晴雯、逐司棋、芳官等被迫出家，惜春杜绝宁国府……就是贾母、王夫人等主子，也元气大伤，整个家族迅速呈现败象。八十回后，曹雪芹会加快节奏地写到忽喇喇似大厦倾、昏惨惨似灯将尽的殒灭局面。

我们所处的时代跟曹雪芹笔下的时代已有质的区别，何况《红楼梦》是小说而不是治国齐家平天下的论文，不能把上述故事情节和人物话语生搬硬套于今天，但避免"扬铃打鼓的乱折腾"这一提法，对于我们今天构建和谐社会，应该说还是有参考价值的。

管谁筋疼

一位年轻的红迷朋友跟我说，跟许多人相反，他很不喜欢晴雯，尤其是晴雯病中责骂小丫头。看见坠儿，她冷不防欠身一把将她的手抓住，向枕边取了具有尖锐细头的金属簪子一丈青，朝坠儿手上乱戳，疼得她乱哭乱喊；晴雯还借势自作主张，当即把坠儿撵了出去。这些描写，使他对晴雯产生厌恶，并且非常同情坠儿。

另一位红迷跟我说，曹雪芹何必要在"勇晴雯病补雀金裘"这回里写这么一笔呢？写比如说周瑞家的那样的妇人去处置坠儿不就行了吗？

曹雪芹那个时代，还没有诸如典型性、人民性等文艺理论概念，他就是写活鲜鲜的生命存在，他笔下的晴雯就是那么一个既能让人爱得颤抖又能让人气得牙痒的生命。"撕扇子作千金一笑"那回里，贾宝玉就让她先气黄了脸，后来又被她逗得开怀大笑。过去有的论家，按晴雯的地位，将她说成是"具有反抗精神的女奴"。她的性格里确实有叛逆的因素，但她何尝想"挣脱奴隶地位"？她和大观园里一大批头等、二等丫头一样，非常珍惜自己已经获得的地位，满足自己所过上的"二主子"生活，她们所害怕的，恰恰是被撵出去，失去了"女奴"的地位。晴雯呵斥比她地位低的小丫头，张口就是"撵出去"；对坠儿，她何尝有"同为女奴应相怜"的"阶级感情"？尽管坠儿偷了平儿的虾须镯，其行为确实欠妥，但我们细想想，那戴在"准主子"平儿手腕上的金镯，本是许多底层百姓血汗的结晶。对身处相对底层的坠儿来说，她把平儿为了跟着湘云、宝琴等吃烧烤而暂时捋下的金镯藏起，不过是以非规范方式，将含有自己血汗的一件物品，从剥削者那里收回而已，怎么晴雯就那么不能容忍，必欲撵之而后快？

大观园里的丫头里，也有清醒者，小红就是其中一位先知先觉者。她说出了"千里搭长棚，没有个不散的筵席"的箴言，当然她也绝不希望被作为"罪儿"给撵出去，但她一点没有长久留在府里，去争荣夸耀，谋个副主子、小老婆的想法。她一方面大胆追求府外当时还相当寒酸的西廊下的贾芸，一方面不靠背景关系，而完全靠自己的能力，先在府里拣高枝儿飞——

辑二　红楼拾珠

　　她获得了王熙凤青睐，学得眉眼高低，出入上下，大小的事也就见识多多，这样，她就真正把握了自己的命运。根据脂砚斋批语，我们知道，在八十回后，当王熙凤、贾宝玉被命运捉弄而狼狈不堪时，在社会上获得自立地位的贾芸、小红夫妇，挺身而出，去救助他们。

　　值得注意的是，曹雪芹有意把小红和坠儿设计成一对密友。在滴翠亭里，是坠儿把贾芸拾到的帕子送还给了小红，而且交给小红的帕子，很可能是贾芸自己的；小红又把自己的一块帕子，托坠儿带给贾芸。这在那个时代，那种社会环境里，特别是在赫赫森严的贵族府邸里，她们的作为，她们的话语，才是真正具有叛逆性的，是晴雯等望尘莫及的，放射出真正的人性光辉。由此可以推想，坠儿其实也早看破，大观园并非久留之地，被撵固然不好，但自己对出去一定要有所准备；而平儿那虾须镯，取来恰好作为将来出去后的谋生之资。坠儿的这一行为，并非一般的贪小，而是有长远考虑的一次冒险行动。像晴雯那样的完全倚赖宝玉宠爱的生命，是非常脆弱的。平日张口要把这个那个撵出去，一旦轮到自己被撵出，那就无法再生存，只能夭亡。不知八十回后还有没有坠儿出现，但我们可以想见，这位早打着出去自己过算盘的女性，被撵出去以后，一定会撑得住，顽强地生存下去。

　　小红和坠儿那高度机密的谈话，不曾想被人偷听去了，从她们的角度，真是不知道究竟被薛宝钗还是林黛玉哪位窃听了去。小红的反应，是怕林甚于怕薛，八十回后是否会有小红戒惕甚至误会、不利林黛玉的情节？很难说。坠儿的反应却是："便是听

105

了，管谁筋疼，各人干各人的就完了。"前面说了坠儿一些好话，现在却必须批判一下她的这一意识。"管谁筋疼"，只为自己个人谋利益谋前程，这是一种狭隘自私的想法。正是在这种意识支配下，坠儿以偷窃为改变自己人生状况的手段，尽管上面我分析了其中的某些可理解可原谅因素，但这种手段毕竟是有违各个时代的普遍被认同的道德准则的。我们当然不能要求坠儿具有现代社会的那种群体意识，但同样是在曹雪芹笔下，就写到芳官她们那一群小戏子，能够团结起来，同仇敌忾，让来兴师问罪的赵姨娘和辖制她们的婆子们，大受挫折，争了一口群体的气。

坠儿是个值得一再琢磨的艺术形象。她究竟何罪？要摆脱"罪儿"的命运，她那样的生命，究竟该往一条什么样的路上走？

花儿落了结个大倭瓜

一位朋友跟我说，他读《红楼梦》，最耐不下性子的就是"金鸳鸯三宣牙牌令"那一段。他不明白曹雪芹为什么要用那么多篇幅，来写贾府的女眷们聚在一起玩牙牌。

曹雪芹撰《红楼梦》，绝无冗文闲笔。"金鸳鸯三宣牙牌令"这一段描写，首先是通过那样一些文字，进一步刻画各个人物的不同性格；其次是为下面的情节留下伏笔——林黛玉毫无顾忌地

辑二　红楼拾珠

把《牡丹亭》《西厢记》里的词句当众吟出，这在那个时代那样的家庭里，是"出轨"的行为。因为《牡丹亭》《西厢记》被认为是大家闺秀绝不可接触的有害"闲书"，即使背着封建家长偷偷读了，焉能如此放肆暴露？亏得当时贾母等没注意，可是这"小辫子"却被薛宝钗牢牢抓住，她当时倒也不露声色，但后来就把林黛玉单独找去，好一顿"审问"，把林黛玉狠狠教训了一番。不过曹雪芹写这一段文字还有更深的用意，他总是"一声也而两歌，一手也而二牍"，善于"一石三鸟""一树千枝，一泉万脉"地铺陈花团锦簇的文字。这一段，他更深的用意，是用牌令词暗示贾家的政治处境已经十分尴尬，烘托出"山雨欲来风满楼"的情势，为后面贾府的殒灭预设大伏笔。

据考证，《红楼梦》是具有自叙性的小说，曹雪芹是把自己家族在康、雍、乾三朝的兴衰荣辱，投射到这部作品中，以血泪升华为艺术真实的。这一节写众人说牌令，贾母说"头上有青天""一轮红日出云霄"，暗指雍正暴薨乾隆登基后，实行大赦天下的怀柔政策。书中贾府的原型曹家也因此从被雍正惩治的危局中摆脱出来，恢复到小康的状态。但她摸的三张牌凑成的却是个"蓬头鬼"，并不吉利，难道贾府仍有危难？所以她最后说"这鬼抱住钟馗腿"，内心里在希冀能有"钟馗"那样的打鬼神来保佑自家。史湘云的牌令则明言"双悬日月照乾坤"，这是暗指乾隆朝初年，其政治对立面——康熙朝废太子的儿子弘皙已经私立地下小朝廷，出现了"双悬日月"即"两个司令部"的凶险态势。弘皙打算跟乾隆进行夺权大较量，而书中"四大家族"的原型在现实生活里，由于历史渊源，都不得不在政治上站到弘皙一边，因此乾隆将"弘晳逆案"扑灭后,曹家等"百年望族"必受株连,最后都"家亡人散各奔腾"。如果把这些意蕴都弄明白了,那么,读"三宣牙牌令"这一回就不会觉得枯燥难解;细细检索推敲去,必会兴味盎然的。

当然,这牙牌令里,最有趣的还是刘姥姥所说的。她那句"大火烧了毛毛虫",也是贾家的不祥之兆,但结尾那句"花儿落了结个大倭瓜",却是句带有戏剧色彩的"谐语",不但引得书中的人大笑,也足令读者莞尔。

曹雪芹的文笔,特点之一,就是会使用反衬的手法。书里不知写了多少种花,而且屡屡以花喻人,但绝大多数花,都是悲剧的归宿。"花落水流红"、"冷月葬花魂"、"开到荼縻花事了",那些如同青春女性的花朵,或者反过来说,那些如花美眷,到头来最好的结局也不过是"一抔净土掩风流"。但在一派衰败的景象里,他却用刘姥姥这样的庄稼人,来形成"跳色"。在"三宣牙牌令"的情节里,他有意用"花儿落了结个大倭瓜"的"村妇"之言,来调剂那"处处风波处处愁"的悲剧氛围。

即使在今天,以花喻人,将其作为青春年华的代码,"祖国的花朵""花样年华"等,也还十分流行。几乎所有的家长、老师、长辈,都把孩子视为娇美的花蕾,恨不得天天蹲在旁边,瞪眼盼着其开放。但过分的关爱往往变成了溺爱,揠苗助长,强掰花蕾,花未开而株萎,这类现象时有发生。更有一心让自己孩子成为牡丹君子兰之类的富贵花发财花的,看看北京几所艺术类院校招生现场的"超级盛况",真是惊心动魄。面对今天的现实,琢磨琢磨刘姥姥那朴实的话语,还是很有教益的——干什么都去争当"观赏花"呢?我们让自己的后代扎扎实实地根植于沃土,"花儿落了结个大倭瓜",岂不是最可喜的收获,最大的福气吗?

可着头做帽子

那已经是荣国府抄检大观园之后了,没等外面的杀进来,自己先自杀自灭起来,整个府第已然是一派衰败景象。但荣国府老祖宗贾母,仍固执地跟以往一样,过一个热闹喜兴的中秋节。尤氏从宁国府那边过来,给她请安,贾母图热闹,留她一起吃饭。当天贾母吃的是一种红稻米粥,那是产量很少的、很特别的一种"胭脂米"熬的粥。贾母自己已经吃完,在地下走动"行食",负手看着尤氏等吃饭取乐。因见伺候添饭的人手内捧着一碗下人的米饭,尤氏吃的仍是白粳米饭,就责问道:"你怎么昏了,盛这个饭来给你奶奶?"那人道:"老太太的饭完了,今日添了一位姑娘,所以短了些。"鸳鸯忙解释:"如今都是可着头做帽子了,要一点富裕不能的。"王夫人跟上去说:"这一二年旱涝不定,田上的米都不能按数交的,这几样细米更艰难了,所以都可着吃的多少关去,生恐一时短了,买的不顺口。"贾母这才明白原来是"巧媳妇做不出没米的粥"。

贾府的衰败,外因是一个方面,内因则是更主要的方面。第六回写刘姥姥一进荣国府，特意写到她目睹众仆妇伺候王熙凤进午膳的情况，那些川流不息送进去的美味佳肴，再端出来搁到另一房间炕桌上，都只不过是略动了几筷子罢了。后来写刘姥姥二进荣国府，贾母带她两宴大观园，也是一派只讲排场毫无节约暴殄天物的情景。虽然十三回秦可卿上吊前给王熙凤托梦，已经提出"若目今以为荣华不绝，不思后日，终非常策"的警告，但贾府哪里真能勤俭节约？从贾母起，就只知一味高乐。

大观园原来不设厨房，住在里面的贾宝玉和众小姐，每顿饭都要到园子外面，跟贾母等长辈一起进餐；后来王熙凤大发善心，说宁愿多费些事，也别让小姑娘们冷风朔气的，顿顿从园子里跑到贾母那边吃饭，于是在大观园里设立了专门的厨房，由柳家的主管。一次迎春房里大丫头司棋支使小丫头莲花儿跑到厨房，命令柳家的炖碗嫩嫩的鸡蛋羹，以为那不过是很平常的东西，没有炖不成的道理，但柳家的当即大发牢骚："就是这样尊贵，不知怎的，今年这鸡蛋短的很，十个钱一个还找不出来。昨儿上头给亲戚家送粥米去，四五个买办出去，好容易才凑了两千个来，我那里找去？你说给他，改日吃罢。"结果酿成一场大风波，司棋亲自上阵，带领其麾下的小丫头们跑进厨房，把里面的东西砸了个稀巴烂，还往外一顿乱扔。

柳家的不情愿给司棋炖鸡蛋羹，有人际方面的原因。在大观园里，她们属于利益冲突的两个派别，但她所说的那种情况，也应该是真实的。就是纵使荣国府当时还有大把的银子，但社会的资源已经开始匮乏，出现了有钱也买不到东西的情况。

曹雪芹笔下的贾府，开始内囊却也尽上来了，外边看上去似乎还架子魁伟；但到后来，内外交困，风雨冲刷，终于露出了下世的光景，忽喇喇大厦倾，昏惨惨灯将尽。当然，那主要是社会政治因素使然；但书里通过种种细节所表现出来的是，由于人们不知珍惜环境资源，浪费成性，而形成的生存窘境，也足令我们今人戒惕。

贾府的"可着头做帽子"，是被迫性的，非自觉节约，是封建贵族穷奢极欲的生活流程中无奈的"将就"。其实，"可着头做帽子"应该成为人们自觉性的生活原则。自然资源是有限的，无节制地采取享用，会导致严重的环境危机。脑袋多大，就把帽子做多大，这有什么不好呢？脑袋如此，胃袋也是如此。为什么非要把胃袋撑鼓撑胀呢？大帽子扣在头上能舒服么？胃袋撑得要破裂的感觉能美好么？看看我们各地餐馆里的景象吧，暴食暴饮，满桌剩菜，不以为耻，反以为荣，这类的恶习陋俗，竟总不能消除。当然，现在在饭馆餐后打包的人多起来了，略可告慰，但国人的节约意识，确实仍需努力加强。饮食方面的浪费只是一个方面，在水资源、树资源、草资源、石油资源等方面，浪费现象都是触目惊心的，实在到了不能不猛敲警钟的地步。

我们现在应该把"可着头做帽子"当做一个正面语汇，加以弘扬。最近有朋友让我写一句提倡节约的话，我就是这样写的："可着脑袋做帽子，头也舒服，帽子也舒服——何必图那个虚'富裕'呢！"

仓老鼠和老鸹去借粮

　　柳家的和周瑞家的、王善保家的等一样，都是贾府里的女仆。曹雪芹所描写的那个时代，女仆的地位很低，嫁了人的女仆地位更低；她们自己的名字等于消失，上下人等称呼她们，就用她们丈夫的姓氏或名字再缀个"家的"。当然地位低是相对而言，她们里面也还分三六九等，像荣国府的赖大家的、林之孝家的，宁国府的赖升家的，都是大主管的老婆，本身也执掌一定的权力，年轻的主子见到她们也得礼让三分。周瑞和周瑞家的是王夫人的陪房（王夫人嫁到贾府时，他们这对夫妻作为"动产"，和其他妆奁一样，陪随而来），王善保和王善保家的则是邢夫人的陪房。柳家的则比管家婆子和太太陪房又低了几级，她只是派到大观园内厨房的一个厨房头目而已。

　　虽说柳家的不过是个厨头，但这是许多人眼红争夺的一个肥差。曹雪芹写《红楼梦》，绝不是只写贵族家庭老爷太太公子小姐，也不是只写丫头，他把笔触延伸到府内外的各个角落，刻画出三教九流各色人物。从第五十八回到六十一回，他把关于大观园的故事，从茜纱窗放射到厨房灶台，从大丫头、小丫头一直写到想进园里当丫头而不得的厨头闺女，甚至还写到单管开关角门的头上留着"杩子盖"的小幺儿,而且把各色人等的欲望,之间的冲突,涟漪般展开,每个人物都活跳如见,其话语都生动如闻,真是一支妙笔,写尽人间哀乐。

第六十一回开头写到柳家的和留杩子盖(就是四周剃去,使发型圆得像马桶盖一样)的小幺儿拌嘴,真是声声如炒豆、句句爆口彩,令人忍俊不禁,掩卷难忘。

小幺儿想让柳家的从园子里给他摘些杏子吃,那时候大观园里的花果树连同菱藕香草等,都按探春、宝钗的规划实现了"责任承包制",杏子等果品都有专人分管,哪儿能随便去偷来带出?而且那小幺儿的舅母姨娘两三个亲戚都是分管果木的,因此柳家的听了那小厮的请求气不打一处来,就说了句"这可是仓老鼠和老鸹去借粮——守着的没有,飞着的有?"

我研究《红楼梦》,有时也到书房外的村野里,跟村友讨教。他们不一定读过《红楼梦》,多半只对电视连续剧有些印象,但问到书里刘姥姥等角色的村语村言,却会积极响应。村友三儿说,"仓老鼠和老鸹去借粮——守着的没有,飞着的有?"这话他听去世的老人说起过。他告诉我,仓老鼠不同于家鼠。我以为仓老鼠是"仓库里的老鼠"的意思,他说不是,仓老鼠一般在大田里安窝,这种老鼠比家鼠体大、尾短,最大的特点是两个腮帮子能鼓起老高,成为两个储物袋,能把玉米粒、豆子什么的先含在腮帮子里,然后再运回洞穴里去储藏建仓(这也是其得名的缘由)。他当过农机手,看到过被掘开的鼠洞,那里面储藏的粮食最多能达到二三十公斤!而鸟类一般都是现找食物现吃进肚,"鸽子不吃带气的,小燕不吃落地的",老鸹(就是乌鸦)虽然吃得杂,

113

荤素不论，但是只会飞着觅食，觅见了落下啄进嘴，并没有储藏粮食的能力。仓老鼠竟然和老鸹去借粮，这违背逻辑，而且说明其虚伪、奸诈、贪婪、丑恶。这句歇后语的后半句必须把声调挑上去，形成质问、抗议的气势，意思是你守着财的装穷相告诉没吃的，难道飞着艰苦觅食的倒会有多余的吃的东西？

仓老鼠和老鸹去借粮，是典型的"以有余损不足"的行为。沧海桑田，日新月异，但人性相贯通，到如今也还有将其人性中的恶劣面泛滥出来的例子，隐瞒自己的"仓储"，而向穷"老鸹"伸手言"借"。这所谓的"借"，其实就是"骗"，一旦到手，是决计不会归还的。贪官污吏、奸商劣绅，多有此种伎俩。或巧立名目征收款项，或摇唇鼓舌诱人投资，在让艰辛一族"无私奉献"的同时，他们却化公为私，甚至将自己的鼠仓偷移到境外去了。善良的人们，必须警惕啊！

黑母鸡一窝儿

邢夫人跟王熙凤之间的矛盾，不是一般的婆媳矛盾。一般的婆媳，是生活在同一空间中，互相合不来；或者婆婆专挑媳妇毛病，形成一组矛盾，酿成纠纷，甚至造成悲剧。邢夫人和王熙凤的婆媳矛盾，是非常个案的，在封建社会里，也是很特殊的。

辑二　红楼拾珠

　　读《红楼梦》，一定要注意到，虽然书里设定荣国府老祖宗贾母的大儿子是贾赦，贾母丈夫贾代善死后，由贾赦接续着袭爵，爵位递降，不再是公侯级，是一等将军，但这爵位也很不错。按道理，这个袭了爵位的大儿子，应该住在荣国府里，跟贾母生活在一起，恪守孝道，以尽人子之责。但是，书里写的很奇怪，就是这个接替父亲袭了爵位的长子贾赦，他却并不住在荣国府里，不是跟贾母生活在一个院子里，而是另住在一个跟荣国府隔开的黑油大门的院落里。双方来往，要先出各自院门，坐车走一段路，再进另一院门，实在出人意料。更出人意料的是，贾母的二儿子贾政，他并无爵位，只不过由皇帝恩赐了一个不算很高的官职，夫妻二人却住进了荣国府大宅门中轴线上的正房里，俨然成了荣国府的一号主人。

　　更有意思的是，按那个时代的伦常秩序，贾赦的儿子贾琏和他的媳妇王熙凤，应该是跟父母住在那个黑油门宅院里，尽孝道照顾父母的。但是，书里写的，却是一种很特殊的情况：贾赦、邢夫人住的那个黑油门大院里，并没有成年的儿子及其儿媳妇跟他们一起生活，书里称贾琏是二爷，但书里并没有一个比贾琏大的儿子守在贾赦夫妇身边，倒是出现过贾赦另一儿子贾琮，但那贾琮被描写成黑眉乌嘴，年纪和荣国府的贾环差不多大，显然还不足以在那黑油门宅院里当家理事、服侍父母。

　　书里写到，王熙凤是荣国府一号夫人王夫人的内侄女儿。名义上是贾政请贾琏到荣国府来理事，实质上是王夫人把王熙凤叫来到荣国府拿权。贾琏和王熙凤两口子，平时就住在荣国府的一所"院中院"里。曹雪芹为什么要这样写？如果他是完全虚构，

115

为什么要做这样的虚构？我的看法是，他写这部小说，当然有虚构成分，但跟那种完全虚构的作品不同，他是有生活原型的，他的这部作品是有自传性、自叙性和家族史特点的。

在真实的生活里，贾母的原型是江宁织造曹寅的夫人、苏州织造李煦的妹妹。她的丈夫曹寅和儿子曹颙相继病死后，康熙皇帝做主，由李煦挑选出曹寅的侄子曹𫖯，过继到曹寅名下，成为她的儿子。贾政的原型，就是曹𫖯；而贾赦的原型呢，应该是曹𫖯的一个哥哥，他并没有一起过继给贾母。这生活里的特殊情况折射到小说里，就形成了我们现在看到的文本现象。

把这些情况弄清楚了，就不难理解书里所写到的邢夫人跟王熙凤之间的婆媳矛盾了。按书里设定的人物关系，王熙凤应该把贾赦邢夫人的利益放在第一位；但是，情节中的具体表现，却是王熙凤和王夫人、薛姨妈组成了一个利益集团，完全把黑油大门里的贾赦邢夫人等人视为可有可无的存在，这当然就首先引出了邢夫人的强烈不满。

邢夫人虽说是贾赦的填房夫人，贾琏、贾迎春、贾琮都非她所生，但既然贾赦娶她为正妻了，子女们就该把她当母亲孝顺；可是，王熙凤对她怎么样呢？表面敷衍，实际上根本不放在眼里。书里几次写邢夫人对王熙凤的不满，还写到她们的正面冲突。其中有一次是通过贾琏的仆人兴儿，跟尤二姐、尤三姐说出来的："如今连他正经婆婆大太太都嫌了他，说他'雀儿拣着旺处飞，黑母鸡一窝儿，自家的事不管，倒替人家去瞎张罗。'""雀儿拣着旺处飞"好懂，因为贾氏家族的老祖宗贾母在荣国府里，人虽老了，威严还在，家底儿十分雄厚，王熙凤笼络住了贾母,自然会得到好处。"黑母鸡一窝儿"是什么意思呢?现代人理解起来,就费思量了。

"黑母鸡一窝儿"是与"雀儿拣着旺处飞"相对应的一句话。雀儿忘本求旺,被认为是一种恶习。黑母鸡呢,比之于白母鸡、芦花鸡,形象不雅,遭人歧视;但是,黑母鸡却抱团儿,互相不离不弃,这被认为是一种美德。邢夫人的意思,就是你王熙凤不该去讨老祖宗的好,以谋取你娘家那个利益集团的利益;你本是我们黑油大门这个宅院里的媳妇,即使如今我们这一房的局面比不了荣国府那一房的局面,没那么红火,你也应该跟自己婆家这边抱团儿,为这边谋利益啊,现在倒去为你娘家算计去了,你这不是瞎张罗、胡乱闹吗?

现代人说话,即使农村里的老年妇女们,也很少有使用"黑母鸡一窝儿"的语汇了。现在更讲究吃乌鸡,乌鸡从里到外全黑,市场价格比一般鸡贵;而且现在养鸡的方式也改进了,"黑母鸡一窝儿"的景象越来越少。社会风貌、价值观念都变了,人们说话的语境也已今非昔比了。"雀儿拣着旺处飞"的俚语还时常出之人口,但往往已经不是一句贬语,而是可以"励志"的"座右铭"了;"黑母鸡一窝儿"则几乎绝迹于人口,渐成一句莫名其妙的话语了。

不过,当我们今天从《红楼梦》里读到"雀儿拣着旺处飞"和"黑母鸡一窝儿"两句"对比式"俚语时,还是无妨在默默的体味中,微微一笑。

抓着理扎个筏子

有红学家认为，曹雪芹笔下的大观园，是个清净美丽的理想世界，是写来跟园外污浊的俗世社会做对比的。这话有一定的道理。相对而言，大观园里生活着诸多花朵般的姑娘，氤氲出玉精神、兰气息；她们又有"绛洞花王"贾宝玉欣赏呵护，的确比那须眉浊物和"死鱼眼睛"般的太太们横行的园外社会清爽多了。但如果把大观园生硬地判断为无污染的理想世界，则我不敢苟同。

《红楼梦》从第五十五回到第六十一回，整整用了七回来写大观园里的"乱象"。把笔触从主子层延伸到奴婢的最下层，从公子小姐的院落闺房延伸到厨房角门，是全书中情节最紧凑、节奏最急促、波澜最交错、声音最喧哗的一大段落。最难能可贵的是，曹雪芹在这一大段落里，挖掘了贾府上中下几种人物的人性，而且非常地深入，可以说是力透纸背，令人读来既眼花缭乱，又心多憬悟。

大观园里何尝是一味地清净爽洁？首先，像赵姨娘那样的蝎蝎蜇蜇的猥琐角色会跑进来滋事聒噪；其次，住在园里和每日要进园来做事的丫头婆子，哪一位真是"省油的灯"？尤其是那一群小戏子分配到园里各房后,更是把园里平日就未必平静的生活,搅和得更加喧嚣繁杂。曹雪芹把各种人物,大大小小的各个利益集团,他们之间的利益冲突,写得细致鲜活。如闻其声,如见其形,而且七穿八达,一石数鸟,看得我们一会儿忍俊不禁,一会儿拍案叫绝。虽只是文字的铺排,读来竟有如今影视那样的声色光电,实实过瘾!

芳官、藕官等分配到园里的戏子,她们多是率性而为,都想摆脱所谓干娘的辖制,而夏婆子等所谓干娘,则力图保持住她们克扣其例银的既得利益;管理园里花木的婆子们要防止丫头们掐花摘果,以保证承包项目的收益不受损失,而看园子角门的小幺儿则有吃些园里熟李子的诉求;从门房到各处的仆人,总是要从经手的客人馈赠品中,贪污一些以供自己享用,还取出一些作为礼物分赠亲友;管园里厨房的柳家的,总想把女儿柳五儿送进怡红院,谋一份肥差,因此对晴雯、芳官等百般奉承,而司棋却想将厨房的运作掌握到自己手中,先让莲花儿打头阵,再自己"御驾亲征",以打、砸、抢的手段来争夺"唤菜权",后来更借柳五儿犯事被拘,设法让自己一头的秦显家的夺了柳家的权,但到头来柳五儿却被无罪释放,柳家的"官复原职",秦显家的只"当了半天政",就偃旗息鼓而去,还白赔了许多……

在这犬牙交错的利益之争里,赵姨娘表现得最为颠预。她因"茉莉粉替去蔷薇硝"欲去找芳官问罪,自己本已焦虑失态,又让夏婆子这样的人撺掇着当枪使。夏婆子煽动她进一步把事情闹大:"你老想一想,这屋里除了太太,谁还大似你?你老自己撑不起来,但凡撑起来的,谁还不怕你老人家?如今我想,乘着这几个小粉头儿恰不是正头货,得罪了他们也有限的,快把这两件事抓着理扎个筏子,我在旁作证据,你老把威风抖一抖,以后也好争别的理……"

夏婆子所说的"抓着理扎个筏子",不但意味着"得理就不必让人",而且也意味着除了占住理以外,还应该"扎个筏子"。"筏子"是用来渡河的,渡什么河呢?当然是渡"法律"之河,希图能找到公正的执法者,据"道理"和"证据"做出有利于控方的裁决。

平心而论,去除掉"借刀伤人"的恶劣动机,夏婆子那"抓着理扎个筏子"的理论,并没有什么不对。当然,在曹雪芹笔下,赵姨娘跑进怡红院见到芳官,理也讲不顺,筏子也没扎成;当闹得沸反盈天以后,把尤氏、李纨、探春三位管家的也惊动得亲来现场了。她也并不会理智诉讼,"气的瞪着眼粗了筋,一五一十说个不清",这样子怎么能求得一个公正裁决呢?到头来她是怒冲冲而来,悻悻然而去,连探春也跟着丢了脸面,哪里有半点收获?

曹雪芹写夏婆子撺掇赵姨娘,他当然是否定的态度,描写中透着讥讽不屑。但我以为,单拎出"抓着理扎个筏子"这句话,搁到今天,还是有参考价值的。在今天的现实生活里,当自己与他人的利益发生冲撞时,一是可以采取法律外的私下了结的方式处理(如机动车行驶中与他车的小剐蹭小追尾一类纠纷),一是可以"抓着理扎个筏子",将过硬的证据搁在"筏子"上,执拗地去寻求法律的公正裁决。

辑二　红楼拾珠

丈八的灯台

　　嬷嬷，又可写成嬤嬤，读音同妈妈。《红楼梦》里写到若干嬷嬷，其中给人印象深的有宝玉的奶母李嬷嬷和贾琏的奶母赵嬷嬷。《红楼梦》开篇后所写到的贾府虽然已经处于"末世"，是在走下坡路了，但排场还是非同小可。林黛玉从扬州到京城投奔荣国府，贾母见她只带来两个仆人——奶母王嬷嬷和小丫头雪雁，嫌少，立刻把身边一个二等丫头鹦哥（后改名紫鹃）派给了她，另外又按迎春等小姐的惯例，派四个教养嬷嬷、贴身掌管钗钏盥沐的两个丫鬟，再安排五六个洒扫房屋来往使役的小丫鬟，你算算一个小主子就要多少个下人伺候！

　　李嬷嬷这个角色，在书里戏份不少。宝玉到梨香院薛姨妈住处找薛宝钗玩耍，后来林黛玉也去了。薛姨妈留下他们喝酒吃饭，李嬷嬷絮絮叨叨地阻拦宝玉吃酒，令宝玉十分不快。这倒还罢了，宝玉喝得醉醺醺地回到绛芸轩，也就是他自己的住处，问丫头要枫露茶喝，谁知丫头茜雪告诉他早起沏的那碗枫露茶被李嬷嬷喝了，宝玉一听大怒，摔了不是盛枫露茶的茶盅，溅了茜雪一裙子的茶水。宝玉本是为李嬷嬷发怒，没曾想事后李嬷嬷倒没事，茜雪竟无辜地被撵了出去。前八十回里，茜雪就此消失；高鹗续书，也再不见此人踪影。其实，根据脂砚斋批语透露，曹雪芹在八十回后写出了关于茜雪的大段文字，这个人物是故意埋伏那么久的。贾府被抄家后，贾宝玉锒铛入狱，茜雪不念当年的冤屈，到狱神庙去安慰救助宝玉，这是非常重要的篇章，但这部分已经写成的书稿，竟被"借阅者迷失"！李嬷嬷后来又在宝玉住处出现，她不仅继续擅自吃宝玉特意留下来的食物，还对袭人等宝玉房里的丫头吆三喝四，说些不伦不类的话语，其中一句，就是"那宝玉是个丈八的灯台——照见人家，照不见自家的"。再后来宝玉搬进大观园怡红院住，她还在"蜂腰桥设言传心事"的情节里出现；估计八十回后，也还会有关于这个嬷嬷的一个最后交代。

　　李嬷嬷说的这句歇后语，相当生动，别书未见，很是独特。在李嬷嬷嘴里，这是一句抱怨贾宝玉的牢骚话。李嬷嬷的意思是说，你宝玉总嫌我们老太婆脏，可是你自己住的绛芸轩里，丫头们嬉闹，嗑了一地瓜子皮，你却一点也不嫌厌她们！可见你是丈八高的灯台，只照出远处的毛病，却照不见自己脚下地面的问题。曹雪芹笔下的贾宝玉确实是个"行为偏僻性乖张"的人物，他珍爱青春女性，对妇女的看法有个古怪的"三段论"："女孩儿未出嫁，是颗无价之宝珠；出了嫁，不知怎么就变出许多不好的毛病来，虽是颗珠子，却没有光彩宝色，是颗死珠了；再老了，更变的不是珠子，竟是鱼眼睛了。"过去有的论家认为贾宝玉的这一观点具有反封建的意义，表达的是对封建社会压抑妇女，通过包办婚姻埋葬了青春女性的美好一面这种现象的揭露与批判，这样的分析有一定道理，却未必准确。贾宝玉对青春女性的珍惜，达到恨不能让她们永远停止增岁、无限期驻颜、始终跟他厮混在一起赏花吟诗的地步，这是一种在任何时代也不可能实现的理想，是一种超现实的诗意追求，但这里面有着非常值得挖掘探讨的人类生存的终极性问题。

"丈八的灯台——照见人家，照不见自家"这句古代俗语，抛开书中李嬷嬷的具体针对性，拿到今天来琢磨，能获得什么样的启发呢？跟一位朋友闲聊，他说可以当做一种提醒：不要只看到别人的缺点，看不到自己的错失。我却觉得也可以这样来理解：宁愿自己这里留下阴影有些损失，也要将光明的火把高高举起，去给别人照亮一片天地。据脂砚斋透露，曹雪芹在《红楼梦》最后一回里会排出"情榜"，"绛洞花王"贾宝玉作为护花者排在众芳之前，他的考语是"情不情"。第一个"情"字是动词，意思是他能把感情贡献给甚至是"不情"的事物，这是一种博大的人文情怀，非常高尚而且难得，值得我们反复推敲体味。

浮萍尚有相逢日

我在《刘心武揭秘〈红楼梦〉》第二部里，探讨了书中林之孝的名字问题，在有的古本《石头记》里，林之孝分明写成了秦之孝。秦可卿、秦之孝、秦显这些角色的名字，是随便命名的吗？分析曹雪芹对全书角色取名的规律，我发觉，他给角色取名字是很费心思的。我认为，曹雪芹本来的构思，是不仅设置出秦可卿，通过她的命运暗示书中"月"派政治力量的存在，还把"月"派转移到贾家的仆人，从比较拿事的大管家，到只分配在府里一角上夜的底层杂役，都设计出几个姓秦的，以加重小说潜台词里"虎兕相争"的政治斗争气氛。但是，在写作的过程里，曹雪芹不断调整自己的思路，也不断修订写出的部分，或删或改。在这个过程中，他后来就决定减弱情节里的"双悬日月照乾坤"的成分，不让原来设定为"月"派成员的秦之孝，再承担那么沉重的任务，就只把秦之孝两口子，写成贾府里身份单纯的大管家，于是就把秦之孝的名字改成了林之孝。

秦之孝虽然改称林之孝，但是，这个角色以及他老婆的生活原型，因为是来自以废太子以及废太子之子弘晳为原型的"月"派那边的，属于从"坏了事"的政治力量里分流出来的人物（尽管可能是太子还没"坏事"就被赠予贾家的原型曹家的），因此，对他们的描写里，就还带出了一些蛛丝马迹。比如写到林之孝两口子低调为人，虽然在府里管事，却一个天聋，一个地哑。林之孝家的应该已经是人过中年，却还要认刚二十出头的王熙凤为干妈，以遮人耳目；但是回到他们自己家中，在私密空间里，他们却可能又常喁喁交谈，怀旧感叹，他们的女儿林红玉听多了，耳濡目染，也就懂得"千里搭长棚，没有个不散的筵席，谁守谁一辈子呢？不过三年五载，各人干各人的去了，那时谁还管谁呢？"

其实，仔细读《红楼梦》，就会发现书中还有另一个角色，也说过"千里搭长棚，没有不散的筵席"的话。说这话的不姓秦，跟林之孝家的和林红玉关系也很淡,但是,她却跟府里另一个姓秦的关系密切、利益相连,那个姓秦的,是秦显家的,长相很有特点,颧骨突出,大大的眼睛。

也说出"千里搭长棚,没有不散的筵席"这话的角色,就是迎春房里的首席大丫头司棋。司棋大胆与青梅竹马的表哥潘又安相爱,还买通看园门的婆子,让潘又安偷跑到大观园里来和自己幽会,这是人们都很熟悉的情节。

司棋自由恋爱的行为,值得肯定。但是司棋又是一个复杂的人物。大观园设置了厨房以后,园子里的宝玉和众小姐还有李纨贾兰等,就不用顿顿出园子到荣国府上房吃饭去了,方便了许多;而大丫头小丫头们,也因此可以得到诸多好处。当然,谁跟管厨房的关系好,那么就能得到更多的好处。在这种情况下,有的大丫头,就开始争夺厨房的支配权。府里派来大观园管厨房的是柳嫂子,这柳嫂子偏跟司棋合不来,柳嫂子满心满意去巴结的,是怡红院里的人,她一直想把自己女儿柳五儿送到怡红院里去当差。晴雯要她为自己专门炒个芦蒿,她亲自洗了手炒,生怕晴雯不满意;当然,她最相好的是芳官,为芳官准备的饭菜,书里有细致描写,连宝玉看见闻见都馋,撤下生日筵席上的东西不吃,来吃芳官的;芳官在帮助柳五儿进怡红院这件事情上,也确实非常卖力,在宝玉面前多次推荐,不遗余力。

司棋对柳嫂子善待别人亏待自己非常不满,她让小丫头莲花儿去下命令,让柳嫂子炖一碗嫩嫩的鸡蛋,柳嫂子就唠叨了一大篇,很不情愿。莲花儿回去一学舌,司棋大怒,伺候完迎春吃饭,就"御驾亲征",带领小丫头们冲进厨房,实施了一次名副其实的"打、砸、抢"。光是出气，还不能解决问题，后来柳嫂子和柳五儿出了事，林之孝家的就做主，换了内厨房的负责人，就是秦显家的。这当然大合司棋心意，从此以后，她就可以操纵这厨房了！

谁知世事白云苍狗，由于代王熙凤行权的平儿实行了"大事化小，小事化了"的政策，柳家母女的冤情竟得平反，柳嫂子依然回到厨房主事；秦显家的只兴头了半天，就下台走人，还去看园子犄角；司棋闻讯，气了个倒仰。

司棋在园子里跟潘又安幽会，被鸳鸯无意中撞见，尽管鸳鸯当时就表示她不会告发，但司棋那夜以后一直畏惧，竟病倒在床。鸳鸯真是个好人，她不仅不去告发司棋，还偷偷地来看望她，立身发誓，再次表示绝不会坏司棋的事。这时候司棋就感激涕零，说了一大篇话，其中就有这样的语句："……再俗语说，'千里搭长棚，没有不散的筵席。'再过三二年，咱门都是要离这里的。俗语又说，'浮萍尚有相逢日，人岂全无见面时。'倘或日后咱们遇见了，那时我又怎么报你的德行。"如果说，林红玉能说出"千里搭长棚"的俗语，是因为听见过父母关于"坏了事的义忠亲王老千岁"的议论；那么，司棋也脱口而出这句话，会不会是从秦显家的那里听来的呢？这是很值得玩味的啊。

当然，司棋在那种情况下跟鸳鸯说那样的话，她主要想表达的，是知恩必报的誓愿。"浮萍尚有相逢日，人岂全无见面时"，人世间的事情、个人的命运，实在有很难预测的一面。水中的浮萍，按说一旦长成，各在水之一隅，互不相干，但如果一阵狂风骤雨，那之后呢，很可能本来在水域中离得很远的浮萍，却会紧紧地贴靠在一起；生活中人们分离后，更难说从此不再邂逅。今天你帮助了落魄的我，明天也许我反会援手落难的你，司棋说出这样的人生感悟，鸳鸯听了感动得心酸落泪。

司棋在抄检大观园后东窗事发，被撵了出去。鸳鸯尽管在八十回书里没交代她的结局，但从种种伏笔我们可以知道，八十回后，会写到贾母丧事过后，贾赦对她的残酷报复，而她也就以死抗争。司棋和鸳鸯都是那个时代和社会的牺牲品，她们两个浮萍，估计后来并没有相逢，无法互相救助，但司棋关于"浮萍尚有相逢日"的人生期盼，却是值得我们反复吟味的。

老健春寒秋后热

"慧紫鹃情辞试忙玉"，这回目中"慧"字下得好。曹雪芹在《红楼梦》一书的回目里，常用一个字来作为人物的考语，贤袭人、俏平儿、勇晴雯、敏探春、时宝钗、憨湘云、呆香菱……无不生动恰切。紫鹃比起《西厢记》里的红娘，也确实更有智慧。在竭力促成林黛玉与贾宝玉的婚事上，她"守若处子"，在不该使劲的时候，绝不妄来；但如果看准机会，她会"动若脱兔"，"情辞试忙玉"就是一次极为大胆的进取性行为，掀起轩然大波。当年红娘因为"大胆妄为"，遭到老夫人的拷打，紫鹃付出的代价小得多。事发后贾母虽然见了她"眼内出火",但弄清是她一句"林姑娘要回苏州"引出了宝玉的痴病,也只是流泪道:"我只当有什么要紧大事,原来是这句顽话。"对紫鹃也不过是责备道:"你这孩子素日是个伶俐聪敏的,你又知道他有个呆根子,平白的哄他作什么?"究竟也没有对她怎么样,先让她照顾宝玉,宝玉好了后,依然回潇湘馆服侍黛玉。

紫鹃这一次"火力侦察",损失不大,却收获不小。一是试出了贾宝玉对林黛玉爱情的矢志不渝,二是也探测出了贾母的基本态度——贾母当年对元春端午节将宝玉、宝钗的节礼对等颁赐所含有的指婚意向,佯装不解,根本不接那个"球";紧接着又对清虚观张道士的提亲,以年纪小不着急等词语敷衍过去。这都说明贾母在贾宝玉婚事上,并没有朝薛宝钗那边倾斜,但贾母是否一定中意林黛玉呢?也难揣定,因为当薛宝琴来贾府暂住时,贾母一度对她非常欣赏,甚至向薛姨妈问起了宝琴的年庚八字和家中景况,只是因为弄清宝琴已许配了梅翰林家,才没有把那心思延续下去——但通过紫鹃的这回探测,贾母对"不是冤家不聚头"的二玉的终身大事,显然并不是断然否定的,争取成功的几率还很高。

这一回的下半回是"慈姨妈爱语慰痴颦"。老早有书评家指出,薛姨妈对黛玉无慈可言,表面上是去照顾黛玉,实际是去监视黛玉,"慈姨妈"改"奸姨妈"更为恰切。也许这样判断太武断了些,人是复杂的,人性太诡谲,薛姨妈应该是以复杂的动机与心态入住潇湘馆的。薛姨妈还当着宝钗与黛玉说出这样的话来:"你宝兄弟老太太那样疼他,他又生的那样,若要外头说去,断不中意,不如把你林妹妹定与他,岂不四角俱全?"这时候紫鹃"忙也跑来笑道":"姨太太既有这主意,为什么不和太太说去?"紫鹃之慧,就慧在她深知其实宝玉与黛玉的婚事的障碍并不在老太太那里,而恰在太太即王夫人那里。她跑出来将薛姨妈一军,虽然遭到薛姨妈打趣,却也试出了薛姨妈的真伪,战略战术上都是正确的。

书中令人动容的细节之一,是紫鹃在薛姨妈还没有住进潇湘馆前,逮紧机会向林黛玉进肺腑之言:"宝玉的心倒实,听见咱们去就那样起来。"又说:"一动不如一静。我们这里就算好人家,别的都容易,最难得的从小儿一处长大,脾气性情都彼此知道了。""趁早儿老太太还明白硬朗的时节,作了大事要紧。俗语说,'老健春寒秋后热',倘或老太太一时有个好歹……所以说,拿主意要紧!"这些话句句说到林黛玉心坎上,黛玉只能以假意责备她、要将她退回老太太处来做为表面上的回应。紫鹃也知道黛玉内心里在想什么,她尽完仆人兼挚友的责任,便心安理得地睡觉了。

"老健春寒秋后热"这句俗语,意思是"老年人的健康状况是不稳定的,好比春天的寒冷,那是短暂的;又好比秋天以后忽然热起,但毕竟到头来还是会冷下去。"对于老年人来说,不能不注意到生理机能的渐次衰退,要注意保养,不能逞强。紫鹃引用的这句俗语的意蕴,也可以从形容老年人健康状况进一步推衍开。其实世界上许多事物都有一个从兴旺发达到衰减低落的曲线运动过程,凡事到了旺势已过,就应该"拿主意要紧",再别耽搁,以争取落实计划里要到手的东西。人的生命只有一次,但人生的事业却并不一定只有一次。在转型的关口上，记住"老健春寒秋后热"这句话，看破衰落中的事物那"春寒秋热"的短暂假象，不失时机地拿定主意，弃旧图新，"而今迈步重头越"，那么，新的成功，也就会像来春的花朵般怒放开来。

隔锅饭儿香

因为宫里薨了个老太妃，贾母、王夫人等都得去参加丧葬活动，而王熙凤又因流产后体虚不能理事，荣国府里的公子小姐们得以更加率性地欢乐度日。春天芍药花盛开的时候，正逢贾宝玉、薛宝琴、邢岫烟、平儿等扎堆儿过生日，他们就聚在红香圃里大吃大喝大说大笑，甚是惬意。这样的场合，一等大丫头们是可以参与的，二等以下的丫头如果没有派到相关活计，那就只能望洋兴叹。

芳官本是荣国府里养的小戏子之一，宫里有丧事，元妃不能再省亲，府里一年内也不许再演戏，因此荣国府就把戏班子遣散了。芳官不愿离去，就分派到怡红院当丫头，她自然不可能成为一等丫头，勉勉强强，忝列二等吧。红香圃大开寿宴那天，她没份儿参与，一个人闷闷地留守在怡红院，好不寂寞，虽说也可以出去到园子里跟别的丫头斗草玩耍，终究还是不能到红香圃里一醉方休。

但是芳官有两个优势。一是她性格直率活泼，很得宝玉喜欢；二是她跟管内厨房的柳嫂子关系特别好。宝玉在红香圃那边热闹够了，想起芳官，就回怡红院找她，一找一个准儿，芳官正面向里睡在床上，宝玉就推她起来，芳官就发牢骚说"你们吃酒不理我"，宝玉就拿好多话安抚她。就在这个当口，柳嫂子派人把单给芳官准备的饭端来了。

柳嫂子原来跟芳官她们戏班子的人，都在梨香院里混事由，在那段岁月里，芳官和柳嫂子建立起密切的关系；柳嫂子后来被派到大观园的厨房管事儿，戏班子遣散后芳官恰又分到怡红院，二者的互助互利关系得以顺利延续。芳官答应帮助柳嫂子的女儿柳五儿到宝玉身边来当丫头；柳嫂子呢，不消说，报答芳官的第一方式，就是给她提供精致可口的专享饭菜。

那么，柳嫂子派人给芳官送来的，是怎样的一套配餐呢？书里写得很细：揭开饭盒，"里面是一碗虾丸鸡皮汤，又是一碗酒酿清蒸鸭子，一碟腌的胭脂鹅脯，还有一碟四个奶油松瓤卷酥，并一大碗热腾腾碧荧荧蒸的绿畦香稻粳米饭"。真是色、香、味俱全。芳官一直享受这种特殊待遇，见了只说"油腻腻的，谁吃这些东西！"宝玉闻了却觉得比往常吃的饭菜还香，先吃了个卷酥，又以汤泡饭，吃了半碗，十分香甜可口。

没想到宝玉吃芳官那"二等丫头饭"的情况，被大丫头袭人、晴雯等知道了。晴雯吃醋，用手指戳在芳官额上，说她是"狐媚子"，怀疑她故意约了宝玉来共餐；袭人则平和通达，说不过是误打误撞，宝玉跟猫儿一样，闻见香就要吃一口，"隔锅饭儿香"。

隔锅饭儿香，道出了一个普遍规律。再好的饮食，接连着吃也会倒胃口。平常在家里烧饭吃，也总得不断地换换花样；下饭馆，也不能总去同一家。偶尔到朋友家做客，吃人家一餐饭，其实那菜肴烹制的水平一般，但仍然会觉得口味一新，赞谢之辞出自肺腑。

饮食上如此，人生途程上，适度地尝尝"隔锅饭"，也很必要。"隔锅"的概念可以延伸很远，隔行隔界隔专业，都可视为"隔锅"。"隔锅饭"不能当日常饭吃，真那样吃起来，吃不顺当一定倒胃，吃顺了也就无所谓"隔锅"，成了"换锅"了。但在守着自己的锅吃本分饭的前提下，偶尔地尝尝"隔锅饭"，那就不仅是胃口大开，觉得"香甜异常"；而且，所汲取的营养，也一定格外珍贵，特别是某些微量元素的摄入，有着至关重要的养生作用。

在《红楼梦》里所描写的那种社会环境里，青年男女的精神食粮，首先是强制性规定的四书五经。像林黛玉那样的才女，她对孔孟之道、仕途经济是厌恶鄙视的，她那文化修养的"家常饭"是唐诗宋词，如她教香菱学诗时，就特别提到王维、李白、杜甫以及更早的陶渊明等人的诗作。这些"饭"在那个时代是允许随便"吃"的，但是像《西厢记》《牡丹亭》，戏台上的演出可以看，那书却不许读，被指认为"淫书艳词"。但是，一旦她从宝玉手里接过了《西厢记》，一口气读下来，又隔墙听到梨香院排戏的小姑娘们唱出《牡丹亭》里的句子，立刻产生出"隔锅饭儿香"的效应，心动神摇，如醉如痴。

对于我们现代人来说，不必像贾宝玉那样，只是"误打误撞"地吃几口"隔锅饭"，而应该自觉地拓宽自己物质与精神食粮的食谱，多从"隔锅饭"里获得快感、补充营养。

自为花上几个臭钱没有不了的

写下这个题目，心里很不是滋味。

这是《红楼梦》第四回，写薛蟠的一句内心独白。作为金陵四大家族传人的薛蟠，与小乡绅冯渊争买被拐子拐去养大的甄英莲，喝令手下人，将冯公子打了个稀烂，然后若无其事地带着母亲妹妹家人等往京城而去。贾雨村正在金陵应天府任上，受理此案，乍一听，本能地大怒："岂有这等放屁的事！打死人命就白白的走了，再拿不来的？"但经充任门子的"葫芦僧"指点，他才知道那薛家是名列金陵"护官符"上第四位的豪门贵族，并与他所攀附的名列第一位的贾家连络有亲，是万万得罪不得，也根本无法靠民间或他个人的努力就能将其"绳之以法"。那"葫芦僧"特别地告诉他，薛蟠根本无所谓"畏罪潜逃"，"就打了冯公子，夺了丫头，他便没事人一般，只管带了家眷走他的路，他这里自有弟兄奴仆在此料理，也并非为此些些小事值得他一逃走的。"曹雪芹写薛蟠的心理："人命官司一事，他竟视为儿戏，自为花上几个臭钱没有不了的。"贾雨村在弄清了"护官符"后，也就"乱判葫芦案"，并且将此"巧妙"地判决，作为进一步攀附四大家族的献礼。

曹雪芹并没有把薛蟠写成一个简单化的恶棍，他后面有不少篇幅写他的荒唐无知，但也同时写出他对母亲和妹妹的真挚的亲情，他对贾宝玉、冯紫英这些同阶级的朋友交往时，也常常表露出天真恳切。有一回他把贾宝玉诓出大观园，这样说："要不是我也不敢惊动，只因明儿五月初三是我的生日，谁知古董行的程日兴，他不知那里寻了来的这么粗这么长粉脆的鲜藕，这么大的大西瓜，这么长一尾新鲜的鲟鱼，这么大的一个暹罗国进贡的灵柏香熏的暹猪……我连忙孝敬了母亲，赶着给你们老太太、姨父、姨母送了进去，如今留了些，我要自己吃，恐怕折福，左思右想，除我之外，惟有你还配吃，所以特请你来……"你看曹雪芹把薛蟠的肢体语言也连带写出来了。在这个片段里，这个生命呈现出其可爱的憨态，但这也就是喝令手下人在光天化日里将冯渊打个稀烂的同一生命。

马克思主义认为，人的本质是社会关系的总和，人是被制度打造成的，个人属于一定的阶级或阶层，人的思想意识的主体是阶级意识。曹雪芹写书的时候，马克思和马克思主义在世界上还不存在。但是，读《红楼梦》里关于薛蟠的文字，我们却可以用上述马克思主义的理论来理解，而且，曹雪芹还写出了复杂的人性。他使读者省悟，像薛蟠这样的生命，人性里也还是有善的，后面写到他在母亲妹妹前忏悔落泪，就展示出他人性中与残暴相对立的柔软一面。这样一个生命，如果不是在那样的阶级地位和那样一种制度下生存，那么，他人性中的善良面有可能压抑住邪恶面。曹雪芹笔下的贾雨村也是如此，他乍听薛蟠打死人后大摇大摆只管进京，那"岂有这等放屁的事"的愤懑是真实的，是其人性中良知的喷发；但当他在现实的"社会关系总和"面前"冷静"下来以后，他就把良知抛到爪哇国去了。他的表现，让我们懂得，贪官污吏的出现，其实也是一种难以逃避的"官场游戏规则"所决定的。曹雪芹后面写到"四大家族"的败落，薛蟠当然不会有什么好下场，贾雨村也"因嫌纱帽小，致使枷锁扛"。但那并不是民众的胜利、正义的伸张，而只不过是皇权下统治集团利益再分割的现象。

《红楼梦》第几回是全书的总纲？一般多认为第五回是总纲，因为里面通过金陵十二钗的册页以及十二支曲，全面透露了书中主要人物的命运轨迹。但毛泽东却指出，应该把第四回，即呈现"护官符"和写到薛蟠"自为花上几个臭钱没有不了的"这一回，当做全书的总纲。革命家从《红楼梦》里看到的，是"斧头砍出新世界，镰刀割断旧乾坤"的必然性。

脂砚斋在薛蟠"自为花上几个臭钱没有不了的"句下，这样批道："人谓薛蟠为呆，余则谓是大彻悟。"这是非常沉痛的话。

离曹雪芹写下《红楼梦》的文字，已经二百五十多年了，我们现在读这部巨著，应有的收获之一，就是要为彻底消除"自为花上几个臭钱没有不了的"的旧时代、旧制度的残余，而努力，而奋斗。

| 红楼眼神

千里搭长棚

有朋友问我：你的"红楼拾珠"写了不少了，为什么连一些一般读者觉得挺生僻的"珠语"都拾起来议论一番，却迟迟不见你写到"千里搭长棚，没有个不散的筵席"这颗人们极其熟悉的"珠子"呢？其实，我也一直在构思对这颗"珠子"赏析的写法，只是觉得说浅了没啥意思，往深里说呢，则牵扯的方面颇多，怕一篇短文容不下。不过，现在我还是试一试，看能否长话短说，各层意思都点到为止。

首先要牵扯到的，就是《金瓶梅》。《红楼梦》是一部与《金瓶梅》区别很大的书。《金瓶梅》文学性很强，在刻画人物，写人物对话方面，非常出色；但《金瓶梅》不仅色情描写过度，而且作者在暴露政治腐败、社会堕落、人性黑暗的时候，只有冷静，没有任何理想色彩，升华不出精神上的东西。而《红楼梦》不同，曹雪芹透过描写，通过人物塑造，有时候更直接在叙述语言里面，融注批判的锋芒，提出了尊重以未被污染的青春女性为象征的社会人生理想，升华出含有哲理内涵的诗意。但是，毋庸讳言，《红楼梦》与《金瓶梅》又有着明显的文学上的传承与突破的关系，像"拼着一身剐，敢把皇帝拉下马""千里搭长棚，没有个不散的

辑二　红楼拾珠

筵席"这两句被一些读者认为是曹雪芹笔下最精彩的谚语，其实是早在《金瓶梅》里就有的。

当然，曹雪芹使用"千里搭长棚，没有个不散的筵席"，无论在总体构思，还是表达意蕴上，都比《金瓶梅》的作者高明、深刻。曹雪芹是在第二十六回里，让小红来说这句话的。书里交代，荣国府的大管家林之孝两口子，权柄很大，却一个天聋，一个地哑；更古怪的是林之孝家的年龄比王熙凤大，却认她作干妈。而他们的女儿林红玉也就是小红，虽然相貌也还不错，又伶牙俐齿，他们却并没有倚仗自己的权势，将她安排为头等、二等丫头，只悄悄地安排到怡红院里，当了个浇花、喂雀、拢茶炉子的杂使丫头。后来还是小红自己凭借真本事，才攀上了高枝，成为凤姐麾下的一员强将。这两位大管家为何如此低调？这就又牵扯到《石头记》版本问题，在有的古本里，林之孝原来写作秦之孝。据我分析，很可能其生活原型，就是秦可卿原型真实家族的仆人，后来被赠给了曹家为仆——这在那个时代是常有的事，不足为奇——曹雪芹原来打算在书里，也点明他们与秦可卿来自同一背景，后来他改了主意，想隐去这一点，才决心把角色的姓氏由秦改为了林。姓氏虽然改了，但其原型所具有的某些特点，却没有改，依然如实地写出来。

我的"秦学"研究，揭示出秦可卿的生活原型，是康熙朝两立两废的太子胤礽的一个女儿。胤礽在书里化为了"义忠亲王老千岁"，他"坏了事"，因此他的女儿秦可卿属于藏匿性质。他"坏事"前赠予贾家的仆人，虽然不至于被穷追深究，但毕竟属于"来历不洁"。因此，林之孝家的要认王熙凤为干妈，以增加

137

一些安全感；而他们在家里窃窃私语，也就能使早熟的小红比其他同龄人更知道世事的白云苍狗。

小红是在与一个只出场那么一次的小丫头佳蕙对话时，说出这句话来的，还接着说："谁守谁一辈子呢？不过三年五载，各人干各人的去了，那时谁还管谁呢？"这话与第十三回秦可卿念出的偈语"三春过后诸芳尽，各自须寻各自门"是完全相通的。据佳蕙透露，故事发展到那个阶段的时候，贾宝玉等人还根本没有"盛筵必散"的省悟，"昨儿宝玉还说，明儿怎么样收拾屋子，怎么样做衣裳，倒像有几百年的熬煎。"

"千里搭长棚"的歇后语，在《红楼梦》里与"树倒猢狲散"、《好了歌》及其甄士隐的解注等，是一以贯通的，里面有对世事绝不会凝固而一定会有所变化的规律性总结，也含有悲观主义世界观、人生观的消极情绪。

2000年7月14日法国国庆日那天，我恰好在巴黎，目睹了法国民众自发组织的"千里长桌筵"。人们沿着法国中部穿过巴黎市中心的经线摆出筵席，大体相连，使用同一种图案的纸桌布，各家拿出自己准备的酒菜与邻居同仁们共享。在巴黎卢浮宫庭院和塞纳河艺术桥上，据说是那条经线通过的地方，我看见男女老少或倚桌或席地，边吃喝边欢唱，十分热闹；又从电视现场转播的种种情况里，看到那条经线通过的地方，真是非常有趣。到太阳落山时，这个贯穿整个法国的"千里长桌筵"在欢歌笑语中散场。我觉得法兰西人的这份浪漫情怀，真的很值得我们学习。咱们从"千里搭长棚，没有不散的筵席"这句话里剔除悲观的情绪，注入法兰西式的浪漫旷达，那不也就成为一句好话了吗？

辑三

红楼细处

自古嫦娥爱少年

鸳鸯抗婚,令邢夫人吃惊。邢夫人本是贾赦的填房,她回到大观园里迎春住处,数落了迎春一番,其中有"况且你又不是我养的……倒是我一生无儿无女的,一生干净"这样的话,可证她没有生育过。她觉得自己够三从四德的,贤惠得可以。贾赦想纳鸳鸯为小老婆,她非但不阻拦,还亲自去游说。依她想来,这对鸳鸯而言是一次社会地位的提升,如果答应了,到贾赦身边再生下一男半女,那就更有福享了;她作正房的又如此能容人,天上掉馅饼,鸳鸯焉有不接不吃的道理?万没想到鸳鸯发出了"牛不吃水强按头?"的呼声,此事竟难进行。

贾赦听到鸳鸯抗婚的消息,不仅吃惊,而且气愤。他有他的思路,他断定鸳鸯拒绝的原因,是遵从一条规律,那就是"自古嫦娥爱少年"。他声色俱厉地接着说:"他(作者注:指鸳鸯,曹雪芹时代还没有"她"字,"她"字是上世纪初刘半农发明后流行开的)必定嫌我老了,大约他恋着少爷们,多半是看上了宝玉,只怕也有贾琏。果有此心,叫他早早歇了。我要他不来,以后谁还敢收?此是第一件。第二件,想着老太太疼他,将来自然往外聘,作正头夫妻去。叫他细想,凭他嫁到谁家去,也难出我的手心,除非他死了,或是终身不嫁男人,我就服了他了!"

贾赦这一番恶言,听来真是冷森森,杀气腾腾。鸳鸯知道了,却不但毫无畏惧,反而更顽强地进行了抵抗。当着众人,她袖了一把剪子,冲到贾母面前,跪下发誓,说到最后打开头发就铰。她的誓言相当地决绝:"我是横了心的,当着众人在这里,我这一辈子别说是宝玉,便是宝金、宝银、宝天王、宝皇帝,横竖不嫁人就完了!"她在奋起反抗中急不择词,连"宝皇帝"这样的话也喊了出来,这在那个时代是犯大忌的,但彼时鸳鸯死都不怕,还忌什么口避什么讳?她宣布:"就是老太太逼着我,我一刀子抹死了,也不能从命!"她说这话时,还并不知道贾母最后会是怎样的态度;她说倘若贾母归了西,她要么寻死,要么去当尼姑,"若说我不是真心,暂且拿话支吾,日后再图别的,天地鬼神,日头月亮照着嗓子,从嗓子里头长疔,烂了出来,烂化成酱在这里!"值得注意的是,她设誓时将"日头月亮"并列,按说一般情况下,人们会只说"日头照着"如何如何,不会同时去说"月亮照着",这让我们想起她三宣牙牌令那一回,牌令词中出现了"双悬日月照乾坤"的句子,这就说明,曹雪芹在写这一年(据考证是乾隆元年)的故事时,当时的政治态势,就是废太子的嫡长子,也是康熙的嫡长孙弘晳,已经成为悬在天上的"明月","精华欲掩料应难",企图达到"天上一轮才捧出,人间万姓仰头看"的胜境,分明是要跟"日头"即皇帝(实际上就是指乾隆)决一雌雄了。

鸳鸯在八十回后,究竟是怎样的结局?高鹗续书,写她在贾母殡天后上吊殉主,强调她的"忠心"。这当然也是一种说得过去的情节安排，但实际上曹雪芹笔下的鸳鸯不但是一个极有主见、富于反抗性、自我意识高扬的人物，而且，她绝非封建礼教的遵循者。她发现了司棋和潘又安在大观园里私通，虽然觉得有些惊讶害臊，却并不根据封建道德去评判司棋是越轨犯罪；得知司棋抱愧病倒以后，她及时去看望，支走别的人，立身发誓："我告诉一个人，立刻现死现报！你只管放心养病，别白糟蹋了小命儿！"在那样的时代，那样的环境中，又是大宅门里老祖宗身边有脸面有权威的宠婢身份，她却能视司棋的大胆妄为是司棋的个人隐私。她尊重这一隐私，保护这一隐私，你说这个鸳鸯的观念有多么超前！当然，这实际上是曹雪芹的观念超前。

"自古嫦娥爱少年"，虽然贾赦承认这是一个客观的情爱规律，但他却力图依仗自己的权势金钱将其颠覆。其实贾赦那时候无非是60岁上下，按今天的划分应该还在壮年阶段，并非什么耄耋老翁。时代在进步，但进步有时也会付出始料不及的代价，比如经济腾飞了，俗世的价值观在一些方面却失范了。"自古嫦娥爱少年"似乎并不是一个情爱定律了，贾赦如果生活在今天，他只要通过传媒征婚，说明他袭爵一等将军，拥有豪宅名车，家财丰厚，那么，一定会有数不清的美赛鸳鸯的嫦娥争先恐后地奔向他的身边，您说是不是？

柳藏鹦鹉语方知

脂砚斋是曹雪芹的合作者。当然,她主要是通过批语来揭橥《石头记》的生活依据和艺术特色,直接执笔补缀文本的地方不多。她——这里用这个女性的第三人称,是因为我基本上信服周汝昌先生的考据:脂砚斋是书中史湘云的原型,是曹雪芹的一位李姓表妹。他们在家族败落后,历尽坎坷,戏剧性地遇合,隐居乡间,呕心沥血,共同从事《石头记》的写作——在第一回的批语中,就一方面指出书中的朝代年纪、地舆邦国"大有考证",使我们知道曹雪芹的这部书尽管将真事隐去,以假语村言来进行叙述,但确实是一部带有自叙性、自传性的作品,另一方面又指出,曹雪芹在将生活的真实化为艺术情境时,使用了许多高妙的手法。

第一回的批语里,脂砚斋就这样总括曹雪芹的写作技巧:"事则实事,然亦叙得有间架,有曲折,有顺逆,有映照,有隐有见,有正有闰,以至草蛇灰线、空谷传声、一击两鸣、明修栈道、暗度陈仓、云龙雾雨、两山对峙、烘云托月、背面傅粉、千皴万染诸奇……"她的评论语汇非常丰富,能让读者产生出联翩的意象,既增进了对曹雪芹文笔的审美力度,对她那批语本身,也往往能获得阅读的快感。

在第七回，曹雪芹以相当含蓄的手法写贾琏和王熙凤中午在家里行房事，点睛的句子其实只一两句："只听那边一阵笑声，却有贾琏的声音。接着房门响处，平儿拿着大铜盆出来，叫丰儿舀水进去。"有年轻读者问我：什么叫"通房大丫头"？我就让他自己去琢磨这两句描写。脂砚斋对曹雪芹的这一写法大加赞扬，她说："妙文奇想！阿凤之为人岂有不着意于风月二字之理哉？若直以明笔写之，不但唐突阿凤身价，亦且无妙文可赏；若不写之，又万万不可，故只用'柳藏鹦鹉语方知'之法，略一皴染，不独文字有隐微，亦且不至污渎阿凤之英风俊骨。""柳藏鹦鹉语方知"用在这里，向读者点化曹雪芹的高妙的艺术技巧，真是恰切极了。脂砚斋显然极有文化修养，她多次随口吟出、随手拈出诗词妙句来评点曹雪芹的文本。

第三回写到林黛玉初次"还泪"，脂砚斋批道："月上纱窗人到阶，窗上影儿先进来，笔未到而意先到矣！"第十五回有批语引昔安南国使题一丈红的诗句："五尺墙头遮不得，留将一半与人看。"第十六回写贾母心神不定，在大堂廊下伫立，她批道："与'日暮倚庐仍怅望'对景，余掩卷而泣。"第二十五回写早晨宝玉想观察头天偶然给他倒茶的小红，"却恨面前有一株海棠花遮着，看不真切"，她批道："余所谓此书之妙皆从诗词句中泛出者，皆系此等笔墨也。试问观者，此非'隔花人远天涯近乎'？"第三十七回批语里道："好极！高情巨眼能几人哉？正'一鸟不鸣山更幽'也。"诸如此类，都是善用诗句点评小说文笔妙处的例子。

脂砚斋也很会活用俗谚俚语，来作为评点的利器。她先后运用到批语中的这类语句很多，比如："一日卖了三千假，三日卖不出一个真！""人若改常，非病即亡。""不如意事常八九，可与人言无二三。""人在气中忘气，鱼在水中忘水。"等等。

在第二十七回的回后批中，脂砚斋总结说："《石头记》用截法、岔法、突然法、伏线法、由近渐远法、将繁改简法、重作轻抹法、虚稿实应法，种种诸法，总在人意料之外，总不见一丝牵强，所谓'信手拈来无不是'是也。"曹雪芹固然技巧非凡，如千手观音无所不能；脂砚斋的批评技巧亦妙笔生花，灵动自如。比如她在鸳鸯抗婚一回，感慨鸳鸯在急难中提到一起度过许多岁月的姊妹们，让人读来浮想联翩，就挥笔写道："余按此一算，亦是十二钗，真镜中花、水中月、云中豹、林中之鸟、穴中之鼠，无数可考，无人可指，有迹可寻，有形可据，九曲八折，远响近影，迷离烟灼，纵横隐现，千奇百怪，眩目移神，现千手千眼大游戏法也！"

不仅曹雪芹的小说是我们中华民族的经典，脂砚斋的批评也是我们中华文化的瑰宝。当代作家可以向曹雪芹"偷艺"，当代批评家也可以从脂砚斋那里"窃宝"啊！

贾母论窗

通过《红楼梦》不但可以了解中国古代的历史、哲学、宗教、伦理秩序、神话传说、诗词歌赋、烹调艺术、养生方式、用具服饰、自然风光、民间风俗……还可以了解中国民族的园林艺术和建筑审美心理。而这些因素并不是生硬地杂陈出来，完全融汇进了小说的人物塑造、情节流动与文字运用中。

例如，第四十回书中，贾母带着刘姥姥逛大观园，到了林黛玉住的潇湘馆，发现窗户上的窗纱不对头。"这个纱新糊上好看，过了后来就不翠了。这个院子里头又没有个桃杏树，这竹子已是绿的，再拿这绿纱糊上反不配。我记得咱们先有四五样颜色的纱呢，明儿给他把这些窗上的换了。"

凤姐听了，说家里还有银红的蝉翼纱，有各种折枝花样、流云卍福、百蝶穿花的。贾母就指出，那不是蝉翼纱，而是更高级的软烟罗，有雨过天晴、秋香色、松绿、银红四种。这种织品又叫霞影纱，软厚轻密。

这个细节就让人知道，中国人对窗的认识，与西方人有所不同。西方人认为窗就是采光与透气的，尽管在窗的外部形态上也变化出许多花样。古代中国人却认为窗首先应该是一个画框，窗应该使外部的景物构成一幅优美的图画，因此在窗纱的选择上，也应该符合这一审美需求，外面既然是"凤尾森森"的竹丛，窗纱就该是银红的，与之成为一种对比，从而营造出如画如诗的效果。

后来贾母又带着刘姥姥到了探春住的秋爽斋，她再一次注意到窗户，"隔着纱窗往后院看了一回，说道：'后廊檐下的梧桐也好了，就只细些。'正说话，忽一阵风过，隐隐听得鼓乐之声，贾母问：'是谁家娶亲呢？这里临街倒近。'王夫人等都笑回道：'街上的那里听得见，这是咱们的那十几个女孩子们演习吹打呢。'贾母便笑道：'既是他们演，何不叫他们进来演习……就铺排在藕香榭的水亭子上，借着水音更好听！'"贾母嫌窗外的梧桐细，就是因为她把那窗户框当做画框来看，窗户比较大，外面的"画面"上的梧桐树也要比较粗才看上去和谐悦目。中国古典窗不大隔音，并不完全是因为工艺技术上在隔音方面还比较欠缺，而是有意让窗户起到一种"筛音"的作用，即使关闭了窗扇，也能让外面的自然音响和人为乐音渗透进来，以形成窗内和窗外的心理共鸣，所以她主张到水上亭榭里面，开窗欣赏贴着水面传过来的鼓乐之声。

林黛玉受家庭熏陶，也受贾母审美趣味的影响，非常懂得窗的妙处。潇湘馆有个月洞窗，第三十五回，林黛玉从外面回来，她就让丫头把那只能吟她《葬花词》的鹦鹉连架子摘下来，另挂到月洞窗外的钩子上，自己则坐在屋子里，隔着纱窗调逗鹦鹉作戏，再教它一些自己写的诗词。那时候窗外竹影映入窗纱，满屋内阴阴翠翠，几簟生凉，窗外彩鸟窗内玉人，相映生辉，如痴如醉。

鹦鹉毕竟还是一种人为培育的宠物。第二十七回写到，林黛玉一边往外走一边跟丫头交代："把屋子收拾了，撂下一扇纱屉，看那大燕子回来，把帘子放下来，拿狮子倚住；烧了香，就把炉罩上。"可见那些糊上软烟罗的窗户，是可以把窗屉子取下来，让窗外的自然和室内的人物完全畅通为一体的，而大燕子就是自然与人亲和的媒介，潇湘馆的屋子里，是有燕子窠的！燕子归来后，放下的窗帘并不完全闭合，说拿"狮子"倚住，那"狮子"其实是一种金属或玉石的工艺美术制品，压住窗帘一角，使窗帘构成优美的曲线，使窗内与窗外形成一种既通透又遮蔽的暧昧关系，这里面实在是蕴涵着丰富的文化元素！

林黛玉写有一首《桃花行》，几乎从头至尾是在吟唱窗户内外的人花交相怜惜："……帘外桃花帘内人，人与桃花隔不远。东风有意揭帘栊，花欲窥人帘不卷。桃花帘外开依旧，帘中人比黄花瘦。花解怜人花也愁，隔帘消息风吹透……一声杜宇春归尽，寂寞帘栊空月痕！"贾母也曾年轻过，曾在史家枕霞亭淘气，落进湖中险些淹死，虽然被及时救了上来，毕竟还是被竹钉碰坏了额角，留下一点疤痕。她年轻时可能没有林黛玉那么伤感，但林黛玉对外祖母的审美情趣，可以说是继承了其衣钵，并有所发扬光大的，她的一系列行为和诗句，都是对贾母论窗的艺术化诠释。

《红楼梦》里的宠物

看到题目,我们首先想到的会是潇湘馆的鹦哥(有的古本写作莺哥)。林黛玉和这个宠物的亲密关系,在第三十五回开头有一段非常细腻的描写。见黛玉回来,它会扑过去欢迎,并且招呼小丫头:"雪雁,快掀帘子,姑娘来了。"黛玉虽然被它嘎的一声扑来吓了一跳,有所嗔怪,但仍以手扣架道:"添了食水不曾?"那鹦哥竟长叹一声,大似黛玉素日吁嗟音韵,念起《葬花词》来,迎出的大丫头紫鹃和黛玉都笑了。黛玉又嘱咐紫鹃,把原来挂在廊子上的鹦哥架,另挂在月洞窗外的钩上,于是进了屋子,吃毕药,"只见窗外竹影映入纱来,满屋内阴阴翠润,几簟生凉……无可释闷,便隔着纱窗调逗鹦哥作戏,又将素日所喜的诗词也教与他念"。从这段描写里可以看出,黛玉的宠物鹦哥不是笼养而是架养,这一方面可能是它体型比较大,另一方面应该是黛玉希望给它以相对自由的活动空间。

第二十三回写黛玉隔墙听曲,是《牡丹亭·惊梦》一折里的词句,虽然没有引出"可知我常一生儿爱好是天然"这句,但黛玉的心,与杜丽娘的心是完全相通的,这从黛玉与宠物的关系上充分体现了出来。鹦哥毕竟是经人工驯化的商品性宠物,黛玉不仅养鹦哥,她还容纳大自然里的大燕子。第二十七回,写到黛玉边往潇湘馆外走边嘱咐紫鹃:"把屋子收拾了,撂下一扇纱屉子,看那大燕子回来,把帘子放下来,拿狮子倚住;烧了香,就把炉罩上。"显然,在黛玉的居住空间里,有一个燕子窝,大燕子每天会出去觅食,衔回来喂小燕子,黛玉对燕子一家不仅不嫌不烦,还呵护备至。估计那燕子窝是在窗屉内正屋外的一个灰空间里面,正屋与那灰空间以软帘隔开。

《红楼梦》里出现得最多的宠物,是禽鸟。第三回黛玉初进贾府,先到西边贾母的院落,进入垂花门,只见"两边穿山游廊厢房,挂着各色鹦鹉、画眉等鸟雀"。后来盖起大观园,怡红院里禽鸟更多。怡红院里的特色植物是蕉棠两植;特色宠物,第二十六回通过到访的贾芸眼中看到"那边有两只仙鹤在松树下剔翎"。当然也写到"一溜回廊上吊着各色笼子,各色仙禽异鸟",但仙鹤显然是宝玉的最爱,他迁入怡红院后便写出《四季即事诗》,里面有两句都提到爱鹤:"苔锁石纹容睡鹤""松影一庭惟见鹤"。后来第七十六回黛玉、湘云月下联诗,湘云咏出"寒塘渡鹤影"的谶语。周汝昌先生认为,鹤在书里是湘云的象征,曹雪芹《红楼梦》真本的最后情节里,有宝、湘终于遇合的情节,湘云到头来是宝玉的最爱。此说可供参考。当然,从前八十回书里,读者会感觉到,宝玉对所有的青春女性都崇拜、体贴。因此,对于怡红院里象征女性的禽鸟,书里设计得也最丰富,不仅有"仙禽(或可对应于黛玉)异鸟(或可对应于宝钗)",更有可与一般大小丫头对应的普通品种,第三十回就写到下雨时,梨香院的小戏子宝官、玉官和袭人等玩笑,"大家把沟堵了,水积在院内,把

151

些绿头鸭、丹顶鹤、花鹦鹉、彩鸳鸯,捉的捉,赶的赶,缝了翅膀,放在院内玩耍……"

宝玉在"会芳园试才题对额"一回(通行本回目为"大观园试才题对额")中,当贾政要他为后来被称作稻香村的景区题名时,他大发议论,强调"天然"。第三十六回,曹雪芹有意写下这样一幕:贾府戏班班主贾蔷为了讨好所喜欢的龄官,用一两八钱银子为她献上会串戏的雀儿"亮翅梧桐",龄官不但不领情,还痛斥贾家花了银子买她们女孩"关在这牢坑里学这劳什子",认为买这雀儿来在鸟笼里的戏台上乱串,衔鬼脸弄旗帜,"分明是弄了他来打趣形容我们",令贾蔷十分难堪,只好拆了笼子放了雀儿。这固然是为了写宝玉"识分定情悟梨香院",也令我们了解到曹雪芹的宠物观,那就是要尊重任何生命,崇尚自然,呵护弱小。贾府特别是大观园里也有些较大型的动物,第五十六回宝钗与探春计议在大观园里实施"承包制"时就提到,园子里养着"大小禽鸟鹿兔"。第二十六回的一个细节也值得注意:宝玉顺着沁芳溪看了一会儿金鱼,只见那边山坡上箭似的跑来两只小鹿,正纳闷,忽见贾兰在后面拿着一张小弓追了过来。宝玉毕竟是叔辈,贾兰只好站住,解释说是在"演习骑射"。这一笔当然是暗伏后来贾兰考取了武举,但宝玉不以为然地说:"把牙栽了,那时才不演呢。"在宝玉眼里,小鹿是不可伤害的,动物都是人类的朋友,他的这种"呆气"甚至声播于外,第三十五回曹雪芹有意通过傅家来问安的两个婆子的对话,点明宝玉是个"看见燕子,就和燕子说话,河里看见鱼,就和鱼说话"的"情痴""情种"。

辑三　红楼细处

有红迷朋友和我讨论：贾府里养不养宠物猫和宠物狗呢？答案是肯定的。第五回写宝玉到宁国府里，在秦可卿卧室午睡，安顿好了一切后，"秦氏便吩咐小丫鬟们，好生在廊檐下看着猫儿狗儿打架"。可见宁国府宠物猫狗很多，荣国府应该也是如此。虽然《红楼梦》文本里没有对荣国府宠物猫的具体描写，但在"芦雪广争联即景诗"时，湘云"就地取材"，吟出"石楼闲睡鹤"的句子后，黛玉不甘落后，"笑的握着胸口，也高声嚷道：'锦罽暖亲猫。'"可见影视剧《红楼梦》里安排王熙凤抱波斯猫，是合理的想象。

可惜曹雪芹大体写完《红楼梦》后，却因"借阅者迷失"及更神秘的原因，我们现在只能看到前八十回（其实还不足）的原本。但跟他大体同时代的一些人士，是看到过原本全稿的。有一位满洲贵族明义（字我斋），比曹雪芹小十几岁，他和曹雪芹的生命时空有所重叠，在他的《绿烟琐窗集》稿本里，有二十首《题红楼梦》诗，从组诗前小序里"曹子雪芹出所撰《红楼梦》一部……余见其钞本焉"的话推敲，他看到的应是从曹雪芹处辗转借到的一个全本。其中一首他回忆书中的情节是："晚归薄醉帽颜欹，错认猧儿为玉狸；忽向房内闻语笑，强来灯下一回嬉。"他看到了宝玉醉归错把宠物叭儿狗当成宠物大白猫的有趣描写。可是现在无论哪种版本的《红楼梦》里都绝无这样的细节。要是能找到一本明义读过的手抄本，那该是多么惬意的事啊！

153

见识狱神庙

研究《红楼梦》，一个不可或缺的方法，就是进行"田野考察"。比如书里讲到明角灯，什么是明角灯？就是用羊犄角为原料的一种外壳透明的灯具。它是怎么制作的呢？有人说是用羊犄角熬成胶，再冷却为薄片，嵌装在框架上。其实，北京厂桥地区，至今还有一条羊角灯胡同，那里在清朝曾集中着若干羊角灯作坊。四十几年前我在那附近一所中学任教，曾访问过当时已是耄耋老翁的制灯师傅，蒙他详告制作方法：用萝卜丝汤将精选的羊犄角煮软，然后用一组楦子撑大撑薄那羊犄角，最初用的楦子如同纺锤，最后的楦子则有如西瓜，制成的球形明角灯上下有口但周遭无需框架。此外，像书里提到的腊油冻石、西府海棠、枫露茶究竟是怎样的事物，以及角色对话里出现的"黑母鸡一窝儿""前人撒土迷了后人眼"的含义，还有为什么不说"死去活来"而非说"七死八活"等等，都是可以通过踏勘、寻访、采风、询老有所收获。

古本《红楼梦》（正式书名多称《石头记》）第二十回有署名畸笏叟的批语："茜雪至狱神庙方呈正文。"并说明是在狱神庙中"慰宝玉"。第二十六回又有署名畸笏叟的批语："狱神庙回有茜雪、红玉一大回文字，惜迷失无稿，叹叹！"这都是在透露曹雪芹的《红楼梦》后二十八回的内容。茜雪作为宝玉的丫头，在第七回里出现，宝玉支使她去问候宝钗，到第八回，就发生了"枫露茶事件"，宝玉醉后拿她杀气，导致她无辜被撵。从那以后一直到前八十回结束，茜雪不再出现。但曹雪芹是使用"草蛇灰线，伏延千里"的手法，这个角色到了八十回以后，贾家败落，宝玉被逮入狱，却又出现；而且在狱神庙那一回，茜雪还"呈正文"，就是说那一回里，她会成为主角。这是曹雪芹全书布局的一大特点，比如迎春、惜春在前七十回一路当配角，但是到了第七十三回"懦小姐不问累金凤"，迎春"方呈正文"；而第七十四回"矢孤介杜绝宁国府"，惜春"方呈正文"。那么，在八十回后的某一回，茜雪"方呈正文"；而这一回故事发生的空间，则是在狱神庙，"狱神庙"三个字也一定是入了回目。

　　狱神庙是什么地方？监狱里会有神庙吗？所供奉的又是什么神祇呢？

　　我一直想在北京找到清代狱神庙的遗迹，始终不能如愿。2006年10月，我到了河南南阳市内乡县，那里有一座保存得相当完整的清代县衙。这我是早就听说，也极想参观的。进入以后，发现那县衙果然"五脏俱全"，与北京紫禁城并称"北有龙头，南有龙尾"，也确实有其道理——是与清代最高权力运作中心配套的基层的权力运作中心的完整标本。它的仪门西侧有一偏院，院门两侧有狴犴的浮雕，狴犴是露着锋利獠牙的怪兽，古代把它作为监狱的图腾，让人见之悚然生畏。这就是所谓的"南监"。于是我马上想到：既有监狱，里面会不会有狱神庙呢？走进去细看，呀，果然有狱神庙！这可是清代的原物啊！曹雪芹笔下的狱神庙，应该大体上就是这个样子。

南监外院坐北朝南，是小小的庙堂。东西厢房都不大，是狱卒室。这一组建筑构成了监狱的前院，院南两个鬼门之间的墙根下有口水井，井口出奇地小，就是最瘦弱的囚犯想投井，也难把脑袋身子塞进去。鬼门里头分别是男监和女监以及阴森恐怖的刑讯室。

我细细考察狱神庙。虽然经过翻修，塑像、壁画全是近二十年来新补的，但大体上还是反映出当年的格局氛围。所供奉的狱神右手捋须，神态慈祥，原来是传说中的舜时良臣皋陶（"陶"要读作"摇"）。皋陶应该是我们中华民族的司法之祖，那时民风淳朴，侵犯他人的罪人很少，皋陶对判决为有罪的人，实行人身限制，方法很简单：在地上用树枝画一个圆圈，把罪人画入其中，在规定的时间内，不许其越出圆圈，这就是"画地为牢"。但是，随着社会财富的增加，以及人性深处的各种复杂因素的上旋，损害他人和群体的罪人增多了，手法也越来越狡猾歹毒，对他们画地为牢不管用，于是便产生了高墙严守的监狱。监狱的产生及其流变是一门很深的学问，这里不去探讨。我感兴趣的是，在吏治那么腐败、司法那么黑暗的封建社会里，监狱里毕竟还存在着这样一个小小的空间，无论是初入狱的还是待判决、已判决乃至即将被转移和处决的犯人，都还允许他们到这个小小的空间里（一般是在朔日和望日，也就是阴历初一和十五），暂时超越人间的司法权力，去向一位蔼然可亲的狱神进行心灵交流，祈求他能保佑自己逢凶化吉，或者能沉冤昭雪、无罪开释，或者虽然罪有应得，祈盼能够少受酷刑折磨、得到宽恕轻判，纵使被判死刑，也还总能在狱神前求个来生的保障。

狱神庙是个具有特殊心灵感应的神秘空间。曹雪芹在《红楼梦》的后二十八回里，会写到这个空间。贾宝玉曾经那样粗暴地对待茜雪，致使她被无辜撵出。贵族府第的丫头最怕的就是被撵，那一是等于被钉在了耻辱柱上（金钏就因此跳井"烈死"），二是会被转卖或"拉出去配小子"，完全不能掌握自己的命运，面临经济上、生活品质上的全面沦落。金钏、坠儿、司棋乃至晴雯的被撵，终究还是因为她们自身有"茬儿"，茜雪没有任何"茬儿"，仅仅是因为宝玉当时喝醉了耍贵公子脾气。当然，宝玉连嚷"撵出去"所针对的本是他的奶妈李嬷嬷，但那时他和贾母住在一个大空间里，惊动了贾母，最后迁怒茜雪；茜雪含冤被撵，按主子的"游戏规则"，也是"顺理成章"的。宝玉从那以后，显然已经把茜雪完全忘怀。但是，"盛席华筵终散场"，贾府忽喇喇大厦倾，树倒猢狲散，家亡人散各奔腾。以前有意无意得罪过的，有的就会"冤冤相报实非轻"，比如第九回闹学堂吃了亏的金荣，就会对入狱的宝玉羞辱称快；而就在宝玉陷于人生最低谷时，忽然茜雪在狱神庙中出现，不是来报复，而是不计前嫌，来对他安慰救助，这样的描写，该具有多么大的震撼力！曹雪芹他无论是写人性深处的黑暗，还是写人性深处所能放射出的善美之光，都能力透纸背，不能不令我们叹服。

见识了内乡县衙的狱神庙，对于进一步探佚曹雪芹真本《红楼梦》的后二十八回意义非凡。我还打算就《红楼梦》里的内容进行更多的"田野考察"。

留杩子盖头的小厮

近些年多有论家热衷于分析第五十六回，认为所写的"敏探春兴利除宿弊　时宝钗小惠全大体"，在大观园中推行承包责任制，对今天的经济改革也颇有借鉴意义。更有论家认为这一回所写的，甚符合19世纪末20世纪初意大利经济学家帕累托所标榜的"新福利主义"。帕累托认为，如果一个高收益的社会利益集团自动让出部分利益，以补贴另一低收益集团，构成一种社会福利，双方可能达到利益双保，社会状态也就趋向和谐，这种效果就叫做"帕累托最优"。曹雪芹生活在帕累托之前一百多年的封闭状态的中国，竟能在《红楼梦》第五十六回里形象地描绘出荣国府"临时内阁"推行的"新福利主义"，令若干论家一唱三叹，赞颂不已。

的确，那回书里所写的，是贾府在险些面临权力真空的状况下，临时凑成的"三驾马车"竟能锐意革新的故事。荣国府府主贾政那时被皇帝派了外差，王夫人一贯依仗的"内阁总理"王熙凤又因病休假，更加上朝廷里薨了老太妃，贾母、邢夫人、王夫人连同宁国府的女主子尤氏乃至贾蓉续娶的媳妇许氏，因为全属"诰命夫人"，按规定全得参与旷日持久的祭奠活动。先是每日早出晚归,后来更离京到远处陵寝。虽然贾氏宗族向皇家撒谎,说尤氏产育去不了,让她照管自家宁国府外,每天过来协理荣国府,但荣国府毕竟也还需要组成一个"临时内阁"。于是由王夫人指派了李纨、探春、宝钗三位出任,一个寡妇,一个庶出闺女,一个外姓亲戚,真有点"将不够,兵来凑"的架势。其实曹雪芹用笔尽量客观、周到。他固然在字里行间确实有赞扬探春之敏、宝钗之智的味道,但也写出荣国府的仆役们对这"三驾马车"和对王熙凤一样怀有无法释怀的阶级敌意:"刚刚的倒了一个'巡海夜叉',又添了三个'镇山太岁',越性连夜里吃酒顽的工夫都没了!"

大观园的管理,真是"一包就灵"吗?各个利益集团之间真是因"帕累托最优"的润滑就相安无事,趋于和谐了吗?曹雪芹在第五十八回到六十一回里,恰恰写出了探春、宝钗她们设计推行的承包责任制所形成的人际关系紧张,与不时因小由头而发酵成的群体事件。"三驾马车"压力很大,王熙凤病休中指派平儿"辅政",平儿也忙得不亦乐乎。

留杩子盖头的小厮在角门与柳家的一番斗嘴,就是在这种大背景下出现的。"杩子盖"就是"马桶盖",这样的发型在那个时代,是未成年的男孩子常有的。这个小厮先是抓住柳家的不像是从自家回来,有可能找"野老儿"去了的把柄为要挟,让柳家的偷些园子里的杏子给他吃。柳家的就抱怨自从实行了果木责任承包制,"一个个的不像抓破了脸的",管理上是严格了,心里头可全是钱了。柳家的点出小厮的舅母姨娘都是揽到承包任务的,"这可是'仓老鼠和老鸹去借粮——守着的没有,飞着的有'？"小厮就揭其隐私——正活动着要让柳五儿分到怡红院去。柳家的奇怪他怎么"门儿清"，小厮就笑道："单是你们有内牵，难道我们就没有内牵不成？我虽在这里听哈，里头却也有两个姊妹成个体统的，什么事瞒了我们？"

留杩子盖头的小厮最后的话特别令人深思。直到如今，中国还是一个血统裙带老关系熟面孔为人际重点的社会。人与人在社会游戏规则面前不能一律"陌生化"，执法办事对亲者宽疏者严，因此，再好的规则再妙的设计，推行起来总是大打折扣。这问题怎么解决？恐怕是，经济改革政治进步，必须与心灵教化相辅相成，对此应作持久不懈的努力。

门礼茯苓霜

在植物学分类上，茯苓是跟灵芝同纲同属的菌类植物，多寄生在赤松或马尾松的根部。将茯苓采下焙干，把里面的粉状物磨细，制成白霜般的补品，称茯苓霜。据说寄生于千年老松根上的茯苓最补人，用其制成的茯苓霜也最昂贵。

《红楼梦》第六十回里写到粤东官员到京城荣国府想谒见贾政，带了三篓茯苓霜，一篓明言是送给门房的门礼，以便由他们把自己的名刺和另两篓献给贾政的茯苓霜递进去。这位粤东官员来拜见时，贾政并不在京，皇帝派他外差，一直在外忙碌，并没有返京。对此这位粤东官员应该是知道的，但他既到京，荣国府府主即使不在，他也还是要来礼貌一番。可见贾政虽然并没有像他哥哥贾赦那样封到爵位，但皇帝恩赐的工部员外郎的官职，还应算作肥缺。尤其是招揽工程的地方官员，孝敬京都的工部员外郎，的确属于必修的功课。

粤东官员带三篓茯苓霜到贾府，为把自己来谒见的信息传递到里面，留待贾政知悉，居然将三分之一即一整篓茯苓霜作为门礼。可见荣国府的大门二门是多么森严，人轻易不能进去，就是给你传个信儿留点痕迹，也必须"水过地皮湿"。

第六回写刘姥姥从乡下来到京城荣国府门外，所见到的还不是大门的门房，不过只是看守角门的，"只见几个挺胸叠肚指手画脚的人，坐在大板凳上，说东谈西呢"，好不神气！他们对蹭上去说话的刘姥姥眼皮也不眨，视若尘土。角门的门房尚且如此，大门门房的气概又该如何？更深一层的二门门房岂不更加如狼似虎？

《红楼梦》第五十八回到六十二回开头，用细腻的笔触描绘了大观园里底层人物的生存状态。当然这"底层"只是相对而言，他们在荣国府属于底层，就整个社会而言，他们还远不是底层。在大观园里管内厨房的厨头柳嫂子，为把自己女儿柳五儿送进怡红院当差，跟晴雯、芳官等交好。有一种名贵的贡品玫瑰露，在进贡皇家的过程里，有部分被荣国府获得。其实荣国府也是皇家的一个大门房，那玫瑰露也是一种门礼。玫瑰露原放在王夫人屋里，她当然会拿一些给宝玉享用，宝玉则又让丫头们分享，连芳官也可以问宝玉讨要，去赠给柳嫂子柳五儿服用；而柳嫂子得到小半瓶后，除了留给柳五儿吃，又倒出半盏给她正患热病的侄儿。于是，本应是皇家专享的物品，也就来到了寻常百姓家里。柳五儿劝她妈省些事不要扩散，柳嫂子宣布了自己的信条："那里怕起这些来，还了得了。我们辛辛苦苦的，里头赚些东西，也是应当的……"

到了哥哥家，侄儿用现汲的井水沏了一碗喝，顿时心头一畅，头目清凉。妹妹投桃，哥嫂报李，曹雪芹写得很有意思。原来柳嫂子哥哥恰是荣国府门上该班的，那粤东官员的门礼茯苓霜，他分到一大包，于是他媳妇匀出一小包，给了柳家的。那茯苓霜第一种吃法是用人奶和了吃，第二种吃法是用牛奶送，第三种则是用滚水冲饮，据说大补，正合素有弱症的柳五儿享用。

《红楼梦》第六十回回目是《茉莉粉替去蔷薇硝 玫瑰露引来茯苓霜》，用四种物品生发出矛盾冲突，造成人物命运的跌宕歌哭，真是巧妙之极。茉莉粉和蔷薇硝都是具有药用价值的化妆品，玫瑰露和茯苓霜则是号称有医疗养生效用的高级休闲食品。柳五儿因芳官赠来玫瑰露，于是决定感恩报答，遂把从舅舅家得来的茯苓霜又匀出一小包，趁黄昏人稀，花遮柳隐地摸进大观园，来到怡红院外，遇到小丫头春燕，就托她将茯苓霜转交芳官。当时柳五儿还属于"待分配"状态，是没资格进入大观园深处的，结果，她返回厨房时恰遇上管家婆林之孝家的带人巡查，一盘问，她心慌语乱，于是被当做嫌犯监禁起来，更连累到她母亲，厨房遭到搜检，一小瓶玫瑰露一包茯苓霜俱被发现。林之孝家的自己手里早有"人力资源"储备，就是秦显家的，于是做主罢免了柳嫂子,任命了新厨头秦显家的。

这段关于大观园厨房控制权的争夺战,写得十分精彩。在情节的流动中,涉及柳嫂子的门房哥哥,揭示出收取门礼的风俗,细细一笔,将世道人心戳破穿透,十分发人深省。如今已是《红楼梦》所描绘的时代的二百多年之后,我们扪心自问:门礼恶俗,究竟是否已经绝迹?

小吉祥儿问雪雁借衣

赵姨娘跟前大丫头之外,至少还有两个小丫头。一个叫小鹊,她在第七十三回开头正式出场,大老晚的忽然来到怡红院径直走到宝玉跟前,告诉他赵姨娘刚在贾政耳边下了蛆,"仔细明儿老爷问你话",说完就匆匆离去。按说小喜鹊不是乌鸦,应该报喜不报忧,但"吉凶不在鸟音中",如打比方,这位小鹊好比是蝴蝶扇了扇翅膀,却不曾想就此一环环引出风波、风潮直至大风暴——贾母亲自查赌、抄捡大观园、死晴雯、逐芳官……

赵姨娘跟前的另一个小丫头叫小吉祥儿,她只暗出。第五十五回写探春理家,遇到一个情况,就是赵姨娘的兄弟赵国基死掉了。探春在伦常秩序上,认贾政为父,王夫人为母,赵姨娘只是一个供她父亲使用的泄欲生孩子的工具,是贾氏宗族的世奴之

163

一。赵姨娘说赵国基是探春舅舅，探春不认，宣称自己的舅舅是王夫人兄弟王子腾，"年下才升了九省检点"，而赵国基只是跟随贾环上学的男仆。探春坚持按家生奴才的待遇只赏了赵国基二十两银子。这是《红楼梦》里令读者读了心里发冷的一段情节。

曹雪芹的文字真是细针密绣，得空便入，玲珑剔透。到第五十七回，他写了前八十回里宝、黛爱情的最后一个高潮：慧紫鹃情辞试莽玉。按说集中去写紫鹃以江南林家即将来接走林黛玉，试探宝玉有何反应，以此来绾系宝、黛二人的婚姻前景，这回书也就非常好看了。但他偏插进一笔，就是写比紫鹃矮一级的丫头雪雁，从王夫人那边取人参回到潇湘馆，说在王夫人那边下房歇息时，赵姨娘招手叫她，原来是赵姨娘兄弟赵国基死了明日发丧，赵姨娘要带小丫头小吉祥儿去伴宿坐夜，小吉祥儿要跟雪雁借月白缎子袄儿穿。

雪雁是很早就出场的人物。第二回写贾雨村到林如海家作西宾，"妙在只一个女学生，并两个伴读丫鬟"，女学生不消说就是黛玉，雪雁呢，应是两个伴读丫鬟之一。第三回写黛玉进贾府，"只带了两个人来：一个是自幼奶娘王嬷嬷，一个是十岁的小丫头，亦是自幼随身的，名唤作雪雁。贾母见雪雁甚小，一团孩气……便将自己身边的一个二等丫头名唤鹦哥者与了黛玉。"鹦哥跟随黛玉后易名紫鹃，由二等丫头升为一等丫头。第六十回写到管内厨房的柳嫂子有个闺女柳五儿，"虽是厨役之女，却生的人物与平、袭、紫、鸳皆类"。可见到后来紫鹃是与平儿、袭人、鸳鸯三位大丫头并列的高素质人物。平、袭、紫、鸳在书里都有许多重头戏，雪雁虽然后来时不时地提到，却一直只是个影子似的存在。

但是到第五十七回,雪雁自己说起小吉祥儿跟她借衣的情形,这个人物形象忽然鲜明了起来,仿佛一瞬间聚光灯圈住了她,那几百字,无妨视为"雪雁正传"。

雪雁是这样向紫鹃汇报的:"……小吉祥儿没衣裳,要借我的月白缎子袄儿。我想他们一般也有两件子的,往脏地儿去恐怕弄脏了,自己的舍不得穿,故此借别人的。借我的弄脏了也是小事,只是我想,他素日有什么好处到咱们跟前,所以我说了:'我的衣裳簪环都是姑娘叫紫鹃姐姐收着呢。如今先得去告诉他,还得回姑娘呢。姑娘身上又病着,更费了大事,误了你老出门,不如再转借罢。'"

故事发展到这一段的时候,雪雁跟随黛玉进府已经好几年了,她已经不再"一团孩气",历练得相当世故了。替她想想,黛玉本是寄人篱下,她更处在篱下的篱下,她不但身份比紫鹃低,前途也比紫鹃堪忧。如果出现最坏的情况,比如黛玉竟不幸病亡,那么,紫鹃的退路是现成的——她本是贾母的丫头,再回到贾母身边就是了,但雪雁她怎么算呢?她并非贾家世奴,也非袭人那样是贾家花银子买来的。从理论上说,黛玉若亡,她应退回林家,可林家已经流散,她何去何从?因此,她再憨厚淳朴,也不得不时时关注他人"有什么好处到咱们跟前",实施严格的自我保护,而且把紫鹃、林姑娘当做了两道保护墙。雪雁拒借月白缎子袄儿给小吉祥儿,不是小气,而是一个在生命之旅中漂泊的小生命,在努力维系自己的基本利益,求得安全感。

宝官和玉官

金陵十二钗究竟有几组？第五回宝玉在太虚幻境偷看册页，明写出至少有三组，分别载入正册、副册、又副册。周汝昌先生考证出，在八十回后曹雪芹轶稿最后一回，即一百零八回，有一个《情榜》，宝玉作为绛洞花王单列，然后是九组十二金钗，也就是说，正册、副册、又副册后还应有三副、四副……直至八副。那么，除了曹雪芹明写出的正册十二钗外，另外各册里都是哪些女性呢？历来读者众说纷纭。但我以为其中一册是"金陵十二官"，当无疑义。

金陵十二官，就是贾家为了元妃省亲，除了大兴土木建造大观园这个"硬件"外，还配备了小戏子、小尼姑、小道姑等"软件"。十二官就是派贾蔷到姑苏去采买回来的一群小姑娘，带回荣国府后安置在梨香院，派教习培训；结果到元妃省亲时，她们一个个歌欺裂石之音，舞有天魔之态，虽是妆演的形容，却作尽悲欢情状，大得元妃表扬赏赐。后来她们留在府里随时应召表演。

故事发展到第五十五回后，书里交代说宫里有位太妃先是病重后来薨逝，朝廷不许官宦人家演戏了，而元妃的下次省亲又杳无盼头，于是贾府就遣散了梨香院戏班，戏子们可由其家长领走,也可自愿留下。结果留下了八官,都分配到各处去当丫头。文官归了贾母;尤氏当时协理荣国府,要了茄官;芳官去了怡红院,藕官去了潇湘馆,蕊官去了蘅芜苑,艾官去了秋爽斋;此外湘云得了葵官,宝琴得了荳官。那么,不愿留下走掉的是哪几官呢?没有明确交代,却不难推敲。首先,有个药官,她死掉了,留去都不必算她。前面书里有戏份很重的一官——龄官,她是上过回目的,而且她与戏班班主贾蔷的爱情曾使宝玉顿悟"人生情缘,各有分定"。龄官没有留下当丫头,势在必然,贾蔷一定设法把她接出妥善安排,并且,她与贾蔷在曹雪芹的八十回后书里,一定还会有戏。

书里前面出现过,却在遣散戏班后不见踪影的,还有宝官和玉官。

宝官和玉官曾出现在怡红院里。第三十回,宝玉偶遇龄官画蔷后,忽然一阵雨来,慌忙跑回怡红院,却发现大门闩住,连敲不开,不禁怒火中烧,袭人后来听见跑去开门,宝玉也不管来的是谁,踢去一记窝心脚。事态是怎样酿成的呢?书里交代:"原来明日是端阳节,那文官等十二个女子都放了学,进园来各处玩耍。可巧小生宝官、正旦玉官两个女孩子,正在怡红院和袭人玩笑,被大雨阻住。大家把沟堵了,水积在院内,把些绿头鸭、花鹦鹉、彩鸳鸯,捉的捉,赶的赶,缝了翅膀,放在院内玩耍,将院门关了。袭人等都在游廊上嘻笑……"

宝官和玉官玩耍起来很有创意,她们似乎跟宝玉和怡红院的人走得最近。那时候芳官跟宝玉和怡红院的人似乎还不大相熟。第三十六回宝玉跑到梨香院,想让龄官给他唱《牡丹亭》里的曲子，进门首先遇到的就是宝官和玉官，她们笑嘻嘻地给宝玉让座。宝玉进屋求龄官唱曲，被龄官冷冷拒绝；宝玉从未如此这般被女孩子弃厌，讪讪地红了脸退出，又是宝官玉官迎上他，问其所以，给他解释龄官为何如此；直到贾蔷出现，宝玉目睹了龄官与贾蔷的互爱情深，才恍然大悟那回龄官为何在蔷薇花架下痴迷地一再画出蔷字……

金陵十二官在书里都不是影子人物，有的戏份很重，如芳官、龄官，其余的如藕官为药官亡灵烧纸，芳官遭赵姨娘荼毒时藕、蕊、葵、荳四官冲进怡红院，一个顶住赵姨娘前胸一个抵住她后腰，另两个拉住她左右手，声援芳官，大喊大闹；艾官则在探春前告发夏婆子对赵姨娘的调唆……这十二官，官官都不是省油的灯！

据书里交代，十二官以文官为首。第五十四回荣国府大闹元宵，贾母让十二官为亲戚薛姨妈李婶娘献唱，说她们"都是有戏的人家"，意思是什么好的全都看过听过，于是"少不得弄个新鲜样儿的，叫芳官唱一出《寻梦》，只提琴至箫管合，笙笛一概不用。"这时候文官有句很经典的话："这也是的，我们的戏自然不能入姨太太和亲家太太、姑娘们的眼，不过听我们一个发脱口齿，再听一个喉咙罢了。"

宝官和玉官当然也都是具有发脱口齿、脆甜喉咙的戏子。她们没有留在贾府，想是被其父母或兄长接走了。她们后来的命运如何呢？令人挂念。另外，总在一起活动的宝官玉官的命名，为什么恰与宝玉犯重？这和第二十八回里的妓女偏叫云儿，与史湘云犯重一样引人思索，是否有什么影射蕴含其中？

莲花儿眼尖

迎春房里的丫头，司棋排头位，其次是绣橘，她们在书里戏份都不少，一般《红楼梦》的读者都记得她们。尤其是司棋，她大胆与潘又安恋爱，私通音信，交换信物，更干脆买通看门婆子张妈把情人引入大观园，月夜里在大桂树下山石旁同享云雨之乐。事发后，当着凤姐等的面，她居然并无畏惧惭愧之意。高鹗续书把她的结局设计成殉情触柱而亡，应与曹雪芹原来构思相近。但是，迎春房里的小丫头莲花儿，也有戏份，却往往被一些读者忽略。

细读《红楼梦》，乐趣无穷。我少年时期就对《红楼梦》读得很细，那倒并不是受到红学家影响，那时也无"文本细读"的理论出现，我的细读，引导者是我的母亲。比如，母亲会说：哦，王善保家的跟秦显家的，是亲戚啊！我曾把这一点告诉宗璞大姐，她吃惊：这两个人能是亲戚吗？一般人都会记得，王善保家的是邢夫人的陪房；而秦显家的，是大观园南角门子上夜的，她一度被荣国府的管家婆林之孝家的封为内厨房厨头，取代了柳嫂子，没想到才高兴了不到半天，就又被"判冤决狱"的平儿"原封退还"，得到平反的柳嫂子重回内厨房主政。平儿的"人力资源库"

里没有秦显家的，林之孝告诉她已经先斩后奏委派了秦显家的，平儿表示："秦显的女人是谁？我不大相熟。"王夫人房里的大丫头玉钏提醒她：秦显家的是司棋的婶娘，司棋父母虽然是大老爷贾赦那边的，其叔婶却在二老爷贾政这边当差——这说明秦显和他哥哥两家全是荣国府的世奴。后来抄捡大观园的时候，书里又交代，王善保家的是司棋的外祖母。我们细想一下，王善保家一个女儿嫁给了一位姓秦的男仆，生下了司棋；这位男仆的弟弟叫秦显，那么，秦显的女人难道不是王善保家的一个亲戚吗？当然，她们互相怎么称呼，是个难题，按北方延续至今的习俗，或者秦显家的就随司棋唤王善保家的姥娘，王善保家的或者就称其为显子媳妇。

司棋一直想除掉柳家的，夺到内厨房的控制权，为此她一再给柳家的出难题。而柳家的仗恃跟怡红院的人交好，也并不把迎春处的人看在眼里。司棋派莲花儿去跟柳家的说，要一碗炖得嫩嫩的鸡蛋。"嫩嫩的"这标准很难把握，无论你怎么细心，炖出的鸡蛋还是会被埋怨"炖老了"。柳家的知道来者不善，就长篇大套地唠叨鸡蛋匮缺恕不伺候，莲花儿不仅动嘴更动手，从菜柜里发现了十来个鸡蛋，发出极难听的指责："又不是你下的蛋，怕人吃了。"对吵中，莲花儿更揭发柳家的讨好怡红院晴雯的丑态，柳家的越发恼羞成怒。莲花儿回到迎春房里，把在厨房的遭遇告诉司棋，司棋怒从心头起，恶向胆边生，伺候完迎春晚饭，率领莲花儿等小丫头冲进厨房，发布了"打、砸、抢"的命令："凡箱柜所有的菜蔬，只管丢出来喂狗，大家赚不成！"在曹雪芹笔下，司棋在情欲上的大胆和婚姻追求上的自主执著，与她在争夺内厨房控制权上的跋扈嚣张，融为一个可信的艺术形象。

脂砚斋说曹雪芹的文笔"细如牛毛"，例证太多。柳五儿被当做窃贼嫌疑犯监禁后，林之孝家的说起王夫人屋里丢了一罐玫瑰露，围观的婆子丫头里恰有莲花儿，她听见了忙说"今儿我倒看见一个露瓶子"——她先是在厨房里翻查有无鸡蛋，后来想必更跟随司棋成为冲进厨房打、砸、抢的急先锋。她眼尖，看见了橱柜里柳家的从芳官那里得来的小半瓶玫瑰露，当时因为兴奋点不在玫瑰露上，也没特别在意，晚上听见林之孝家的提起，便带领巡查一行到厨房里，立马取出露瓶作为贼赃，而且又进一步发现了一包茯苓霜，使柳家的和柳五儿更加有口难辩，面临各被打四十大板，母亲撵出去永不许再进二门，女儿则交到庄子上或卖或配人，那样恐怖的命运。

后来由于宝玉出面"顶缸"，掩饰了真正的窃贼；平儿判冤决狱，为柳氏母女平反，大事化小，小事化了。已经夺到手的厨房，竟又权归柳家的，司棋气了个倒仰，莲花儿想必也悻悻然。在曹雪芹笔下，迎春是最懦弱的，但偏她房里的大丫头司棋也好，小丫头莲花儿也好，强悍，甚至凶悍。这种主奴性格大反差的设计，实在有趣，也意味无穷。

171

| 红楼眼神

北院大太太

北院大太太指邢夫人。《红楼梦》第七十五回,写到尤氏从荣国府回到宁国府,隔窗偷看偷听贾珍和其狐朋狗友聚赌寻欢的情景,其中邢德全的丑态最为不堪,尤氏悄向身边大丫头银蝶说:"这是北院里大太太的兄弟抱怨他呢!"现存古本《红楼梦》(多称《石头记》)里,"北院里"又有写作"北远里"的,总之都明明白白地写出"北"这个方位来。

细读《红楼梦》(从古本到现今通行本),读者都会在头脑里,大体形成对荣宁二府及贾赦住处的方位概念:宁府居东,荣府居西,贾赦呢,他住在与荣府一墙之隔的另一黑油门的宅第中;荣宁二府前面是荣宁街,二府之间原有夹道,属于贾氏私地;为元妃省亲,把夹道取消,将荣府和贾赦宅以及宁府中原有的花园合并扩大,建造了大观园。书里多次写到荣宁二府以及贾赦宅里院落屋宇的具体情况,前后基本上合榫,可见曹雪芹在写这部小说时,他是"胸有成屋"的。

书里西边荣国府的人提起宁国府,称"东府"。宁东荣西赦中间,这应是书里贾氏两府的空间布局。但第七十五回尤氏偏称邢夫人为"北院里的大太太",这该怎么解释?

辑三　红楼细处

现为台湾东海大学教授的关华山先生，早在三十年前就以《〈红楼梦〉中的建筑与园林》为题撰写了硕士论文，后在台湾正式出版，2008年天津百花文艺出版社将这部资料甚丰、论述甚细的著作提供给了我们，相信红迷朋友们读来都会兴味盎然。关华山梳理出了《红楼梦》中荣宁二府的建筑布局的现实性以及大观园这个"文笔园林"的虚拟性，指出前者体现出儒家的重秩序、后者体现出道家的循自然，且以几何形态来赋予不同的象征意义，即宅方而园圆。其中也对贾赦宅进行了研究，认为书中关于其"黑油大门"的交代，符合《明会典》中三品官阶宅第的营造规定（清朝大体承袭明制）。我对关先生的研究非常佩服。但尤氏何以称邢夫人为"北院大太太"，他的解释却不能苟同："以'北院'称贾赦院，似无方位的实质理由，只是习惯的称谓，以别东、西院及下人的南院吧！"

《红楼梦》是一部"真事隐"后"假语存"的奇书。将其视为全盘虚构或报告文学都是不对的。作者的写作从"真事"入手，也就是说不仅绝大部分人物有生活原型，就是荣宁二府和贾赦宅第也都有空间原型，但升华为小说文本以后，却又在不同程度上掺进了"假语"。现代文学创作有"典型论"一说，就是作者将生活中的实际素材加以艺术想象进入虚构以后，所形成的"典型环境"与"典型人物"就成为独立的审美对象了，一般读者欣赏"典型"就可以了，不必往原型去探究。可是曹雪芹的写作却并非如此（他生活的时代全人类也还无"典型论"的美学理论的提出），他恰恰是希望审美者能既从"假语"里获得"离真"的意趣，却也能从"假语"里窥见作者"存真"的苦心，所以他才感

173

| 红楼眼神

叹："满纸荒唐言，一把辛酸泪；都云作者痴，谁解其中味？"我们读《红楼梦》，也需"痴"，也就是孜孜不倦地去探究那些隐藏在"假语"中的"真事"，才能品出这部奇书的厚味。

荣宁二府的原型，我比较服膺周汝昌先生的考据；简而言之，其原型应是雍正朝败落的某阿哥的宅第。乾隆朝初期，曹頫恢复内务府职务后，带领包括曹雪芹在内的全家，从蒜市口"十八间半"小宅移入曾经借住过（当时府主为谁待考）、后来和珅在那基础上营造出某些部分的豪华度甚至超过皇宫的府第，到清末则由恭亲王奕䜣改建享用。大观园的夸张想象，应是以那个宅第的花园为"原点"展开的。从人物原型的关系上说，贾赦与贾政的原型确是亲兄弟，但贾赦的原型并没有一起过继给贾母的原型，所以书里尽管把赦、政写成同为贾母所生，赦作为袭爵的长子却离母另住。书里尤氏也是有原型的，她那句称邢夫人为"北院里的大太太"的话，应该是生活中的原话，为什么赦宅是"北院"？一种解释是，贾赦原型的居所本不在荣国府东侧隔壁，而是在北边街区；另一种解释是：宁国府原型的空间位置，并不与荣国府齐平，也就是说荣宁街是由西北朝东南斜置的（现在恭王府所在的三座桥街就如此歪斜），因此真实生活中东府的人，就把偏西北的宅第里的福晋称作"北院大太太"，这是《红楼梦》"假语"中"存真"的一例。

辑三　红楼细处

阿其那之妻

雍正登上帝位以后，把政敌一个一个地铲除。他的八弟允禩，在康熙朝两废太子之后，曾经露骨地觊觎太子之位。康熙薨逝雍正登基之初，故意提升允禩地位，但很快就抓住他的把柄加以惩治，先削爵，再革出皇族降为庶人。这样觉得还不解恨，就让人叫允禩为阿其那。民间传说，阿其那是狗的意思，但据清史专家根据满语考证，含义应是"案板上的冻鱼"。已经贬得连人都不是了，严加圈禁，雍正还是觉得留着终究是个祸患，于是把他毒死。九弟允禟，雍正斥他为"痴肥臃肿矫诬妄作狂悖下贱无耻之人"，也是先削爵，再逐出皇族废为庶人，再让人叫他塞思黑。民间传说，塞思黑是猪的意思，也是专家考证出，准确的含义是"讨人嫌"。允禟被安置到大同管制，最后也被毒死。雍正对三哥允祉和与他同母的十四弟允禵也进行了无情打击。其实当年康熙给儿子们取名全用一个胤字，雍正名胤禛，十四阿哥名胤祯①，两个人的名字从字形和字音都非常接近。康熙那样给他们取名，大概是觉得二人既为一母所生，这样命名可以显得更亲密一点。没想到他薨逝以后，这嫡亲的哥儿俩在权力斗争中撕破了

---

① "祯"字繁体写做"禎"与"禛"字形字音都相近。

脸，雍正当然占据上风，不仅让胤禛和别的兄弟一样，不许再使用他专享的胤字，而且先改名为允祯，再改为允禵。

八阿哥允禩大概从容貌到才能都确实比较突出，而且很会笼络人心，早年也颇受康熙青睐。二阿哥允礽因为是皇后所生，不满三岁就被康熙立为太子，康熙对他精心培养，甚至在自己出征时一度让他代理朝政。但是康熙长寿，权力总不能移交给太子，太子接班心切，皇帝与皇储之间终于爆发冲突。经过两立两废，康熙心力交瘁，但他还是请权贵朝臣提出立谁为新太子的建议。其实康熙并不可能在建储的问题上听取除了他自己以外的任何人的建议，他不过是故作姿态和进行测试，没想到最后权贵朝臣几乎是一致地推举了胤禩，这还了得！这样的结果，第一说明那些臣属互相串联自以为是，第二说明允禩心思不正暗中活动。康熙大怒，不但直到临终也没有再立储君，而且对八阿哥深为厌恶。

康熙一生生育过三十五个儿子和二十个女儿，儿子里有二十四个养到八岁以上并给予排序，大阿哥和第二十四阿哥相差四十一岁。康熙在世时前面十几个儿子几乎都已经娶妻生子，当然这些阿哥几乎都不止一个老婆，但正妻只有一位，称嫡福晋（或写作福金，是满语音译）。尽管康熙日理万机，国务繁冗，但是他仍有精力关注每位阿哥的各方面情况。他后来对允禩的恶感，也波及允禩的嫡福晋郭络罗氏。在《清圣祖实录》第235卷中，记载着康熙对允禩家庭状况的评议，说允禩"素受制于妻"。

在清代官方档案里，皇阿哥之妻鲜有被记述者，但允禩这位妻子却几次被记载甚至被描述。康熙朝，康熙让大儒何焯教导允禩，师生正在对谈时，允禩嫡福晋从屋门外走过。她不仅朝里面窥视，而且可能是觉得何焯的酸腐神态腔调很滑稽，就纵声大笑，其洪亮的笑声甚至传到了院子以外，当时和事后允禩都没有对她的出轨行为有所指责。虽说满洲八旗妇女在生活习俗上一贯较汉族妇女少些约束，比如保持天足，在家族事务里发言权略大，但如此放肆的做派，还是绝对不允许的。雍正登基后，先故作姿态，让允禩入阁襄理政务，嫡福晋娘家人来表示祝贺，她居然把对雍正的疑惑大声说出："道什么喜？还不知道以后什么时候掉脑袋哩！"果然很快允禩就遭到一连串打击，夫妇均被废为庶人后，她竟对监视的太监说："原来我每餐只吃一碗饭，今天你再给我加上两碗，我死了不是全尸也没关系，吃到那天再说！"雍正知道后即勒令她自尽，死后"散骨以伏其辜"。她死了以后允禩才被叫做阿其那，但我们也无妨称她为阿其那之妻。

　　曹雪芹祖父、伯父、父亲，生时都与允禩、允禟交好。雍正下令查抄曹𫖯，负责查抄的官员后来专门报奏，从曹家家庙里抄出了一对高大的金狮子，那本是皇帝才能享用的，曹𫖯供认是代允禟藏匿的。曹𫖯大难不死，到乾隆朝初年又回到内务府当差，那时候曹雪芹已具备写作能力。在家族的私密交谈里，曹雪芹应该从父母那里听到过关于阿其那之妻的事情，这也许对他创作《红楼梦》、塑造王熙凤那样的艺术形象有所帮助。想想王熙凤的言谈做派，"普天下的人，我不笑话就罢了……他是哪吒，我也要见一见，别放你娘的屁了，再不带去，看给你一顿好嘴巴子！"这个角色应该以曹氏家族的某一女性为原型，但作为一个艺术典型，里头是否也多少含有阿其那之妻的元素呢？

茶搭子·热水瓶·饮水机

北京西直门外的动物园,乾隆中期,叫做环溪别墅,后来被称作"三贝子花园"。清代皇帝给皇族男子封爵,有亲王、郡王、贝勒、贝子四等,那地方曾归一位排行第三的贝子所有。

清代对皇族的分封,如果要说详细一点,顺治六年厘定为十二等:和硕亲王、多罗郡王、多罗贝勒、固山贝子、奉恩镇国公、奉恩辅国公、不入八分镇国公、不入八分辅国公、镇国将军、辅国将军、奉国将军、奉恩将军。据清末皇裔溥杰著文,他所知道的入八分与不入八分的区别,只在辅国公一级。"和硕"是满语音译,为"一方"之意;"多罗""固山"则分别是满语"一角""旗"之意;"一方"大于"一角"更大于"旗"。分封这些爵位,大体有"功封""恩封"之别;"功封"可以"世袭罔替","恩封"则要代代递降。当然,皇帝(晚清同光时期则主要是皇太后)根据自己的利益可以随时降削或提升这些皇族人员的爵位。

最有意思的是公爵那"入八分"与"不入八分"之别。"八分"指的是八种特殊待遇:坐的车可以是"朱轮";骑的马可以用"紫缰";帽子上使用比珊瑚顶更高档的宝石顶;帽子上还配带双眼花翎；可以使用牛角灯；可以使用茶搭子；马上可以使用坐褥；府邸大门上可以装饰大铜钉。其中第五项殊荣——茶搭子是什么东西？是盛热水用的，类似于现代的热水瓶。是否可以使用保温热茶水的器皿，在清代居然是区分公爵等级的重要标志之一。

  入八分公爵所使用的茶搭子究竟什么模样？我一直很想知道，也询问过若干人士，但始终不得要领。据我的想象，应该就是一种用保温材料紧紧包裹住的茶壶。我的少年时代，虽然那时候热水瓶已经非常流行，但我家和一些亲友、邻居家里，仍有给大瓷茶壶穿上贴身棉衣的习俗，记忆里，从那棉裹茶壶里倒出的茶水，温而不烫，十分适口。《红楼梦》里写到，冬夜宝玉在露天方便后，来到花厅后廊，丫头秋纹伺候宝玉洗手，嫌小丫头捧着的沐盆里的热水已经变凉，可巧一个婆子提着一壶滚水走来，那本是准备给贾母泡茶用的，秋纹仗势压人，说"我管把老太太茶吊子倒了洗手！"那婆子先不给，后来看清是宝玉跟前的人，忙提起壶来往小丫头捧的水盆里兑热水。那水壶从灌进滚水的地方穿越若许空间提到贾母屋里，如无保温层掩护，必定变成凉水，估计就是茶搭子一类的器皿。小说里的荣国公，读者可以想象属于入八分之列。当然到了小说故事开始以后，贾母的长子贾赦已降袭为一等将军，荣国府的府主贾政则并无爵位，当然也就不能公然使用茶搭子。但将那玩意儿加以变通，比如改变一下体积形态色彩，随时享受热水供应，也就不能算是僭越了。

  上世纪60年代，在北京什刹海附近一家街道工厂里，一位工人指着糊纸盒的垫子跟我说："这是用当年茶搭子壳儿剪开铺上的。"我用手捻了捻，感觉很古怪，不像棉花胎、丝绵胎，类似帆布却又有些稀糟。那一刻距清朝覆灭不过半个世纪出头，如果从1924年溥仪被驱赶出紫禁城、众满清贵族败落云散算起，则不过三十多年。但那曾给入八分公爵家族带来荣耀骄傲的茶搭子，却已经沦为历史脚步的践垫，人间正道是沧桑，信然！

直到二十年前，热水瓶可以说是我们中国一般人的生活必需品。我结婚的时候，收到的礼物里就有好几个热水瓶。一度流行彩印铁皮壳的热水瓶。朴素一点的，外壳是竹木的或塑料的，更节俭的一种是铁条编就有漏孔涂以蓝漆的。如今的则多半是不锈钢外壳。一位同龄人跟我说，他回忆往事，会从陆续使用过的热水瓶引入，伴随着对一个个更换的热水瓶所牵出的昔日生活片断，平凡人生里那些唯有自知其味的喜怒哀乐、离聚歌哭，便会涌汇心头，感慨万千。

但是热水瓶也正在退出许多年轻的中国人的日常生活。如果说当年满清入八分公爵失去茶搭子所标志的特权是他们的悲剧，那么现在年轻的中国公民逐步告别热水瓶则是社会发展的喜剧。越来越多的新式住宅里只有罐装桶水饮水机而无热水瓶，那天我到老朋友家去，无意中说了句"热水瓶"，他那小孙子就好奇地眨巴着眼问："什么是热水瓶呀？"我从那稚嫩的腔调里，竟感受到一种历史的足音。

净饿

我现在很少参与饭局,那天偶然应约而去,上菜之前,忽见一位仁兄掏出一套注射器,当着大家面,若无其事地搂开上衣,给自己往肚子上扎针,不禁叹为观止。旁边一位熟人遂附耳说,你莫少见多怪,现在此类做法颇为流行,是注射胰岛素呢,得了糖尿病,不愿放弃口福……进餐时,那位肚子上扎过针的人士果然百无禁忌,吃得稀里呼噜。生命属于各自,我没有干预他人生活方式的权力,但回到家里想到饭局上的镜头,还是不免暗中訾议。

竖向,跟三十年前相比,如今人们不仅普遍得到温饱,城镇居民的饮食质量也普遍有所提高;横向,跟世界上其他地方包括发达国家相比,我们中国普通市民进餐馆——还不算快餐类餐馆,指进去坐下来点菜的餐馆——的频率,应该处于领先地位。这里暂不涉及公费消费问题。总之,"打牙祭"这个旧语汇现在已经很不流行,因为普通百姓下趟馆子已经不是一件难得的事情。吃香喝辣,本是好事,但正如古本《红楼梦》里所说:"好事多魔。"注意不是"多磨"而是"多魔",也就是乐极会生悲,福兮祸所伏。现在有相当多的人患病,不是饥饿导致的营养不良,而是贪吃造成的营养过剩、营养失衡，糖尿病已不新鲜，更有痛风的流行——那更是一种"富贵病"。有的人士就因为鲍翅宴吃得过频，导致体内嘌呤积存，一般先从脚拇趾缝痛起，严重后会窜至身体其他部位。

病了怎么办？当然需要检测，需要吃药。如今又很流行"食疗"，而且似乎什么食物皆有疗效，以吃代治，似乎可以百病包除。我倒觉得《红楼梦》里所写的一种治病方式更值得参考。书里写贾母带着刘姥姥逛大观园，兴致过高劳累过度身体欠安，请来王太医诊治，这位王太医号过脉后对族长贾珍说："太夫人并无别症，偶感一点风凉，究竟不用吃药，不过略清淡些，常暖着一点儿就好了。如今写个方子在这里，若老人家爱吃呢，便按方煎一剂吃，若懒待吃，也就罢了。"写了方子刚要告辞，奶子抱过大姐儿（凤姐之女，后来刘姥姥给取名巧姐）来让给看病，王太医号脉、摸头、观舌后笑道："我说了，姐儿又要骂我了，只是要清清净净饿两顿就好了……"书里后来又写到晴雯淘气受了风寒，"此症虽重，幸亏他素昔是个使力不使心的，再素昔饮食清淡饥饱无伤。这贾宅中的秘法，无论上下，只一略有些伤风咳嗽，总以净饿为主，次则服药。"显然，曹雪芹对王太医主张的贾府奉行的"净饿疗法"并无反讽，而是一种充分肯定的态度。这倒恐怕并非曹氏家族的"祖传秘法"，因为不少资料显示，曹雪芹祖父曹寅是个"食不厌精，脍不厌细"的享乐主义者，精刻过《糖霜谱》等很偏僻的"美食指南"。后来不慎染上了疟疾，康熙皇帝虽然对他破格关照，派驿马飞送金鸡纳霜给他，却也在李煦（曹寅同僚、内兄、《红楼梦》中贾母原型的哥哥）的相关奏折上批评曹寅喜欢吃人参的陋习。皇帝恩赐的特效药抵达时曹寅已经咽气，家族这惨痛的遭遇可能促使了曹雪芹父兄辈特别是他自己的反省，懂得迷信药物补品的害处，从民间总结出"净饿疗法"的秘诀。

人难免有欲望，欲望有激发创造力、竞争力以及审美热情等正面效应；但欲望过烈，摄取无度，不仅会派生自己生理、心理方面疾患，还可能导致社会悲剧。适当地压抑欲望，采取"净饿"的方式来休养生理系统与心理系统，以使自己恢复正常并以健康状态接触他人介入社会，是十分必要的。

如今电脑十分普及，从小学生到离退休老人，天天开电脑的人越来越多，上网，查阅资料，开博，网聊，网上购物……不少人已经患有"电脑依赖症"，电脑出了故障，跟手机出了故障一样，几可达到"如丧考妣"的程度，这其实也是一种"嗜食症"，属于接收信息方面的"营养过剩"。一位朋友跟我说，他虽然喜欢利用电脑，但每周一定安排一至两天"净饿日"，不开机，不上网——当然，如有重大事件发生例外——他说这种"净饿"带给他的身心收益十分显著，而且使他形成电脑开机后"不贪吃""不偏食""不迷信"的良好"吃相"。好，联想至此，也就打住，否则"联想过度"也会导致"思维痛风"。

两代荣国公

　　宁国府的世系，《红楼梦》里交代得非常清楚：第一代贾演封为宁国公；第二代贾代化任京营节度使，世袭一等神威将军；第三代贾敬考中进士却不袭爵；第四代贾珍世袭三品爵威烈将军；第五代贾蓉为秦可卿丧事风光，花一千二百两银子捐了个五品龙禁尉。

　　但是，荣国府的世系，就显得比较模糊。第一代荣国公的名字，第三回林黛玉进府看到的荣禧堂御笔金匾，后有一行小字："某年月日书赐荣国公贾源"；但第五十三回贾蓉从光禄寺领回的封条上有"皇恩永锡"字样的黄布口袋，礼部的印记前却写着"宁国公贾演、荣国公贾法，恩赐永远春祭赏"等一行小字。各古本上都存在着贾源、贾法前后矛盾的写法。第二回冷子兴演说荣国府，告诉贾雨村"自荣公死后，长子贾代善袭了官"，袭的什么官？按贾代化之例推测，似乎应该也是一等将军，但接下去第三回林如海却告诉贾雨村"大内兄现袭一等将军之职"，荣国府的第三代贾赦所袭爵位竟与宁国府第二代贾代化一样。那么，贾代善所袭的，究竟是什么爵位呢？

　　第五回贾宝玉神游太虚幻境，警幻仙姑向众仙女说，她原欲往荣府去接绛珠,适从宁府所过,偶遇宁、荣二公之魂,这两个阴魂对她说,"吾家……近之子孙虽多,竟无一可以继业者,其中惟嫡孙宝玉一人……略可玉成",希望她能设法引导宝玉走上正路。这段叙述里的宁公是个陪衬,荣公说宝玉是其嫡孙,则这个荣公应该是宝玉的祖父贾代善而不是曾祖父贾源(或贾法),这就让人觉得,贾代善所袭的爵位,并没有像贾代化那样递减,他还是一个国公。

最值得注意的是第二十九回。贾母带荣国府众女眷浩荡往清虚观打醮,曹雪芹交代,清虚观观主张道士,当日是荣国公的替身。所谓替身,就是替代其出家以求神佛保佑的职业宗教人员。那么,张道士究竟是贾源(或贾法)的替身,还是贾母丈夫贾代善的替身呢?这段故事里贾珍、凤姐、宝玉都管他叫张爷爷。如果他是贾源(或贾法)的替身,那么一定是跟第一代荣国公同辈的人,贾珍、凤姐、宝玉不能称他为爷爷,应该称太爷或祖爷爷才是。张道士称贾母为"老太太",贾母则称他为"老神仙",如果他当日是贾母公公的替身,似乎不能如此互相称呼。更应该推敲的是,张道士针对宝玉说:"我见哥儿的这个形容身段,言语举动,怎么就同当日国公爷一个稿子!"说着,两眼流下泪来。张道士如果是贾源(或贾法)的替身,那么,他这句话里说的国公爷就应该是宝玉的太爷,可是,贾母是怎么回应张道士的呀?她也不由得满脸泪痕:"正是呢,我养了这些儿子孙子,也没个像他爷爷的,就只是玉儿还有个影儿。"可见张道士提到的国公爷,应该是宝玉的爷爷,即贾母的亡夫贾代善。一个寡妇忽然听到提及其亡夫的话不由泪流满脸,是完全可以理解的一种情景。

也许有人会说，贾母嘴里不过随便那么一说，本来应该说"我养了这些儿子孙子重孙子，也没个像他太爷（或祖爷爷）的"，她把"重孙子"和"太爷"压缩成"孙子"和"爷爷"了。但书里贾母提及家族事务时，从不信口乱辈，在那个时代那种社会那样家庭里，任何人说起这些事都是绝对不能出口成错的。第四十七回贾母说"我进了这门子，作重孙子媳妇起，到如今我也有了重孙子媳妇了，连头带尾五十四年"，我在《揭秘〈红楼梦〉》一书里分析出来，她不说五十年或五十五年，是因为人物原型李氏从乾隆元年往前推，确实是在五十四年前从李家嫁给曹寅的，曹寅及上一辈虽然在真实的生活里并没有封为国公，但康熙皇帝六次南巡四次驻跸在曹寅所任的江宁织造府，折射到小说里，夸张为国公爷，也是可以理解的。贾母所说的她的"重孙子媳妇"，则指的是秦可卿死后贾蓉续娶的许氏（以古本为准，通行本则印成胡氏）。

总而言之，通过文本细读，我倾向于贾代善袭爵时没有像贾代化那样递降为一等将军，他是第二代荣国公，张道士正是他的替身。他死后，长子贾赦才和贾代化一样，递降袭了一等将军。

玉带林中挂

早在1984年，周汝昌先生就发表了《冷月寒塘赋宓妃——黛玉夭逝于何时何地何因》一文，提出了曹雪芹对黛玉的结局设计是自沉于湖的观点。我在《揭秘〈红楼梦〉》的系列讲座和书里，承袭、发展了周先生的这一论断，主要是从古本《石头记》前八十回的诸多伏笔里，探佚出曹雪芹在已经写成而又不幸迷失的后二十八回里，安排黛玉在中秋夜沉湖而逝，整个过程构成一次凄美的行为艺术，体现出黛玉生既如诗、逝亦如诗的仙姝特质。

周先生二十多年前提出的黛玉沉湖说，似乎关注者不多，经我在《百家讲坛》弘扬后，反响开始强烈。质疑者提出的问题，主要是两个。一是黛玉葬花时，她否定了宝玉提出将落花撂到水里的建议："撂在水里不好，你看这里的水干净，只一流出去，有人家的地方，脏的臭的浑倒，仍旧把花糟蹋了……"她主张土葬，令花瓣在香冢里日久随土化掉。黛玉对落花尚且主张土葬而拒绝沉水，她怎么会到头来自己去沉湖呢？第二个问题是第五回金陵十二钗正册的册页里，画着写着"玉带林中挂，金簪雪里埋"，如果说后一句意味着宝钗最后孤独地死在雪天，那么前一句是不是意味着黛玉最后是用玉带挂到树上，上吊自尽呢？

正如蔡元培先贤所说,"多歧为贵,不取苟同",每一位红迷朋友,都有参与讨论、独立思考的权利。针对以上两个问题,提供我个人的看法如下,仅供参考。

黛玉是仙界的绛珠仙草,追随神瑛侍者下凡,她将其一生的眼泪,用以还报后者以甘露灌溉的恩德,眼泪流完以后,她当然就要回归仙界。黛玉沉湖,最后不会留下尸体,不存在像落花一样流出大观园去的可能。当然黛玉在回归仙界前,她又是个凡人,被赵姨娘通过贾菖、贾菱配制的慢性毒药所害。她在《葬花词》里唱道:"质本洁来还洁去,强于污淖陷渠沟。"也向往能够入土为安,但是,"天尽头,何处有香丘?"凡间的险恶令她无法获得"香丘"。因此,在贾母去世、病入膏肓、泪尽恩报的临界点,她选择在中秋夜自沉于"这里的水干净"之区域,是可以理解的。曹雪芹用了许多伏笔(我在《揭秘》第三部中讲到六处重要伏笔)来暗示她最终自沉于大观园净水之中,葬花时的那一笔,其实并不与那些伏笔矛盾。

至于"玉带林中挂",我的理解是,或许曹雪芹会写到一个细节,就是黛玉沉湖前,解下了自己腰上的玉带,挂在湖边林木上,这样就给寻找她的人们,留下一个记号,因为她实际是仙遁,最后没有尸体的。

《红楼梦》里多次写到汗巾,汗巾是系在外衣里面的腰带,它比较长,系法一般就是用收拢的两端交叉打个活结。那个时代常有人用汗巾上吊自尽,秦可卿"画梁春尽落香尘",大概用的就是汗巾。但玉带与汗巾并不相同,它往往是系在外衣上的,长度有限,类似于现在我们使用的皮带,收紧后不是用富裕的两端打结约束，而是使用钩扣来合拢。考古发现的最早的玉带，是五代后周时期的，当然它并不完全是玉石制作的，基础材料还是丝织品。简单的，只是两端有玉制的钩扣；复杂的，则整条带子上缀饰着大小、形态不尽相同的玉块，如北京明定陵出土的一条玉带，全长一米四六，由两层黄色素缎夹一层皮革制成，带上用细铜丝缀连白玉饰件二十块，分别为长方形、圭臬形、桃形。《红楼梦》第四十九回写黛玉雪中的装束：罩了一件大红羽纱面白狐狸皮里鹤氅，束一条青金闪绿双环四合如意绦。绦就是丝制的带子，黛玉束的应该就是一条玉带，"双环四合如意"应该就是对那玉带上玉块和钩扣的形容。显然，玉带是不适于上吊自尽的。但黛玉沉湖前将那条青金闪绿双环四合如意绦挂到湖边树木的枝丫上，则是可能的。

  第五回册页上的图画，具体的交代是："画着两株枯木，木上悬着一围玉带；又有一堆雪，雪下一股金簪。"这里面影射着林黛玉、薛宝钗两人的姓名自不消说，但按曹雪芹那"一声也而两歌、一手也而二牍"的惯用手法，必定还有另外的意蕴。究竟"木上悬着一围玉带"的画面和"玉带林中挂"的判词，会在曹雪芹的后二十八回里如何应验，值得我们深入地探佚、讨论。

| 红楼眼神

邂逅大行宫

　　康熙三十八年，康熙皇帝第三次下江南，巡视到南京时，以江宁织造署为行宫。江宁织造曹寅的母亲孙氏，以六十八岁高龄趋前觐见，康熙见之"色喜"，当着许多臣下慰劳孙氏说："此吾家老人也。"厚赏之外，还挥毫写下了"萱瑞堂"的大匾。以上只是一个粗线条的概括，细究起来，则需弄清以下问题：康熙接见孙氏的地方，究竟是江宁织造署还是江宁织造府？或者署府是合一的建筑群？康熙题写"萱瑞堂"那天是四月初十，现存记叙此事最详的两篇当时的文章，冯景的《御书萱瑞堂记》说是"会庭中萱花盛开"，毛际可的《萱瑞堂记》更说是"岁方初夏，庭下之萱，皆先时丰茂，若预知翠华之将临且为寿母之兆，岂偶然之数欤！"根据当时的气候条件，萱花那时是否已经开放并呈丰茂之状？

　　我研究《红楼梦》，采取的两个方法，一是文本细读，一是原型研究。通过文本细读，我们就会发现在曹雪芹的八十回文本里，特意在第七十六回凹晶馆黛、湘联诗时，由黛玉吟出一句"色健茂金萱"，而且安排湘云作出这样的评论："'金萱'二字，便宜你了，省了多少力……只是不犯着替他们颂圣去。"由此可知康熙皇帝为曹雪芹祖上题写"萱瑞堂"大匾事，被曹雪芹"真事隐"后又"假语存";第三回黛玉进府所见的荣国府正房所悬的御笔"荣禧堂"匾,其原型正是康熙三十八年四月初十题写的那个"萱瑞堂"匾。但曹雪芹使用这些原型材料,目的已绝非"颂圣",他是要背离当时的主流意识形态,去抒发其独特的人生哲学。

2007年5月下旬到南京,我应"市民课堂"邀请,去进行他们系列讲座的第63讲,题目是《我眼中的红学世界》;地点呢,是在大行宫会堂。何谓大行宫?这个名称虽然是乾隆时期才有的,但乾隆皇帝一生有个值得人们深思的做法,就是他行事处处以祖父康熙为榜样,而很少标榜是以他父亲雍正为楷模,他的南巡之举,就是步祖父康熙后尘。到了南京,连驻跸的地点都尽量不逾祖制,仍在当年曹寅接驾的那个空间,当然,已经进行了一番改造,并且不再做别的使用。现在的大行宫会堂,实际上就是曹雪芹祖父接驾康熙的地方,也就是曹雪芹的故家。在这样的一处地方来讲自己阅读《红楼梦》的心得,真是别有一番滋味在心头。

研究《红楼梦》,先把曹雪芹所经历所表达的康、雍、乾三朝的政治风云、家族浮沉搞清楚,是十分必要的。正如《红楼梦》中写贾政验收竣工的大观园,他第一步是命令"把园门都关上,我们瞧了外面再进去"。把门面外墙欣赏完了,把握住了园子的大环境、总风格,再开门入院,曲径通幽,穿花渡柳,一处处地细品细赏,最后全局入心,达到审美的大愉悦。正如总在园门外转悠无法评价大观园一样,如果只是考察清史和拘泥曹学,那对《红楼梦》的研究当然难脱片面,但如果是从外围逐渐深入内部,最后是对《红楼梦》文本的细读深思、考辨感悟,那么,你怎么能对之冠以"红外学"的恶谥呢？

我在演讲过程里，不时在想：严中先生在不在座啊？严中先生是南京的红学家之一，他对曹雪芹与《红楼梦》和南京的关系，研究近三十年，用功极深、收获甚丰。我的《揭秘〈红楼梦〉》讲座和书，参考过他的《红楼丛话》，对他可谓神交已久、十分佩服。他通过实地考察与查阅资料，告诉我们：曹寅时代的江宁织造署和江宁织造府是两处不相连通的空间。前者是曹寅接驾康熙皇帝的地方，也是"萱瑞堂"之所在，后者则是曹寅和夫人家属的一个居住空间；另有江宁织造局，则是进行纺织品生产的机房。江宁地区的萱花在阴历四月初不可能开放，因此当时文人关于康熙皇帝题写"萱瑞堂"大匾时"庭中萱花盛开"的说法，特别是强调萱草预知皇恩将沐特意提前开放，全是"颂圣"的谀词。真实的情况应该是康熙见到孙氏，这位当年他最亲近的保母（不是保姆，是"教养嬷嬷"），他人性深处的感激之情迸涌出来，也就未必注意庭中的萱花是否已经绽放，萱花既然象征母亲，便大书"萱瑞堂"以释情怀。

弄清曹雪芹祖上与康、雍、乾三朝皇帝的关系，对于我们理解《红楼梦》文本至关重要。曹寅在南京四次接驾康熙，风光已极，怎么才过了二三十年，这家人的家谱就找不到后续了？连曹寅后人究竟有谁，曹雪芹究竟是他的亲孙子还是过继孙子，都弄不清了，这种家族史的大断裂，实在令人震惊。如果不是卷进了政治大案，而遭到无法抗拒的档案销毁，这种现象是绝对不会出现的。中国人是靠祖宗崇拜维系族群延续与发展的，远的不论，就从清初说起，许多家族遭遇了无数次社会震荡，他们还是能拿出历经劫难而保留下来的家谱，一代一代记录得清清楚楚。怎么曹寅的后人到第三代就模糊得如烟如雾呢？这是我亟想当面向严中先生聆教的。

　　演讲过后，南京报馆的人士告诉我，严先生来听了，后来又促成了我们在饭局上的晤面。我事先并不知道演讲和那晚的饭局都在大行宫范围之内，也并不敢奢望严中先生会听我演讲并乐于见我。因此，邂逅一词，确实表达出了我的惊喜意外。我知道我和严中先生在对《红楼梦》的理解上是有着重大分歧的。他认为曹雪芹笔下的荣、宁二府及相关空间如水月庵等都在南京，林黛玉从苏州入都的那个都城也就是南京（石头城）；元春的原型是嫁给平郡王做了福晋（正妻）的曹寅女儿……简言之，他认为《红楼梦》的"本事"在南京，而我认为《红楼梦》的"本事"在北京（只是糅合进了曹家在南京的一些故实），元春的原型另有别人而非曹雪芹姑妈平郡王福晋，其他分歧处也不少。因这两年所经历的党同伐异、排斥歧见如仇寇的事情颇多，所以对严中先生能否容我，还真有些诚惶诚恐。没想到，席间一见，竟如久别重逢，言谈甚欢。我们抓紧时间交换在一些问题上的看法，对于我的一些求教，如废太子当年随康熙南巡在江宁的行为表现，特别是与曹家的关系，他或即席回应，或表示今后可从容告知。严中先生长我八岁，晤面才发现他仍有浓重的湖南口音。他非南京土生，而已成为一位南京历史、文化方面的专家；对曹雪芹和《红楼梦》与南京的关系，探幽发隐，最近又与周汝昌先生合作推出了《江宁织造与曹家》一书。听他一席谈，感受到兄长般的呵护、朋友般的坦诚，真是相见恨晚。

| 红楼眼神

　　我一直神往上世纪初那些先贤们的君子高风，蔡元培先生提出来"多歧为贵，不取苟同"，他真是言行如一、有容乃大；胡适通过考证，使得原来对索隐派感兴趣的人们，把兴奋点转移到他那关于《红楼梦》是一部写实小说的思路上来，可以说是开启了红学新风，但他从未减少对索隐派主帅蔡元培的尊重，也从未将继续搞索引的人士视为寇仇。五四新文化运动的内容且不去评价，那种百家争鸣的局面，和大多数参与者绝不将观点分歧转化为政治判决和人格攻击的总体风度，实在是今天我们仍须继承与发扬的。

　　南行归来，我和严中先生保持联系，交流研红心得。写此文时已是炎夏，大行宫一带的萱花，该是真的盛开了吧？

　　附：周汝昌先生赠诗

心武贤友：

　　聆读兄文，殊以为佳。今之文家多不知"文笔"之为何矣，八股气永难解脱——非文之八股，人之八股也。

　　代我谢谢《乱弹集》，我也很高兴。附上小诗两首。

汝拜
丁亥五月廿五

听读心武文

刘严相会大行宫，艳说江城府署红。

主北主南各自异,何妨谈笑两心同。

笔健文舒意味长,有情有理各相当。
行云流水如闲叙,谁识朱弦富抑扬。

傅恒何时归故里

　　两位年轻的红迷朋友提出一个问题跟我讨论:《百家讲坛》节目里常穿插一些清朝皇帝的画像,那真实度究竟如何?我的看法是:大体真实。明、清两朝,都有西洋传教士供奉宫廷,有的兼画师,这种人参与的皇室画像,大概具有一定的写生性质吧。一位年轻朋友说,传统中国画多是大写意,工笔人物尽管笔触细腻,却又往往因为不懂人体解剖,因此人物画不发达,也很难具有类似照相的功能。另一位年轻的朋友说,明朝不大好判断,但清康熙以后的皇室画像,起码达到了形似;到晚清,实际掌权的慈禧太后,她请美国女画家卡尔为她画油画造像,是按照西方规矩行事,她要真坐在那里当"模特"的——当然更多的时候是别的贵族妇女替她摆姿势——历时9个月,才大功告成,现在到颐和园去,还能看到卡尔留下的一个副本,卡尔本人还写了一本《慈禧太后画像记》,早有中文译本,读来很有趣。

我说，给皇帝画像，恐怕压力比较大，也许多少会尽量去美化一下；但如果是给功臣画像，那就可能不必为其相貌掩饰什么了，是什么样子就给尽量画来吧。我拿出一册2008年1月出版的《紫禁城》杂志，和他们共赏，那上面有故宫专家聂崇正先生谈紫光阁功臣像的文章。聂先生告诉我们，乾隆时期，皇帝命令宫廷画家为战功赫赫的臣属画像，在紫光阁里悬挂表彰，历年积累，起码达到280幅以上。奉命造像的画工多不可考，但至少有两位传下了姓名，一位是来自波希米亚（今属捷克）的洋人，汉名艾启蒙；另一位是本土的金廷标，他们很可能是合作制画。可惜经过1900年八国联军的抢掠，现在北京故宫博物院里仅存有两幅，还是摹本。但在海外的某些博物馆里，还存有若干真本，在海外的某些文物拍卖会上，还出现过一些拿出参拍的紫光阁功臣画像，有的被个人收购珍藏。聂先生在2001年9月，在美国纽约一位私人收藏家 Dora Wong 家里，看到一幅保存得非常完整的《大学士一等忠勇公傅恒像》，纵155厘米，横95厘米，上方有乾隆以满、汉两种文字书写的御笔加章赞语。所画傅恒正当中年，全副官服站立，冠服采取的是传统的中国工笔画技巧，但面容的画法虽然边缘使用了线条勾勒，在用色上却完全尊重人体解剖的客观性，以深浅明暗来达到立体感，显然是使用了西洋油画的技巧。仅从纯粹的肖像画角度来观赏，这也堪称是一幅中西合璧的佳作。

这幅流落在异国他乡的傅恒画像，当然引起了我们的浓厚兴趣。我们都知道在古本《红楼梦》第十六回，当贾琏的乳母赵嬷嬷出现时，忽然有一条简捷的脂砚斋批语："文忠公之嬷。"何解？

历来红学界聚讼纷纭。据周汝昌先生考证,清代雍、乾时期死后被皇帝谥以"文忠"的公爵,只有乾隆朝傅恒一人。他一个姐姐是乾隆的皇后,他一生为皇帝征战,西讨南伐,最后在缅甸战役中染病而亡。我向两位年轻的红迷朋友说出我的见解:第一,脂砚斋这个批语,是在指认角色原型;第二,《红楼梦》里艺术形象与真实生活里的人物的对应关系是:贾代善相当于曹寅,与康熙同辈;贾政相当于曹𫖯,与雍正同辈;宝玉相当于曹雪芹,贾琏是宝玉堂兄,与乾隆同辈;第三,估计乾隆朝初年,傅恒家的一位乳母,成为曹雪芹某堂兄的乳母。这位堂兄就是贾琏的原型,而赵嬷嬷也绝非纯虚构的角色,她的原型就是来自傅恒家的那位乳母。

一位年轻朋友对我的见解存疑:傅恒家一直大富大贵,而曹家在雍正初年就遭到严重打击,虽说那个时代权贵家庭交往中有将自家仆人当做礼品赠予别家的风俗,但到乾隆朝初期,傅、曹两家已经完全不对等,这傅家的乳母怎么可能流动到曹家呢?另一位红迷朋友说,时代、社会、家族、个人的命运走向,在粗线条、大轮廓内外,还有许多诡谲因素和出人意料的个案存在,脂砚斋既然写下了"文忠公之嬷"字样,必有原因,绝非信笔涂鸦。我们决心进一步探索下去。

近来又有紫光阁功臣画像出现在国外拍卖行,这些当年忠于皇帝的臣属究竟怎么评价且不论,他们的精致画像应该回到故里。与《红楼梦》有着某种神秘联系的傅恒画像,何时能回归故里让我们一睹风采呢?

蜘蛛脚与翅膀

跟老伴看完《梅兰芳》，从电影院出来，在人行道上缓步前行，议论着观影心得。忽然觉得身后有竹竿点地的声响，一回头，是一位戴墨镜的盲人，立即意识到，不该占住脚下的盲道，让开后，道歉："对不起，真不好意思！"盲人却并不移动，叫出我的名字来。老伴好吃惊，我倒并不以为稀奇。想必他从电视里听过我在《百家讲坛》揭秘《红楼梦》的讲座。一问，果然。于是说："感谢您听我的讲座，欢迎批评指正啊！"本是一句客气话，没想到他认真地指正起来："你讲得好听，可是，观点另说，你有的发音不对啊。'角色'不该说成'脚色'，该发'决色'的音。刘姥姥，你'姥姥'两个字全发第三声，北方人习俗里是前一字第三声，后一字第一声短读……这还都是小问题，有的可是大错啊。你说史湘云后来'再醮'，其实应该是'再醮'，那'醮'字发'叫'的音啊。奇怪的是，你明明是认得'醮'字的呀。你前面讲贾府在清虚观打醮，'醮'这个字不知道重复了多少次，你都正确地发出'叫'的音啊！寡妇'再醮'，就是她再次进行了祈福仪式，改嫁的意思啊……"

老伴先替我道谢："谢谢啦，就是应该跟淘米似的，每一粒沙子都给他挑拣出来啊!"我非常感动,在这样一个傍晚,这样一个地点,陌生人如此不吝赐教,是我多大的福气啊!

万没想到,他跟着讲出这样一番话来:"这世界上,大概只有我单拨一个人,知道你为什么出这么个错儿……那一定是,五十多年前,在钱粮胡同宿舍大院里,你总听见我奶奶说'再蘸''再蘸'的……那是俗人错语呀,词典字典不承认的;你到电视上讲,哪能这么随俗错音呀,应该严格按照正规工具书来啊!"说到这儿,他脸微微移向我老伴:"嫂夫人,您说是不是这个理儿呀?"

我惊喜交集,双手拍向他双肩,大叫:"喜子!是你呀!"

他用左拳击了我一下胸膛:"苟富贵,毋相忘!你还记得我!"

我们进到附近一家餐馆,点几样家常菜,边吃边畅叙起来。

老伴问他:"您怎么只听两句,就认出他来了啊?"喜子笑眯眯地说:"他要没上电视,我也未必听出是他。我们半个多世纪没见过了,当然,我一直记得他那时候的话音。那时候我们都没变声呢。我呀,眼睛长在心上。成年人,只要听见过一声,那么,再出一声,不管隔了多长时间,也不管在什么地点,哪怕很嘈杂,好多声音互相覆盖、干扰,我多半都能'看见'那个出声的人,一认一个准儿啊!"

我说:"我在明处,你全看见了。可你是怎么过来的?能告诉我吗?"他说:"我从盲人学校毕业以后,到工艺美术工厂,先当工人,后来当技师,现在当然也退休啦。我老伴也是心上长眼的。可我们的闺女跟你们一样。不夸张地说,我差不多把咱们国家出版的盲文书全读过了。现在闺女利用电脑,还在帮我丰富见识。活到老，学到老，咱们这代人，不全有这么个心劲吗？"

我说："坦白：这些年，我真把你忘了，忘到爪哇国去了……"他说："人都有自己的命运，分离多年，遇上能想起来就不易。其实我也曾经把你忘了，后来广播、电视里有你出现，我才关注起来。如果不是今天我恰巧也来听《梅兰芳》，也没这次邂逅。闺女问过我：小孩时候，你就觉得这人能成作家吗？我就告诉她，是的，因为，他往墙上给我画过……"

回到家，我给老伴详细讲起半个多世纪以前的往事。那时候，在钱粮胡同宿舍大院，喜子奶奶常叨唠他妈是"寡妇再醮"，给好些气受。其实，对他妈最不满的，是他的姐姐、妹妹都正常，他生下来却双眼失明。那时候他常坐在他家侧墙外的一张紧靠墙的破藤椅上晒太阳。有一次，我们几个淘气的男孩，就拿粉笔，以他为中心，往黑墙上画出蜘蛛脚，还嘎嘎怪笑。我开头也觉得这恶作剧很过瘾，但是，见到他脸上痛苦的表情久久不散，就有点良心发现；过了一阵，别的小朋友散去了，我就过去把那些蜘蛛脚全擦了，另画出了两只大翅膀。说来也怪，我也没告诉他我的修改，喜子却微笑了，那笑脸在艳阳下像一朵盛开的花……

老伴听了说："做人，你要继续发扬善良。如果你还写得动，那么，画蜘蛛脚，得奔卡夫卡的水平；画翅膀，起码得有鲁迅《药》里头，坟头上花圈那个意味吧！"

科头抱膝轩中人

整理旧书，翻出一册小说，扉页上有作者题赠字样，落款为"壬戌仲春"。这个壬戌应该是1982年。那一年仲春，我路过花市大街一家理发馆，正好一位瘦高的先生理完发走出来，他本来就衣冠整洁，加上新理过发，越发显得斯文儒雅。他主动招呼我，面容体态礼数周全，我定睛一看，啊，是金寄水先生。

1975年至1980年，我在北京出版社当过几年文学编辑，那时候我参与创办的《十月》积极丰富创作题材，除了反映改革、开放时代步伐的作品，反思性的，革命历史题材的，家务事儿女情的……也约到一些历史小说，像吴恩裕先生的《曹雪芹的故事》，配上范曾先生精美的绣像画刊出，极得好评。我听说金寄水先生手头正写着《红楼梦外编》系列，第一部是写司棋的，就跑去向他约稿。

那时候我们编辑部在花市附近的东兴隆街，他家则在花市附近巾帽胡同，走过去十分方便。他住在一个大杂院里。那院子当年应该是一个富人的住宅。他住的那间屋子，进身非常之窄，大概还不足两米，长度呢，大概也只有五米，度其结构，应该是由当年的一截游廊改造而成。屋子虽然十分狭窄，但拾掇得非常清爽，屋如其人，人如其屋——不起眼，特平淡，谦和，礼貌，绝无非分之想，随时准备让步。但屋墙上挂着一个长方镜框，算是块素匾吧，寄水先生自己题写的，是"科头抱膝轩"五个大字。"抱膝"是形容空间小只能将就；"科头"呢，后来知道是引《史记》中"虎贲之士，跿跔科头"的典故。"跿跔"是跳跃，"科头"是不戴帽子，唐王维有"科头箕踞长松下，白眼看他世上人"的诗句，可见寄水先生的软外表下，也有硬骨存焉。

1979年那天我向他约稿，他说是在写司棋，但还没改定。我就跟他闲聊了一阵《红楼梦》，具体聊了些什么，到1982年理发馆外见面时，我就已经不复记忆。但他还记得，他是这样表述的："您跟我聊了那么多，却一个字不涉及我过去。"看他的表情，他似乎对此很是感念。他就邀我再到科头抱膝轩里小坐，我高兴地随他去了。那时候我已经不再当编辑。他拿出一册山西人民出版社1981年8月出版的《司棋》，题字、钤章，双手捧给我。我好高兴！

我跟寄水先生交往，可谓淡而又淡。我没在他面前提及他的过去，主要是觉得彼此不熟，那样不礼貌。其实我对他的过去是非常感兴趣的。他是清朝开国元勋多尔衮的十三世孙。多尔衮死后虽然被顺治皇帝褫爵掘坟，但到乾隆朝时获得平反，其后人恢复了睿亲王爵位并且世袭罔替。最后一代睿亲王，府第在东单外交部街，可惜后来面目全非。寄水先生抗日战争期间坚拒伪满洲国重封睿亲王的诱惑，写有言志诗："午夜扪心问，行藏只自知；此心如皎日，大地定无私。"解放后他投身新中国的文化建设，与老舍、赵树理他们一起编《说说唱唱》杂志。但他为自己的出身饱受屈辱，包括被某些有优越感的人当成"典型的八旗子弟"揶揄。他畏惧别人哪怕仅仅出于好奇，当面提出一些难堪的问题，事后他只能躲在科头抱膝轩里，默默舐尽受伤的自尊心的缕缕血丝。

他写的《司棋》，全书只有5万5千字，薄薄的一册。但那时一开印就是15万5千册，可见大受欢迎。《司棋》严格来说，不算《红楼梦》的续书，它不是从曹雪芹的80回往后续写，而是单把司棋这个角色拎出来，用12回的曹体文字，来讲述一段故事、塑造一组艺术形象。他设定司棋本姓秦，这很有意思，他没有把司棋跟秦可卿勾连起来，却很好地解释了为什么司棋会为秦显家的争夺柳家的内厨房主管权而去冲锋陷阵。在他写的故事里，司棋通过角门张妈私递给潘又安的荷包，并不是傻大姐捡到的绣春囊，上面刺绣的是一对香瓜、一双蝴蝶，"那瓜蔓儿弯弯缠缠地和蝴蝶连在一起"。显然，他动用了往昔王府的生活经验。这是别的作者难以企及的。他与周沙尘合作的《王府生活实录》1988年由中国青年出版社推出。我写《揭秘古本〈红楼梦〉》时，引用了其中王府诰命夫人"按品大妆"的记录，以证明《红楼梦》文本的写实成分。可惜寄水先生迁往昌运宫宽敞住宅后，没来得及写更多的东西就溘然仙去。否则，他续写曹雪芹80回后的《红楼梦》，定会令我们大饱眼福。

让世界知道曹雪芹和《红楼梦》

（1）用其母语创作的优秀文学作品，可以成为一个民族、一个国家的"名片"。

曹雪芹和《红楼梦》，可以作为中华民族和中国的"名片"。

世界各民族、各国文学"名片"举例：
☆希腊：约公元前 6-5 世纪　三大悲剧家　埃斯库罗斯

索福克勒斯

欧里庇德斯

喜剧家　阿里斯托芬

☆印度：约 4-5 世纪　迦梨陀娑　《沙恭达罗》（戏剧）

☆日本：约 10 世纪　紫式部　《源氏物语》（长篇小说）

☆伊朗：约 13 世纪　萨迪　《蔷薇园》（散文诗集）

☆意大利 13-14 世纪　但丁　《神曲》（长诗）

☆英国：16 世纪　莎士比亚　37 部戏剧

☆西班牙：16 世纪　塞万提斯　《堂·吉诃德》（长篇小说）

☆中国：18 世纪　曹雪芹　《红楼梦》（长篇小说）

☆朝鲜：18 世纪　《春香传》（小说、戏剧）

☆德国：18-19 世纪　歌德　《浮士德》（诗剧）

☆法国：19 世纪　雨果　《悲惨世界》（长篇小说）

☆丹麦：19 世纪　安徒生童话

☆俄罗斯：19 世纪　列夫·托尔斯泰　《战争与和平》（长篇小说）

☆美国：19 世纪　马克·吐温　幽默小说

☆古巴：19 世纪　何塞·马蒂　诗歌

☆奥地利：19-20 世纪　卡夫卡　《变形记》（小说）

……

中国古代的哲学家著作，以及古代诗人的诗歌，在国外知道的人比较多。但是，有一种说法，就是认为中国的长篇叙事文学，似乎跟别的民族别的作品相比，就比较弱，这种说法是不对的。我认为，曹雪芹的《红楼梦》，完全可以与世界上任何一个民族、一个国家的文学"名片"相提并论。

曹雪芹和《红楼梦》，可以并且应该，作为中华民族和中国的一张文化"名片"。

(2)《红楼梦》集中华文化精粹之大成，是中国古典文化的一座高峰。

通过《红楼梦》可以了解中国古代的历史、哲学、宗教、伦理秩序、审美习惯、神话传说、诗词歌赋、园林艺术、烹调艺术、养生方式、用具服饰、自然风光、民间风俗……而这些因素并不是生硬地杂陈出来，完全融汇进了小说的人物塑造、情节流动与文字运用中。

仅举一例。第40回，书中贾母带着刘姥姥逛大观园，到了林黛玉住的潇湘馆，发现窗户上的窗纱不对头。"这个纱新糊上好看，过了后来就不翠了。这个院子里头又没有个桃杏树，这竹子已是绿的，再拿这绿纱糊上反而不配。我记得咱们先有四五样颜色糊窗的纱呢。明儿给他把这些窗上的换了。"

凤姐听了，说家里还有银红的蝉翼纱，有各种折枝花样、流云卍福、百蝶穿花的。贾母就指出，那不是蝉翼纱，而是更高级的软烟罗，有雨过天晴、秋香色、松绿、银红四种。这种织品又叫霞影纱，软厚轻密。

这个细节就让人知道，中国人对窗的认识，与西方人有所不同。西方人认为窗就是采光与透气的，尽管在窗的外部形态上也变化出许多花样。古代中国人却认为窗首先应该是一个画框，窗应该使外部的景物构成一幅优美的图画，因此在窗纱的选择上，也应该符合这一审美需求。外面既然是"凤尾森森"的竹丛，窗纱就该是银红的，与之成为一种对比，从而营造出如画如诗的效果。

(3)《红楼梦》有很高的精神境界，与世界上其他民族和优秀文化传统相通，共同铸造出人类的普适价值。

不能把《红楼梦》简单地归结为一部爱情小说，也不能把它简单地归结为写一个封建贵族家庭的兴衰史。

曹雪芹有政治倾向，《红楼梦》里有政治因素，但曹雪芹不是用它来表达不同政见。曹雪芹超越了政治，通过贾宝玉这一艺术形象，表达了更高层次的思考，那就是人类应该平等相处，大地上应该有诗意的生活。

曹雪芹通过贾宝玉之口，宣布："女儿是水作的骨肉，男人是泥作的骨肉，我见了女儿，我便清爽；见了男子，便觉浊臭逼人。"（第二回）

又通过小丫头春燕转述贾宝玉的观点："女孩儿未出嫁，是颗无价的宝珠；出了嫁，不知怎么的就变出许多的毛病来，虽是颗珠子，却没有光彩宝色，是颗死珠子了；再老了，更变的不是珠子，竟是鱼眼睛了。分明一个人，怎么变出三样来？"（第五十九回）

在世界上还没有"妇女解放运动"和"女权主义"的时候，曹雪芹却在皇权、神权与夫权结合得最坚实的中国清朝乾隆时期，把关注点集中到了青春女性身上，旗帜鲜明地为社会中的弱势族群——青春女性——鸣不平，争人权。而且，他那"女性三阶段论"，不仅是对封建社会男尊女卑伦理秩序的挑战，更避免了"唯性别"的空泛之论，指出封建社会主流价值观，通过包办婚姻和家庭宗法制度，使青春女性随着嫁人和岁月流逝，从纯洁堕落为污浊。

曹雪芹通过"金陵十二钗"正册、副册、又副册……的艺术构思，塑造了一系列青春女性的形象，构筑了长长的文学人物画廊。他不避讳每一个人物人性的复杂诡谲，但从总体上，他为这些女子唱出了哀婉的悼怀之歌。

曹雪芹还通过两个老婆子的话，描绘了贾宝玉的生存状态与人格情愫：

"时常没人在眼前,就自哭自笑的;看见燕子,就和燕子说话;河里见了鱼,就和鱼说话;见了星星月亮,不是长吁短叹,就是咕咕哝哝的。"(第三十五回)

"人生着甚苦奔忙?"这是被称作"甲戌本"的古本《石头记》(现存古本《红楼梦》基本上书名都是《石头记》)开篇的一句诗。这就是终极追问,是人类最高层次的思考。通过贾宝玉这个艺术形象,曹雪芹表达了"天人合一""世法平等"的思想。据曹雪芹合作者脂砚斋的透露,书的最后一回有个《情榜》,除贾宝玉外,是每十二个一组的女性榜单,每个角色还附"考语",贾宝玉的考语是"情不情"。第一个"情"字是动词,就是对没有感情的事物,也付出自己的感情去关爱,这是非常博大的人文情怀。

(4)《红楼梦》具有超常的艺术魅力。

残缺之美。有如现在陈列在法国巴黎卢浮宫的米罗的维纳斯。

现在人们看到的通行本《红楼梦》120回,经考证,后40回是高鹗续的。

我个人研究《红楼梦》,采取了两个手段,一是原型研究,一是文本细读。

我从秦可卿这个角色入手,研究曹雪芹对文本的修改过程,从中了解他所处在的历史阶段的具体情况。他家族和他个人的遭遇,他的创作心理,他如何从生活的真实出发,经过艺术想象,去塑造艺术形象。我本人是写小说的,我研究《红楼梦》,目的之一,就是向曹雪芹学习,特别是学习他从生活真实升华为艺术形象的能耐。

我的"秦学"研究只是一家之言。清代袁枚有两句诗："苔花如米小,也学牡丹开。"民国初期蔡元培有两句话："多歧为贵,不取苟同。"这两句诗和这两句话,是我研究《红楼梦》时的座右铭。

我的研究成果已经以《刘心武揭秘〈红楼梦〉》第一集、第二集(共36讲)的形式,由东方出版社推出。

曹雪芹的写作技巧非常高妙。他使用了"草蛇灰线,伏延千里"的手法。在似乎是无意随手之间,就埋下了伏笔,形成了悬念。比如第八回结尾。关于茜雪的故事,"枫露茶事件"尚未展开,戛然而止,却又有关于秦可卿出身的古怪交代。其合作者批书人(有时署名脂砚斋,有时署名畸笏叟,有时不署名)在批语里透露:"茜雪至狱神庙方见正文。……余只见有一次誊清时,与狱神庙慰宝玉等五六稿被借阅者迷失。叹叹!"

《红楼梦》的叙述策略非常高明,兼有第一、第三人称的韵味。叙事语言与人物对话都非常流畅生动,而且有作者个人的风格。

(5) 应该对内普及,对外弘扬,使曹雪芹和《红楼梦》进入人类普适的常识结构中。

我注意到,我们外交部新闻发言人在发言中,引用了根据《红楼梦》改编的戏曲里面的唱词,来比喻克服困难、历经艰险,去达到目的。其实,在《红楼梦》里,作者的叙述语言当中,就能找到可资引用的语言。比如第十七十八回，写贾政带着贾宝玉等在大观园里游览，有这样一些句子："穿花度柳，抚石依泉，过了酴醿架，再入木香棚，越牡丹亭，度芍药圃，入蔷薇院，出芭蕉坞，盘旋曲折……""忽见大山阻路……直由山脚边一转，便是平坦宽阔大路，豁然大门前见。"这些语言似乎就可以用来比喻谈判需要以耐心和相互让步去取得成果。当然，书中许多人物的语言，简洁明快，更可以古为今用，略举出数例：

"世法平等。"（第四十一回，贾宝玉说的）

"大小都有个天理。"（第三十九回，李纨说的）

"牛不吃水强按头？"（第四十六回，鸳鸯说的）

"可着头做帽子"（第七十五回，鸳鸯说的）

"大有大的艰难"（第六回，王熙凤说的）

"事若求全何所乐？"（第七十五回，林黛玉说的）

"是真名士自风流"（第四十九回，史湘云说的）

"惟大英雄能本色"（第六十三回，史湘云说的）

"天下逃不过一个理字去。"（第六十五回，兴儿说的）

"小心没有过逾的。"（第六十二回，薛宝钗说的）

《红楼梦》里提到了若干外国，如女儿国、茜香国、真真国；提到了波斯国玩具、汪恰洋烟、"衣弗那"膏子药、福朗思牙的名为"温都里纳"的金星玻璃宝石……

希望外交部人士能发挥自己的优势，对外弘扬曹雪芹和《红楼梦》。

有的古本（手抄本）《红楼梦》可能流落在国外，应该发现线索，进行寻找，争取宝物回家。

曹雪芹祖上几代人陆续担任江宁织造。特别是他祖父曹寅、父辈曹颙、曹頫，实际上都兼有皇帝派给的，与外国来华商人等接待交往的特殊任务，有关这方面的资料也应该注意搜集。

据传有一本1874年英国伦敦DOUGLAS出版社出版的书，著者为William Winston，书的名字是 *Dragon's Imperial Kingdom*，黄色封面上有黄龙图案，大于32开小于16开，厚约3厘米。该书第53页上，有关于曹雪芹偷听英国商人菲利普给他父亲讲莎士比亚戏剧故事，而被发现受到责罚的内容。此书"文革"前北京有两个单位的图书馆里都藏有，"文革"中丢失。像这样的资料，应该设法再从国外搜集。

现在国内有一些糊涂的、错误的看法，如认为《红楼梦》是一部"堕落的作品"，认为现实中有腐败、矿难、失学、欠薪、就医难等诸多迫切需要解决的问题，研究普及曹雪芹的《红楼梦》则是"吃饱了撑的"甚至是"精神堕落"。这种文化上的民族虚无主义的观点，轻视甚至抹杀传承民族文化传统的态度，以及把关注解决现实问题和长远地铸造民族魂魄的细致工程对立起来的想法和做法，我认为都是必须加以批评、劝导、纠正的。

在国内，应该做好曹雪芹和《红楼梦》的普及工作。

对国外，应该把曹雪芹和《红楼梦》作为一张光辉耀眼的民族和国家的文化"名片"，加以弘扬。

(本文为刘心武应外交部邀请演讲"研红心得"的内容提要)

推荐《红楼梦》周汝昌汇校本

人民出版社 2006 年 12 月第一版的周汝昌《红楼梦》汇校本，是一个非常珍贵的古典文学读本。

由于曹雪芹的《红楼梦》在流传的过程里，出现了多种不同的版本，18-19 世纪有手抄本，有木活字摆印本，到上世纪初有石印本，再后又有铅排本。为了便利读者阅读、研究，新中国成立以后，多次整理、出版《红楼梦》，有供一般读者阅读的"通行本"（即封面署曹雪芹、高鹗著的 120 回本），也有各种古本单本的排印本（有的加注释）或影印本，也出版过如俞平伯先生用几个古本互校的特色本，但一直缺少一部把现存诸多古本尽可能全部找齐，逐字逐句比较、研究、斟酌、取舍的汇校、精校的本子。人民出版社 2006 年 12 月第一版的这个经周汝昌先生在出版前再加精心厘定的汇校、精校本，补上了这个历史空缺，使全球的《红楼梦》阅读者和研究者，获得了一个弥足珍贵的《红楼梦》新版本。

周汝昌先生开拓这项工程，是在 1948 年，从胡适先生那里借到古本《脂砚斋重评石头记》（甲戌本）后，立即录副，与其兄周祜昌一起，迈出第一步的。其后历经半个世纪的岁月风云、人

辑三　红楼细处

生沧桑，坎坷备至，摧毁重来，周怙昌先生去世后，周汝昌女儿周伦苓又参加进来，一家两代三人，私家修书，克尽困难，终于大功告成，因最后由周汝昌先生定稿，此书汇校者只署周汝昌一人之名。

这个汇校本，是把他们在工作期间所能搜集到的十一个古本，逐字逐句进行对比、研究，再经讨论、斟酌，选出认为是最符合或最接近曹雪芹原笔原意的一句，加以连缀，最后形成的一个善本。汇校中还加以必要的注释，向读者交代，为什么选这样的字、这样的词、这样的句子，以及为什么要保留某些篇章、段落。比如我们一般人所读到的"红学所"的校注本（人民文学出版社 1982 年第一版），这个本子不是把现存古本逐一对照汇校，而是以一种古本"庚辰本"为底本加以修订的一个本子，它有优点，却也存在明显的缺憾——比如曹雪芹在全书第一回之前写的《凡例》，它只把其中很少的一点取用在第一回正文前面，用低两格的格式做一特殊处理。这样，就使得读这个本子的广大读者，不能读到完整的《凡例》，而周汇本《红楼梦》却完整地呈现出了曹雪芹写在第一回前面的《凡例》。类似的优点，周汇本比比皆是，不胜枚举。

初读周汇本，因为对已往印行的通行本印象已深，往往会有惊奇甚至不解的反应：这回目、句子怎么"眼生"呀？这字怎么会是"别字""错字"呀？但细读细思，特别是看了周先生加的注释，就能理解，那"眼生"的回目或句子，更接近曹雪芹的原笔，而有些字那么样地"不规范"，正说明曹雪芹当时创作这部白话小说时，往往不得不"借音用字""生造新字"，使我们懂得1919年以后的"白话文",有一个逐步演化、规范的过程。通过读这个周汇本,也能使我们对母语文本的流变有所领悟,这也恰是这个周汇本的一个特色。

周汝昌先生的学术观点,是认为曹雪芹大体写完了《红楼梦》,全书不是120回,80回后还有28回,全书的规模是108回;认为高鹗的续书违背了曹雪芹的原笔原意,应在出版上与曹雪芹的《红楼梦》切割开。因此他汇校的《红楼梦》只收80回。但为了一般读者能了解曹雪芹《红楼梦》的全貌,他将自己对曹雪芹《红楼梦》80回后的内容,多年来进行探佚的成果,浓缩成文,附在书后。这样,就使得这个本子不仅具有最接近曹雪芹原笔原意的特色,也满足了一般读者希望了解到曹雪芹的《红楼梦》全貌的愿望。

人民出版社所出的这个周汇本《红楼梦》,编辑精心,印装雅致,为广大的《红楼梦》爱好者、研究者提供了一个难得的汇总精校本。

耄耋老翁来捧场

我在哥伦比亚大学弘红次日,几乎美国所有的华文报纸都立即予以报道。《星岛日报》的标题用了初号字《刘心武哥大妙语讲红楼》，提要中说："刘心武在哥大的'红楼揭秘'，可谓千呼万唤始出来。他风趣幽默，妙语连珠，连中国当代文学泰斗人物夏志清也特来捧场，更一边听一边连连点头。讲堂内座无虚席，听众们都随着刘心武的'红楼梦'在荣国府、宁国府中流连忘返。"

我第一次见夏志清先生，是在1987年。那次赴美到十数所著名大学演讲（讲题是中国文学现状及个人创作历程），首站正是哥大。那回夏先生没去听我演讲，也没参加纽约众多文化界人士欢迎我的聚会，但是他通过其研究生，邀我到唐人街一家餐馆单独晤面，体现出他那特立独行的性格。那次我赠他一件民俗工艺品，是江浙一带小镇居民挂在大门旁的避邪镜，用锡制作，雕有很细腻精巧的花纹图样，他一见就说："我最讨厌这些个迷信的东西。"我有点窘，他就又说："你既然拿来了，我也就收下吧。"他的率真给我留下了深刻的印象。

这回赴美在哥大演讲的前一天，纽约一些文化名流在中央公园绿色酒苑小聚，为我洗尘，夏先生偕夫人一起来了。他腰直身健，双眼放光，完全不像是个85岁的耄耋老翁。席上他称老妻为"妈妈"，两个人各点了一样西餐主菜，菜到后互换一半，孩童般满足，其乐融融。

我演讲那天上午，夏先生来听，坐在头排，正对着讲台。讲完后我趋前感谢他的支持，他说下午还要来听，我劝他不必来了，两场全听，是很累的。但下午夏先生还是来了，还坐头排，一直是全神贯注。

报道说"夏志清捧场"（用二号字在大标题上方作为导语），我以为并非夸张，这是实际情况。他不但专注地听我这样一个没有教授、研究员、专家、学者身份头衔的行外晚辈演讲，还几次大声地发表感想。一次是我讲到"双悬日月照乾坤"所影射的乾隆和弘晳两派政治力量的对峙，以及"乘槎待帝孙"所表达出的著书人的政治倾向时，他发出"啊，是这样！"的感叹。一次是我讲到太虚幻境四仙姑的命名，隐含着贾宝玉一生中对他影响最大的四位女性，特别是"度恨菩提"是暗指妙玉时，针对我的层层推理，他高声赞扬："精彩！"我最后强调，曹雪芹超越了政治情怀，没有把《红楼梦》写成一部政治小说，而是通过贾宝玉形象的塑造和对《情榜》的设计，把《红楼梦》的文本提升到了人文情怀的高度，这时夏老更高声地呼出了两个字："伟大！"我觉得他是认可了我的论点，在赞扬曹雪芹从政治层面升华到人类终极关怀层面的写作高度。

后来不止一位在场的人士跟我说，夏志清先生是从来不乱捧人的，甚至可以说是一贯吝于赞词，他当众如此高声表态，是罕见的。夏先生并对采访的记者表示，听了我的两讲后，他要"重温旧梦，恶补《红楼梦》"。

到哥大演讲，我本来的目的，只不过是唤起一般美国人对曹雪芹和《红楼梦》的初步兴趣，没想到来听的专家，尤其是夏老这样的硕儒，竟给予我如此坚定的支持，真是喜出望外。

当然，我只是一家之言，夏老的赞扬支持，也仅是他个人的一种反应。国内一般人大体都知道夏老曾用英文写成《中国现代小说史》，被译成中文传到我们这边后，产生出巨大的影响。沈从文和张爱玲这两位被我们这边一度从文学史中剔除的小说家，他们作品的价值，终于得到了普遍的承认；钱钟书一度只被认为是个外文优秀的学者，其写成于上世纪40年代的长篇小说《围城》从50年代到70年代根本不被重印,在文学史中也只字不提,到90年代后则成为畅销小说。我知道国内现在仍有一些人对夏先生的《中国现代小说史》不以为然,他们可以继续对夏先生,包括沈从文、张爱玲以及《围城》不以为然或采取批判的态度,但有一点那是绝大多数人都承认的,就是谁也不能自以为真理独在自己手中,以霸主心态学阀作风对付别人。

周老赠诗有人和

和L君同往夏威夷一游,老友梅兄送我们到机场。领登机牌前,他把一个纸袋递给我,脸上现出顽皮的微笑,嘱咐我:"到了那边再看,在海滩上慢慢看。"

夏威夷跟我想象的很不一样。我以为那里很热,只带去恤衫,谁知平均气温多在二十五度上下,时有小阵雨,外套还是少不了的。我以为可以用"天然金沙滩,翻飞银海鸥"来形容那里的海滨风光,却原来那是火山岛,海滩本来全是被岩浆烧焦过的黑石头黑沙子,现在所看到的金色白色沙滩,全是从澳大利亚进口的沙子铺敷的。因为全境长期禁止捕鱼,近海生态特殊,并无海鸥飞翔,所看到的鸟类,大多是鸽子。我以为它已接近南太平洋,热带植被中必然多蛇,我最怕的就是蛇,自备了蛇药,但导

| 红楼眼神

游告诉我们:"这些火山岛全无蛇,如果说有,那只有两条,一条在动物园里,一条就在你们眼前——我,地头蛇啊!"我原以为夏威夷州花必是一种很特殊的热带花卉,没想到却是北京常见到的朱锦牡丹……

但夏威夷确有一种令人心醉神迷的风韵。那里的土著以黑为贵,以胖为美,人们见面互道"阿罗哈",无论是柔曼的吉他旋律,还是豪放的草裙舞,都传递给你充沛的善意与天真。

我们下榻的宾馆离著名的维基基海滩很近,散步过去,租两把躺椅一把遮阳伞,在免费的冰桶里放两瓶饮料,一身泳装,日光浴、海水浴交替进行,真是神仙般快活。我带去了梅兄给我的纸袋,靠在躺椅上,抽出了里面的东西,原来是一册纽约出版的中文《今周刊》,于是发现,有一整页刊登着与我有关的古体诗。

我赴美前,《北京晚报》已经刊载了周汝昌先生的《诗赠心武兄赴美宣演红学》:

前度英伦盛讲红,又从美土畅芹风。
太平洋展朱楼晓,纽约城敷绛帐祟。
十四经书华夏重,三千世界性灵通。
芳园本是秦人舍,真事难瞒警梦中。

《今周刊》将其刊出,重读仍很感动。但让我惊讶和更加感动的,是在周老的诗后面,《今周刊》一连刊登了四首步周韵的和诗。第一首就是梅兄振才的:

百载探研似火红，喜看秦学掀旋风。
轻摇扇轴千疑释，绽放百花四海崇。
冷对群攻犹磊落，难为自说总圆通。
问君可有三春梦，幻入金陵情榜中。

还有刘邦禄先生的：

锲而不舍探芹红，当代宗师德可风。
十杰文坛登榜首，一番秦论踞高崇。
揭穿幻象真容貌，点破玄关障路通。
三十六篇纾梦惑，薪传精髓出其中。

陈奕然先生的和诗则是：

劫后文坛一炮红，长街轻拂鼓楼风。
坚冰打破神碑倒，传统回归儒学崇。
真事隐身凭揭秘，太虚幻境费穷通。
阿瞒梦话能瞒众，还赖高人点醒中。

罗子觉先生和诗：

忽闻美协艺花红，纽约重吹讲学风。
芹老锦心千载耀，刘郎绣口万侨崇。
红楼梦觉云烟散，碧血书成警幻通。

嗟我息迟无耳福，不惭敬和佩胸中。

除了步周老韵的和诗外，还有七首诗也是鼓励我的，其中赵振新先生《无题》："早有才名动九州，伤痕文学创潮流。红楼今又开生面，攀向层楼最上头。"

当然，我深知，这些人士，有的是老友，有的是新识，有的尚未谋面，都属于我的"粉丝"，有的更取一特称叫"柳丝"；人做事需要扶持，出成果需要鼓励，一个篱笆三个桩，一个人至少需要三个人帮，国内海外皆有我揭秘《红楼梦》的"柳丝"，是我的福分。但我也知道，恨不得把我"撕成两半"的人士，也大有人在，国内见识过，海外未遇到，却未必没有。对于他们，我要说，难为他们花那么多的时间和精力，投入那么强烈的情感来对付我，凡他们抨击里的含有学术价值的那些成分，我都会认真考虑，但凡那些属于造谣污蔑人身攻击的话语，我就只能是付之一笑。我祝他们健康快乐，不要因为对我生气而伤身废事。

赏完那些诗，朝海上望去，只见翻卷的海涛里，冲浪健儿正在灵活而刚强地上下旋跃，就觉得，要向他们学习，做一个永不退缩的弄潮儿！

附录

诗赠心武兄赴美宣演红学

周汝昌

近悉作家刘心武先生应华美协进社之邀,将赴美在哥伦比亚大学宣讲《红楼》之《梦》,喜而赋诗送行,并以小文记此一事,或有愿闻者,故披露于报端,方家大雅,当有解味知音,亦可存也。诗云——

前度英伦盛讲红,又从美土畅芹风。
太平洋展朱楼晓,纽约城敷绛帐崇。
十四经书华夏重,三千世界性灵通。
芳园本是秦人舍,真事难瞒警梦中。

如今为了让年青一代读者易于理解,于此文末附以简释,逐句而粗为解说——

首句是说,刘先生2000年曾受英中文化协会和伦敦大学之邀,专赴伦敦讲了一次"红学",深受欢迎,影响远播。故第二句即言,今番又受邀专赴纽约去讲雪芹之书,《红楼》之学。"前度"者，暗用唐贤刘禹锡"前度刘郎今又来"之句，巧为关合。"畅芹风"，仿古人"大畅玄风"之语法（"玄"，指老庄哲理）。

第三句写飞渡大洋时，目睹云海朝霞，如红楼乍曙之气象。第四句之"绛帐"是借古代名师讲学时设绛帐，正可借为今之"讲座"语义。绛帐与朱楼对仗，自谓异常工巧。

以上为首联、颈联四句。以下腹联为第五、六两句了：上句何谓耶？——是说中华本有十三经是国粹，我则提出，应将《红楼梦》列为十三经之后一部重要经典，称之为十四经——有了这一经，华夏民族文化精髓又增添了重要的分量！下句则指明"红学"的宣演推广，将为世界各民族国家的交流融会带来新的美好前景。

尾联是点睛结穴之处：讲的是大观园"试才"时，清客相公题一匾曰"秦人旧舍"四字，宝玉听了，在他的评语中首次点破了全书中的一大秘密：此园此境，乃是"避秦人"的曾居之所——建园省亲而道出此等"逆语"，可骇可愕！而宝玉也忍不住说：这越发过露了，此是"避乱"之语，如何使得?! 雪芹在此，用了书中唯一的一处特笔，揭破"过露"的背后深层，正是政治局势双方较量而招致的巨变和大祸！

末句总结之意：由此可悟，雪芹原著开头即"自云"历过"梦幻"，故将"真事"隐去，假借灵石下凡而"敷衍"成一段"悲欢离合"的传奇故事——这隐去的"真事"，就是我们致力探佚的重要目标，亦即理解作者作品动机大旨、一切价值意义的唯一一把钥匙。

丙戌仲春之月

公众共享的红学

——马凯《孔方中观〈红楼梦〉》序

英国有莎学,研究莎士比亚及其剧作诗作,当然也会研究到莎士比亚身世。莎学有权威,有终生以莎学为业的研究人士,当然也形成了主流观点,但鲜有不许草根人物"插嘴"说"外行话"的学霸,更没有自以为具有裁判权的研究机构,任何人只要能自圆其说,都可以发表文章乃至推出专著,参与对莎士比亚这个英国国宝的研究。2000年我曾到英伦一游,在泰晤士河畔的环球剧场里,观看莎剧的演出。那剧场据说就是当年莎士比亚他们使用的剧场,当然早经多次翻修,但每次翻修都并不使其"现代化",环形看台上仍是粗夯的原木长凳,舞台仍是那么简陋,剧场当中的观看区域依然不设坐椅,甚至不铺地板,不敷水泥,不镶地砖,就是有着一层薄沙的泥土地,观众就站在那上面观看演出。我那回看的是由一个葡萄牙剧团以葡语演出的《罗密欧与朱丽叶》。没有开幕闭幕,进到剧场台子上已经装好布景,是一辆敞开车门的轿车,轿车旁有很高的桅杆,桅杆高处套着个小平台。开演由一群戏装人物排着队跟着最前面的敲鼓人踏步进场,由台下步上舞台,然后演绎我们都十分熟悉的那个故事。开头我很惊诧,现代小轿车的布景,怎能适宜那样一个古典故事?戏里的角色分明都穿着古装嘛！但往下看，渐渐被那新奇的手法吸引住，虽然听不懂葡萄牙语，但整个演出看来还是严格按照莎翁原本在往前推进。演员从轿车这边门进那边门出，表达空间转换，桅杆高处的小平台一会儿被当做小阳台，一会儿被当做了望塔，看去都觉得自然优美……戏演完了，全体演员又跟着最前的敲鼓人走下台来，在场子里转悠，观众则可跟随他们手舞足蹈，我也不禁参与其中，一直随鼓声出了剧场来到剧场外的河边……那一回，我深深地体味到，莎士比亚不仅是全体英国人，从皇室到贫民，从专家到菜贩，所共享的，也是全人类，从操葡萄牙语的，到操中文的，所共享的。

英国有莎士比亚，我们有曹雪芹的《红楼梦》，与之媲美，绝不逊色。《红楼梦》真是一部奇书，说它是中华传统文化的百科全书，绝非夸张。而且，它还有超时代的一面，其中有些内容，其实是反传统、超传统，而与我们今天的新意识接轨的。百多年来，对《红楼梦》的研究已经形成了一种专门的学问——红学。但红学的公众共享，则是近年来才逐渐彰显的。

公众共享的红学，近年来推出了不少妙论佳构。有的权威专家或嗤之以鼻，或竟恼羞成怒，大有"红学属我不得染指"的架势。但"百花齐放，百家争鸣"是必须遵循的文化政策，而且蔡先贤元培那"多歧为贵，不取苟同"的学术箴言越来越深入人心，又正如清代诗人袁枚所吟："苔花如米小，也学牡丹开。"就算权威专家是"牡丹"吧，其他的花蕾，包括如米粒般小的苔花，也有将自己绽放的研究权、表达权。

在这样的大背景下，我读到了马凯先生的书稿《孔方中观〈红楼梦〉》，这恐怕是一朵比苔花大得多也艳得多的红学新花了。从经济学、管理学角度研究《红楼梦》，早已有人开风气之先，但一直没有很深入、很细致。马凯先生的这部论著，有的内容是别人也表述过的，有的，则至少我是头一回看到，很有新鲜感。比如他通过文本细读，发现《红楼梦》中屡屡以"二十两银子"为论财的"口头禅"，这究竟是怎么回事？他给予了相当有见地的解释。他那"职场小红"的分析角度也是富于新意的。当然这部书稿也还有再加打磨的必要，比如他把贾府里老太太、太太、小姐、丫头等从"官中"领取的"月例银"一律称为"员工的工资"，就比喻不当。再比如他对柳五儿母亲柳家的判断，认为并非贾家世奴的后代，属于"自由民"，这是不对的。书里明明写出柳家的哥哥是荣国府门房当值的，这是家奴才会有的现象。而且之所以要谋求柳五儿到怡红院当差，也恰是因为柳五儿属于世代家奴的后代，到了年龄就必须"分房"（分到某主子居所当差），只是由于柳五儿素昔有弱症，才没及时"分房"。这些"毛刺"都不难打磨，相信经过打磨的书稿一定会更加精彩。

愿马凯先生的这部论著，能推动一般民众阅读《红楼梦》原著的兴趣，更能使红学进一步成为公众共享的一个学术领域。

2009年8月13日 绿叶居中

揭秘刘心武
——刘心武张越访谈录

2005年,《百家讲坛》栏目推出了大型系列节目《刘心武揭秘〈红楼梦〉》,著名作家刘心武先生从秦可卿原型入手,全新解读隐藏在《红楼梦》背后的故事。节目播出之后,在社会上产生了广泛影响,身为作家的刘心武为什么会走上红学研究之路?《红楼梦》对他的人生经历有着怎样的影响?而在《红楼梦》中最钟爱的人物形象又会是谁?敬请关注《百家讲坛》特别节目《揭秘刘心武》。

张越:我想问问您最早读《红楼梦》是在多大岁数看的?

刘心武:我想应该是在上小学的时候,因为我发现我父亲睡觉的床的枕头特别高,我就掀开枕头发现里面就有这个,还不是线装的,但是印刷年代非常古老,《红楼梦》,里面还有绣像。那我就觉得挺有意思,他怎么看这个,我看看行不行啊?我的父母他们觉得我小,是不提倡我看,但是真发现我从枕头底下薅出来看吧,他们也没有谴责我。所以我最早看应该就是在上小学,大概那个时候应该是十二岁这个段上。

张越:我觉得我也差不多,也是上小学开始看《红楼梦》的。

但是我看的时候我什么都看不懂，我也分不清这里边的人是男的是女的。关于贾宝玉到底是男是女可让我费了几年的心思，又管他叫宝哥哥，想必是男的；又老说他梳着一根大辫子，穿着一个红衣服，我想这肯定是女的呀，所以一直就没弄明白。一开始看《红楼梦》的时候看什么呀？翻那个特别漂亮的衣服，特别好吃的东西，以及再大点，看谈恋爱。我不知道您最早看《红楼梦》的时候，您爱挑着什么看？

刘心武：爱打架的那段。

张越：打架？

刘心武：闹学堂，闹学堂一般人现在都忽略不计。

张越：就几个小学童砍东西。

刘心武：对对对，因为我在学校里面是一个比较内向的，就是肢体语言比较少的人，我读这个时候我就觉得书里面人替我发泄了。还有那个醉金刚倪二那段我喜欢看，他是贾芸的邻居，是配角，跟贾芸他们家都住西廊下。别人会觉得很奇怪，但是因为我当时住在北京隆福寺附近，就有东廊下、西廊下胡同，《红楼梦》里面出现这个地名——西廊下，所以特感兴趣。这些地方，男孩子、女孩子区别还是太大了。

张越：不过您那个我觉得您找错书了，您那么爱看打架，您应该看《水浒》。

刘心武：是，后来当然也看别的了。

张越：后来到多大的时候，您觉得您开始能懂一点《红楼梦》这本书的味道了？

刘心武：我觉得那还是在青年时期了，应该说是在"文化大革命"的后期。那个时候看《红楼梦》就很安全了，因为毛主席对《红楼梦》发表了他的一些意见，后来评红是一件非常安全的事情，而且《红楼梦》又重印了，所以这个时候读《红楼梦》。读《红楼梦》我有自己的心得，就是那种人生的沧桑感。过去读，比如说里面有一个角色叫林红玉，小红，她说"千里搭长棚，天下没有个不散的筵席"，原来哪能被这种话打动啊？其实那个时候自己还很年轻，不是很老。不老，可是觉得好像经历了很多事情以后，人与人之间，人情淡薄，就开始琢磨这些东西，我觉得那个时候就开始读出味了。

张越：那您到什么时候开始觉得自己真的是懂得《红楼梦》了？我可以出来说说《红楼梦》了？

刘心武：坦率地说，直到今天，我也不敢说我就已经读通《红楼梦》了，敢出来说了，我再强调一下，是《百家讲坛》……

张越：都是我们逼的。

刘心武：对。一而再、再而三地非把我拉到这儿来讲，我一再跟他说我不讲。因为我没有自信，录的时候我很认真，我这个人是这样，要不我就不答应，答应以后我就挺认真，比如说今天这个节目，我既然答应了我就在这儿老老实实，你问我什么我能说我就都说，这么个人，所以我就挺卖力地在这儿讲。效果怎么样，我既没有预期，也没有预料到，它完全是一个无心插柳柳成行。有人说你想出名，其实说句难听的话，我早就出过名了，我不需要再出名了。（掌声）所以应该说是这么一个状态，到现在我觉得仍然还保持着一份敬畏之心，不敢说我把《红楼梦》就读懂读通了。我觉得越这样倒越好，因为我如果都觉得自己就完全都读懂读通了，我就正确了，在这儿讲《红楼梦》，我就是告诉你什么是正确的了，那就不是现在这个状态了。我就不会再去读了，因为我就觉得我全懂了还读它干吗？我还要读，我还是仍然充满了新鲜感，我觉得我可能还会有新的收获。

张越：那《红楼梦》这本小说中，您最喜欢的人物是谁呀？

刘心武：这个在我录的节目里面我已经说了，我说我最喜欢妙玉，这使很多人大吃一惊。王蒙，是我的一个同行，也是我的一个朋友，跟我私人通电话，他就曾经说，你怎么会选妙玉啊，妙玉最讨人嫌了，他最不喜欢的就是妙玉。

张越：清高、孤僻。

刘心武：是啊，很多人就这么理解，特别是被后四十回高鹗的续书给糟蹋了，连起来形成那样一个形象。其实我就觉得妙玉她是很不容易的，她很不容易。因为每个人喜欢什么的话，就是说他都有自己的个人原因，因为我的性格就是比较孤僻，不合群，我为自己的个性问题在人生当中遭受到好多挫折。其实说到底的话，外包装可能是觉得政治性或者是社会性的，其实就是性格悲剧，就是我的这个性格吧？其实我觉得我自己没有恶意，也挺好的，但是人家就觉得你，德行，是吧？所以现在我就觉得从妙玉这面镜子我看到自己。我喜欢她并不等于说我就觉得她是一个属于正面形象或者是一个应该去学习的楷模，不是那个意思，就是我觉得曹雪芹他对这个生命的解释，让我觉得最能接受。她的全部的优点、缺点、弱点，就像那个邢岫烟批评她，"男不男，女不女，僧不僧，尼不尼"，这是很尖刻的批评。但是妙玉身上有很多闪光的东西，因此我对自己也有一份自尊，一份自信，一份自爱。

张越：那我想问的就是，妙玉身上的什么东西让您如此喜欢和敬重？

刘心武：我觉得妙玉，因为从书里描写她具体的出身，她后来的生存状态来说的话，她保持一种个人尊严是很困难的，可是她保持下来了。比如说她已经到京城了，师父圆寂了，师父又不让她回南方，贾府要请她，她要求你下帖子，你可以说她拿架子，她就要贾府下帖子，你不下帖子，你这个权贵之门以势压人，我不去。再比如说她接待贾母，贾母第一句就说，"我不吃六安茶"，她是老祖宗嘛，她说话就可以爱怎么说怎么说，最慈祥的话和最专制的话，她想说她就说，妙玉就敢软顶她。而且妙玉早就防着她这点，这是妙玉聪明之处，我觉得很厉害。另外像林黛玉，谁敢说林黛玉俗呢？你说林黛玉小心眼、体弱多病，你敢说林黛玉俗？她还俗？那妙玉就不客气，点一句，"你是个大俗人"，不是一般的俗。在这种场合直来直去，在社会交往中敢使用这样的一种语言直抒胸臆很不容易,等等。所以我觉得妙玉的为人处世,她有一个前提,她在维护自己的自尊和自爱的前提下,并不去妨碍别人,她对别人没有进攻性,没有侵略性,甚至于根据我的探佚,她后来还能够去救助别人。所以我觉得这样的生命存在应该容纳。我呼吁我们社会要容纳怪人,要容纳社会边缘人,要容纳性格冷僻的人,要容纳内向的人,要容纳说话难听的人。

1977年,刘心武先生发表短篇小说《班主任》,成为"伤痕文学"的发轫之作,其后又陆续发表了《钟鼓楼》《四牌楼》《栖凤楼》等多部享誉文坛的作品。1993年,刘心武开始涉足红学研究,并以切入角度、研究方法和学术成果的与众不同而引起社会的广泛关注。

刘心武先生认为,《红楼梦》是一部具有自传性、家族史特点的作品,其中的许多人物在生活中都有原型,而秦可卿则是解读《红楼梦》的一把总钥匙,破解了秦可卿的生活原型,有利于了解曹雪芹真正的创作意图。他认为,秦可卿原型的真实出身是清朝康熙时期废太子胤礽藏匿在曹府的女儿,也就是一位尊贵的公主级人物。有关她的所有疑团都与她的这个真实身份有着密切的关系。刘心武先生为什么会得出这些观点?身为小说家的他会不会将学术研究与文学创作混为一谈了?而社会上的各种不同反响,他又会如何面对呢?

揭秘刘心武的红学人生,请继续关注《百家讲坛》特别节目《揭秘刘心武》。

张越：我先代表您的反对者问您一个问题。就是因为您进行的这种原型研究，在历史中去找寻人物来跟小说中的人物做对比，这样就使得您整个的研究带有了一种侦探小说的色彩，所以有些人质疑您，说您是不是在编故事？您是不是把您当作家的、写小说的才能给用在了学术研究上？对此您怎么看？

刘心武：我觉得他产生这样的想法，做出这样的评论是他的事，我不一定非要面对这样的问题再去寻找一个答案，因为我这个事已经做成了，我就是这么做的。我觉得现在实际上所有《红楼梦》研究者都遇到一个很大的困难，就是真实可靠的历史记载的欠缺。这是我们大家面对的一个共同问题，包括曹雪芹究竟是不是《红楼梦》的作者，起码最近出了两本书，一本就是有一个人他就认为是曹𫖯，可能是曹雪芹的父亲，但是曹𫖯是不是曹雪芹的父亲，也仍然没有过硬的史料能够鉴定这一点；还有一个人士，他主动把书寄给了我，他认为《红楼梦》的作者是洪昇，就是写《长生殿》的那个作者，都能够举出不少的旁证。所以我觉得就都应该尊重，虽然我是站在《红楼梦》的作者是曹雪芹这样一个立场上，从这点来出发研究的，但是我很尊重人家的不同看法。所以我觉得有人认为就是说我这个跟他不一样，我属于编故事，怎么怎么样，那我觉得他可以有这种看法，就好像我觉得，那个人说是洪昇，他也找些根据，我觉得他可以有他的看法。在一个社会上，对一个事物有多种多样的看法，供大家去选择，这个社会不才是一个和谐社会吗？

张越：其实您说的是一个比较开放和比较多元的学术心态，就是大家都可以来说自己想说的话。

刘心武：对。

张越：至于您相信哪一种，您可以去选择。

刘心武：对对对。

张越：我不知道为什么您会把《红楼梦》中的秦可卿这个人物，当成一个解读《红楼梦》的钥匙？

刘心武：这个有两个原因，有一个是非常私密的原因。我呢，你看我坐在这儿，基本上我自己的定位就是我是个北京人，因为我八岁到北京的，然后就没离开过这个城市。短期出去访问不算，我就定居在这儿了。但是我的诞生地是四川成都，四川成都什么街呢？育婴堂街，什么叫育婴堂？育婴堂就是养生堂。我不是养生堂的弃婴啊，我不是。（笑声）但是在抗战时期，我们当时经济条件比较差，那条街房子租起来比较便宜，我母亲就当时很艰苦地在那儿，都不是到医院把我生下来的，是在家里面，这样把我，请一个人把我接生出来的，所以我生在育婴堂街。因此我阅读《红楼梦》文本的时候，发现秦可卿是养生堂抱来的，我就跟别的读者不太一样，我就比较敏感，这当然是一个太私密的原因了。所以从小我对这个，读到这儿我就有一个心理反应，哎哟，养生堂，因为我母亲多次跟我说，育婴堂就是养生堂，这是一个原因。

还有一个原因，就是说我觉得她引起我的疑问最多。其他的角色当然都会有疑问，因为我是认为前八十回基本上是曹雪芹写的，后四十回高鹗是另外一回事。因此拿十二钗来说，除了秦可卿以外，那些人的结局怎么样也都是一些疑问，但是那些疑问不那么尖锐，秦可卿是一个在前八十回里面就已经死掉的一个人，而且在十三回就死了，可是她却留下那么多的疑问，所以引起我探秘的兴趣。

张越：把秦可卿跟历史上的真实人物找寻原型做研究，这种原型研究的方式是您发明的方式还是自古就有的一种研究方法？

刘心武：这个自古就有，古到什么程度我不敢说。其实我研究方法是两个，一个方法是原型研究。原型研究起码是从上世纪以来，中外文学界很常见的一种研究模式，比如说英国，一般认为《简·爱》这个作品就是作者自己带有自传性的作品；再比如说《大卫·科波菲尔》，一般就认为是狄更斯的自传性作品；比如像俄罗斯的列夫·托尔斯泰，认为他的《复活》里面那个聂赫留朵夫就是他自己作为原型，马斯洛娃，里面那个妓女也有一个原型；像巴金的《家》，巴金去世有一段了，这个前后有很多关于巴金的文章，都指出来，他的《家》群体原型就是他自己成都的那个家族，其中大哥觉新就是他的亲哥哥，所以这个原型研究不是我的什么发明，实际上是一种比较古典的研究方式。

我另外一个研究方法，就是文本细读。文本细读是上个世纪在西方出现的一个文学研究的流派，就是主张文本细读。你作为一般的读者可以粗读，而现在有一种叫做对角线的读法，更可怕，就是很大的一版文章，溜一下，就划一个叉子，他就算知道是怎么回事了。因为现在社会信息量很大,这也是一种读法。但是你要研究《红楼梦》的话就得文本细读,我使用文本细读,是用这两种方法的结合,结合起来以后我觉得有成果,很愉快,我就继续往下走。

张越:既然原型研究是早已有之的一种研究方式,为什么这次在这儿,咱们遇到了这么大的风波呢?

刘心武:我觉得这是因为现在有的人被称为是主流红学家,他们思想僵化了。我当然这样批评人家,我挺不好意思的,可是没办法,因为他先批评我。(笑声)你看我的那个讲座,我从头到尾有一句批评别人的地方吗?没有。是吧?而且我一再说我的不一定对,我说你的看法跟我不一样,我也很尊重。我记得还有一次还有一个细节,我说我给你作揖了什么的,好像都保留在剪辑出来的节目里面了。

张越:我们在节目里看见了,您一直在承认错误,说我说的不一定对,仅供参考。

刘心武:可是他们那么生气,我觉得他们就比较僵化。他们僵化就是他们把《红楼梦》的研究模式化了,他们制定了一种规范,而且把它凝固住了,不能流动了。比如他认为《红楼梦》就是一部阶级斗争教科书,你就在这个前提下研究就行了,研究的办法就是说,比如说以第四回为总纲,"四大家族"怎么压迫奴隶。

张越:护官符。

刘心武：研究护官符，这是很值得尊重的一种研究角度，而且观点它也自成其说，也非常有参考价值，但是你得容许别的人他有别的想法。因为他们经营那么多年，是吧？他是一个很强大的存在，觉得你怎么一下子闹腾这么欢，影响这么大，可能他不能接受。

张越：我想听听您的看法。就是整个揭秘《红楼梦》又引起巨大反响之后，您感觉在这个事件中，您觉得会让您感觉比较欣慰的事情是什么？让您觉得比较遗憾的一个状态是什么呢？

刘心武：比较欣慰的就是，我觉得好像确实引起了一些原来对《红楼梦》不感兴趣的，特别是年轻人他们，对《红楼梦》产生兴趣，这是我要达到的目的之一，我觉得这个意义很大。因为有一种说法就是说你原来是写《班主任》，你关注社会现实，现在你为什么不关注社会现实，你去关注《红楼梦》了？我就觉得在改革开放以后，随着西方文化的大量涌入——这种涌入是必要的，也是必然的，也是不可阻挡的，也是有好处的——但是在这种情况下，我们有的年青一代，他的时间完全用来看美国大片，看韩剧，或者看翻译小说，他们对中国的传统文化、古典就比较轻视，或者他没有轻视的前提，他就没工夫，没有兴趣。所以我通过我这样一个讲座和两本书，起到了为一个退休金领取者——这是我给自己的定位——所能发挥的余热。我这么大岁数了，《班主任》时候我三十多岁，现在我六十多岁了，我还能够引起一个轰动。这个轰动的效应之一使我欣慰，就是说有些年轻人原来不知道中国还有《红楼梦》这么有趣的书。先不说它多伟大，你可以先说它不伟大,但是它一样的有趣,我需要引起他的兴趣。你光说伟大没有用,因为我不懂伟大的东西,我也没罪,可是这么有趣的东西你不读,你不就,是不是?对不对?少了个乐子了吗?

张越:其实刘老师也已经间接地回答了另外一个问题,就是有很多人说他有点儿"不务正业"。他其实现在告诉我们了,他是一个退了休的老大爷,他的正业是颐养天年。在这种情况下,他干什么都可以算正业,是吧?您继续。

刘心武:我不是专业作家,我也不是有工作任务的人,我现在完全就可以过自己的退休生活。可是你看我还介入社会,而且介入到这种程度,引起大争议,所以我自己感到挺欣慰。

不欣慰、不开心的,就是我觉得我不太愿意再抛头露面,不太愿意再成为社会的一个热点。说良心话,咱们说真格的,我也不太愿意在招人喜欢的同时,又那么招一些人恨。可是这次就出现那个情况:喜欢的,确实喜欢得要命;不喜欢的,恨不得把我撕成两半,这不是我所希望得到的。实际上《百家讲坛》开头请我来讲的时候,我是很勉强的,我勉强在哪儿?就是对着摄像机讲,底下一些人,结果还播出来,我现在很怕。因为我当然跟像你这样的大明星还两回事,可是,你先别摇头,我也沾了点上电视的光。我到百货商场,说,哎呀,你是不是就是讲《红楼梦》的那个老头啊?是吧,我也能被人认出来,所以别光以为能认出你来,他们现在也能认出我来。可是我就特别难为情。还有我有一次表现特别,我现在挺后悔的,因为我到一家餐馆去吃饭,马上大堂经理就过来,刘老师,欢迎您,您是刘老师吗?我当时因为跟几个朋友，我就特不愿意让人知道，我说对不起我不姓刘。当时她脸上瞬间消失的笑容和她的尴尬，让我很意外，可是我也没纠正。

张越：您当明星当得不习惯。

刘心武：我该怎么呢？

张越：不能这样否认啊，千万不能啊。

刘心武：你教给我应该怎么办啊？你教我一招。

张越：一定要特别由衷地承认，我就是，再见，赶快跑。

刘心武：哦，还再见，赶紧跑。

张越：那您在面对其他的听众、观众的时候，您期待的那种态度，不管对方是同意您的看法，还是不同意您的看法，您愿意他的态度是什么样的？您愿意跟他们做什么样的交流？

刘心武：我没有办法控制别人的态度，我也觉得我没有资格去预设一个前提，你必须得对我什么态度。你既然做了这个事，什么态度你都得承受，比如说我到王府井新华书店去签名售书，有人背上贴着一个大红心，"刘心武骨灰级粉丝"，我看了吓我一跳，什么意思？是不是咒我呢？（笑声）人说不是，现在流行，年轻人，这是最铁杆的，叫"骨灰级"……这个挺可怕的，我岁数大一点，不习惯。（笑声）

张越：您没跟人家翻脸吧？人家可是好意。

刘心武：我差点没圆活脸变长活脸，后来听了解释以后才明白。

刘心武：还有一个，我看了以后不说吓一跳，也很吃惊，就是"我爱李宇春，更爱刘心武"。（大笑）

张越：显然我们都吓了一跳。这是一个多大岁数的什么样的读者？

刘心武：我没问她，但是我看样子大概有个十七八岁，高中生什么之类的。

张越：男孩还是女孩啊？

刘心武：是个女孩。

张越：您满意吗？对这个说法。

刘心武：我当时一愣，我谈不到满意不满意，因为首先李宇春我就不熟悉，我知道这个名字，但是她一首歌我也没听过，怎么会并列呢？这种我也得接受、承受，因为人家支持你。还有就包括比如说网上有，就是一种谩骂或者是一种，我觉得有点"文革"的大字报那个气息，人格侮辱或者是人身攻击什么的，那你也得承受，因为人家他就有这个想法，是不是？你没道理禁止人家，所以我现在的态度就是说我都承受，因为这个事是我做的，我讲了、播了、书出了，就好像一个色谱似的，从这一级到那一级当中的所有的各种各样的，好像那个钢琴的键，从高音到低音，那你就都得承受。我现在就是一个都承受的态度。

在《刘心武揭秘〈红楼梦〉》系列节目中，刘心武先生以其出众的语言能力征服了观众，赢得了红迷们的一致好评。有人甚至认为，《刘心武揭秘〈红楼梦〉》系列节目引发的热潮不断，与通俗、生动、悬念不断的刘氏语言风格有很大的关系，对此，刘心武先生是如何看待的？生活中的刘心武又是一种怎样的生活状态？揭秘刘心武的红学人生，请继续关注《百家讲坛》特别节目《揭秘刘心武》。

张越：其实来我们的节目讲《红楼梦》的学者不仅您一个，但是引起反响最大的是您一个，所以我就想除了您的研究的内容之外，其实它还跟一件事情有关，是您的表达方式。您的表达方式比较利于观众接受，所以大家听懂了，有兴趣了，那我就想跟您聊聊您的表达方式，比如您专门学过吗？演讲啊？训练过自己吗？

刘心武：我在接受这个节目的录制之前，跟编导接触，跟制片人接触，我很同意他们的一个定位。就是咱们电视，不是一个电视大学；《百家讲坛》，也不是电视大学，它就是一个跟普通老百姓、跟中等文化水平的人服务的，具有中等文化水平，甚至低一点都没事。当然你高文化水平的，你偶尔看电视也欢迎，但是咱们这个弦定的是普通人，芸芸众生。上了班挺累的，上着学作业好不容易弄完的，是给这些人，某种意义上来说看着玩儿的；就是讲学问，也是一种消遣、消闲的形式，去激发他们一些对学问的兴趣。所以我接受他们这个前提以后，跟他们合作就很愉快。就是说那我这个讲法，我就是让它有悬念，听了第一集我就留下一扣子，你就得第二集接着听；第二集结果我还有一扣子，当然有人就烦了，你这扣子太多了，成什么了？

张越：你说评书呢？

刘心武：就是有这个说法，我觉得《百家讲坛》不能搞成一个完全说书的形式，但是要吸收说评书的一些办法。所以现在《百家讲坛》我听说成为台里面一个收视率比较有保证的节目，一个板块，我也挺高兴的，如果我在当中能够起到一点作用的话，我也挺欣慰的。所以我是觉得我之所以能够使这个节目变得生动起来，其实跟你们台里面的总体节目定位，跟制片人和编导，跟他们的努力起了很大作用，我是在他们引导下做成的。其实说句老实话，我也曾经登上过很高级的讲坛，眼观鼻，鼻观心，煞有介事，我拿出个论文，三十五个脚注，是不是？言必及经典，言必及来源，但是那个对着谁呢？那是一个专业场所，那不是一个这样面对芸芸众生的一个演讲，所以我也是看人下菜碟。

张越：也就是说在做节目的时候，其实您是有意识地把这些学术研究用一个比较通俗的、有趣的方式表达出来。

刘心武：对，其实我所讲的，有人说你编故事，其实我都有依据。有人说你为什么不把你的依据讲出来呢？这是很麻烦的。你比如说我讲到秦可卿，她的原型，跟胤礽家族有关；胤礽他开头呢，为什么叫胤礽？后来为什么叫允礽？以及就是当时比如清朝有关的史料，我一一说明出处，是哪部书的第几页，或者我参考了哪些人的有关著作，那你想这个节目能播出来吗？播出来以后能有人看吗？是吧？毕竟这是《百家讲坛》，我不是要完成一个我的学术成果，也不是说听了我讲的人以后就纷纷做《红楼梦》的学问。他能够对《红楼梦》感兴趣，目的就达到了。

张越：我想可能学者们是担心，怕观众如果听说过很多其他版本的东西之后，把各种各样的版本混为一谈，把文学作品，把戏曲，把电影、电视剧跟真实的历史混为一谈。比方说你问一个小孩说，你讲讲清朝历史，康熙皇帝是什么样的人？小孩会跟你说，他是韦小宝的哥们儿，韦小宝有七个老婆，其中有一个是他妹妹，这就毁了，大概学者是担心这个。但是如果我们观众有足够的识别能力，我们知道是怎么回事，应该也不至于发生这种问题。

好，现在我们要给一点时间，给现场的观众，有愿意提问的，关于刘老师的红学研究，有愿意提问的，现在可以提问。

观众一：刘老师到《百家讲坛》来，揭秘《红楼梦》，揭秘秦可卿，他在红学当中又创了一个分支——秦学，对他这种钻研精神和研究态度，我也是很佩服。但是我就是根据我的水平，比较差一点，有个问题我不理解，我想问一个问题，就是刘老师怎么创意或者当时动机是什么？要研究《红楼梦》人物的原型？作为我这么一个普通的观众或者读者来讲，我一下子搞不清这个关系，知道了《红楼梦》人物的原型，对我们理解《红楼梦》、阅读《红楼梦》这本书，或者是研究《红楼梦》，它的关系在哪个地方？我想过很久，还没想出结果来，想请教一下。

  刘心武：问得非常好。这个问题是两个部分，一个就是我的研究动机，是否有不良动机。现在我就跟大家说，我没有不良动机，我觉得我的动机是良好的。因为我自己写小说，在写作当中就碰到一个问题，特别是80年代以后。上个世纪80年代以后，外国文学的翻译就越来越旺盛了，外国文学新潮传到中国来了，那个时候作家之间言必及比如马尔克斯、福克纳什么的，就是你见面不谈的话你就落伍了。很多作家也是进行揣摩，他们怎么写的，怎么魔幻的，怎么变形，或者怎么意识流等等，我自己也很热心，也参与这样一个过程，而且我从中也获得很多营养。但是我一想，我还是用母语写作的一个人，也不打算像有的作家到了国外就归化当地，用当地的语言写作，成为那个社会里面的一个少数民族作家，我也没走那条路，在中国我也还是坚持用自己的母语来写比较传统的写实性作品。这样我就觉得，我首先还是要向咱们中国自己的古典文学里面的经典作品来借鉴，首选就是《红楼梦》。特别是那个时候我正在构思我的第三部长篇小说叫做《四牌楼》，总体来说，这个小说的构思具有那个自传性、自叙性、家族史的性质，而《红楼梦》正好是这样一部书。怎么把自己掌握的生活素材，这些生活当中真实的人、活生生的人，把他转化为艺术形象，就从原型升华为艺术形象，这是我要完成的一个事，这是我的动机了。当然研究《红楼梦》就要反过来了，因为它是一个成品，它呈现在我面前的是一个曹雪芹写完的东西，我就要看看它这个人物形象从哪里来的，这样对我的创作有好处，所以这是我的动机。

第二个问题刚才问得特别好。您要写小说，你这么去探索，你去搞秦可卿原型研究，以秦可卿入手，把所有那些你感兴趣的人物你都研究了，对我们来说，我们听你这个有什么好处呢？我觉得呢，我在这儿还要再次声明，就是我的研究是很个性化的，是一个个案，绝对不要觉得我的研究就是一个标准，就是一个正确的东西，就是一个你必须接受的东西。我到电视台录这个节目的时候，我就一再声明这一点，没有这个意思。那你没这个意思，你又不保证正确，你讲给我们听干吗呢？我引起你对《红楼梦》的兴趣。

我就讲到我在英国的一个遭遇。我曾经2000年，应英国邀请到英国讲过《红楼梦》，而且也是比较高级的邀请，是英中文化协会邀请的，我在那个伦敦大学也讲了。我当时就有几天很苦闷，因为我在伦敦大学校园里面做了一个调查，碰见一个大学生或者是我觉得他是大学生，其实有时候他不一定是。我就问他，你知道曹雪芹吗？你知道《红楼梦》吗？我大概是问了有二十个人，回答都是不知道，为零。我碰到二十个人，我获得的结果是一个零。回来以后我就赌气，我就到北大去，未名湖畔，我也找二十人，我说你知道莎士比亚吗？知道《哈姆雷特》吗？我遭到的是什么样的表情啊？你这人半疯吧？我能不知道莎士比亚吗？还有一个女生后来就急了，我连《哈姆雷特》我都不知道啊？我还用得着在这儿上学，你哪儿的？你谁啊？但当时我就觉得，中国大学生应该知道莎士比亚，应该知道《哈姆雷特》，这点大家别误会，这么二十个学生都知道英国的文豪和英国文豪的代表作，我为此首先感到高兴，应该知道，我们知道得越多越好，但是这两个一对比，不是滋味，很不是滋味。

张越：感觉到强势文化和弱势文化的区别。

刘心武：但是我们的《红楼梦》本来是很强势的啊！写得那么好啊！二百多年前搁在世界文学，当时平行来看的话，它是一个高峰了，就长篇小说来说。可是我们的大学生对外国的作品那么熟悉，外国的那些大学生对《红楼梦》和曹雪芹就不知道，而且他们就不知道。他们非常有礼貌，SORRY，知道你是中国人，你的问题我很乐意倾听，您问的什么？噢，问的这两个，非常遗憾，我真不知道。他很难为情，他觉得他应该知道，给我一个满足，但是他就真不知道，他就可以不知道，你明白吗？就是它没有进入英国人的常识的范畴，而之所以北大学生跟我急，就是她认为这个莎士比亚、《哈姆雷特》，她觉得这是常识，不是知识。所以我觉得作为一个中国人，一个中国作家，我又喜欢《红楼梦》，我有责任，甚至于是跟我见到的每一个人，来告诉他曹雪芹伟大，《红楼梦》很好，你不没兴趣吗？因为我碰到一些人说《红楼梦》不就是本小说嘛！《红楼梦》有什么啊？不就是宝黛恋爱、调包计、黛玉焚稿、宝玉哭灵，他们都是戏曲改编的那个印象。《红楼梦》里面还有秦可卿呢，还有好多别的人物呢，你得知道，我是这么一个心思。所以我的目的就是引起大家去读《红楼梦》，您读了《红楼梦》以后，你的看法可以完全跟我不一样，但是呢，你应该读，你是中国人，《红楼梦》是我们自己母语写作的一个文学作品，咱们什么时候也不能忘记母语啊！是不是？（掌声）

张越：还有哪位？

观众二：我觉得通过在《百家讲坛》听您揭秘《红楼梦》，我有这样的想法，我觉得您的阅读能力是超凡的。我以往看书的时候，小的时候是一页一页地读；长大了，有点思想内容了，就一句一句地读；可是我觉得您读《红楼梦》是一个字一个字地读，您把每一个字都推敲得很精细。现在社会比较浮，那么您能够这么静下心来，一个字一个字地、认真地在学术领域里不断地研究、开发、推敲，好像给这个浮躁的年代起了点静音的作用，我是这样想的。而对我自己来说，也给我一个很好的示范作用，我认为读书、做学问就是应该这样一丝不苟的。就说这么多。

张越：好，谢谢。

观众三：刘老师您好，就是说我看过你的不少的作品，但是我觉得可能这个秦可卿在里面是一个非常重要的人物，但是你对他的原型考证，同意你这种做法，但是你对很多的人物进行原型考证，我觉得是不是都要进行原型考证？如果说都要进行原型考证的话，我们现在的作家，把自己的原型都写在那个地方，然后封起来，若干年以后我们拆开来看，看后代的人对他的考证，是不是和原来是一样的。就是作者可以未必然，读者未必可以不然，所以说我觉得原型考证有的时候是不是说不能占为主体？

刘心武：意思就是说原型是不是一个普遍推及的，对任何作品都要做这样的研究？当然不是！不但原型研究不可以推广到任何作品，而且对《红楼梦》这样一部具体作品，或者任何一个具体作品都可以有不同研究方法，一定要有一个多元前提。《红楼梦》

我是从原型研究和文本细读入手来进行解读，这只是我个人选择的一种方法，其他的人可以用完全不同的方法来研究《红楼梦》，而且我个人也没有说《红楼梦》里面所有的角色都要进行原型探索，比如它里面的空空道人、癞头和尚、跛足道人，是不是有原型的？我就没有进行原型研究，我认为这个可能就是作者想象的一种人物，所以没有那个意思。

张越：刘老师的意思是说找原型研究也得看那个作品的性质是什么。

刘心武：对。

张越：完全虚构的小说不能进行原型研究。《红楼梦》是一个有自传性元素的小说。

刘心武：对。

张越：若干年后，您如果研究《四牌楼》，您可以用原型研究的方式。

刘心武：她说得没错。

观众四：刘老师您好，主持人您好，我第一次读《红楼梦》是在中学的时候，那时候可能年纪小，也没有太多的像刘老师这样的高人指点，基本上可以算没有读懂，因为我当时的印象就是说里面的诗好多，词好华丽。在大学之后，因为图书馆书很多，所以读了好多像周汝昌周老先生的书，然后也读了一些刘老师的文章,对《红楼梦》有进一步的兴趣。但是那时候再读《红楼梦》的时候,又根据书里面一些说法然后再去找,看你们说的是不是那么回事的那么一种心态。然后现在又看了《百家讲坛》这一系列您的讲座之后,对《红楼梦》又想再次读它一遍。我就想请问刘老师,您对我们这样,对《红楼梦》的认识不是特别深的这些年轻朋友,再读《红楼梦》的话,您有什么建议?谢谢。

刘心武:我的建议很简单,就是说,要尊重《红楼梦》,要读《红楼梦》,要能够从《红楼梦》发现乐趣,能够在阅读当中得到快乐。至于说你读了以后会产生什么样的一些想法,你的审美最后产生什么样的效果,那是你个人的事情,那有很多因素所决定,那个我就不管了。我的目的就是引起你去重读。这次在美国,夏志清先生因为他坐头排听我演讲,上午听了下午还要来,我说您是不是下午就别来了,大热天的,纽约已经开始热了,他还来,来了以后坐头排,他还几次叫好。然后他接受记者采访,他说听刘心武的这个以后,我要恶补《红楼梦》,重温《红楼梦》。我听了很激动,因为我觉得他是专家,还不是一般的读者。如果我的演讲真的能够唤起大家兴趣的话,我的目的确实就达到了,真是不一定非得接受我这些具体的观点。

张越:千言万语,其实还是那句话,就是您同意不同意他的研究都没关系,他的目的无非是想让您觉得这个《红楼梦》挺有意思的,我回去看看,如此而已。

刘心武:对对。

张越：那您目前的工作，您称之为很边缘的工作，是由哪几部分组成的？

刘心武：我的工作是四部分组成：

第一，就是说我当年是以写小说引起大家注意的，所以我继续在写小说。就在这个月，我还在《羊城晚报》，它有一整版的《花地》，发表六千字的小说。六千字小说是很典型的短篇小说了，是我从美国访问回来以后写的，所以我不断发表新的小说作品。

第二项工作，我写大量随笔。我这些随笔多数都是排解我自己心中的郁闷，因为现在社会压力太大，得忧郁症的人很多，心理问题很多。我经常对自己进行心理卫生清理，所以我首先是写给自己和自己的亲人，以及那些跟我境遇相同的人，然后大家共同地做心灵体操。我记得我在十几年前写过一篇叫做《五十自戒》，这篇文章当时在一定范围之内有一定影响。讲的是我觉得我五十岁了，我会不会变成这样一个人，突然坐在客厅沙发上，想到自己已经不那么有名了，现在出名的作品都是别人写的了，特别是年轻的，开始叨唠年轻人如何不对。我说我要警告自己，不要这样生活。我现在可以很欣慰地给自己一个评价，我觉得十几年来我没有那样生活，我不嫉妒年轻人，我不嫉妒那些现在销量比我大的小说作家，不嫉妒那些排行榜上的作家，不嫉妒那些新获奖的作家，我继续做自己的事，这个当中我也通过随笔不断调解自己的心理，还有怎么看待社会上这些情况。这是第二个工作。

第三个，我写建筑评论，这个很多人不知道，这算文学吗？这个东西就是跨领域的一种书写，我已经出过两本书。

第四，《红楼梦》研究。我研究的大的方向其实主要是私淑一个红学大家，就是周汝昌先生，我是在周汝昌先生的指导下完成我的秦学研究的。我们这个研究是有两个最根本的出发点，说起来非常简单，一个是我们坚持让大家注意，就是《红楼梦》是曹雪芹的前八十回是一回事，高鹗是一个续书者，他的后四十回是另外一回事，这两个人不认识，生活的年龄段也不一样，没有过交往，因此就是说高鹗你说他续得好那也是他一个续书好，所以我们研究就是研究前八十回；第二个，我们前提就是认为前八十回、现在流行的版本也不好，所以你看我在我的讲座里面一再提到古本《红楼梦》。现在我就要告诉你，我现在正在做一件什么事？我就打算把周先生，他和他已经去世的哥哥，叫周祜昌，还有他们的女儿，用了半个多世纪所完成的，把十三种古本《红楼梦》，一句一句地加以比较，然后选出认为是最接近曹雪芹或者符合曹雪芹的原笔原意的那一句，构成了一个新的版本，这个版本现在很寂寞，虽然已经正式出版了，但是很寂寞。我打算向特别是年轻的读者推荐这个版本，我做一个评点或者导读，或者不叫评点也不叫导读，叫比如说推介或者怎么样，这个符码还没有想好，现在也有出版社跟我在联络中，我要做这件事。这样的话，并不是说我们最后这个版本一定是最好的，但是我们努力地把我们这一个共同观点的这些研究者或者爱好者，把我们的成果奉献给这个社会，奉献给读者，特别是年轻读者。

张越：这是您的边缘工作的四项，您的边缘人生主要包括些什么内容？

刘心武：我边缘人生中一个非常重要的内容，就是到田野里面画水彩写生画，这构成我生活当中一个非常大的乐趣。我为什么在农村？我农村有一些村友，有的村友跟我特别好，他们腾出功夫以后就带我过去，因为他们知道哪儿还有些野景、野地。现在这种地方是越来越少，真是一年比一年少，开发商不断地去获得那些土地的使用权。但是，我要双手合十，就是在我选择的书房附近还有残余的湿地，还有一些具有野趣的田园。我去到那儿画水彩画，是我生活当中非常大的一个乐趣。

张越：就是说也许某一天，我们也会看到您的画册。

刘心武：这个不敢说，这个主要是自娱。

张越：充分证明了大家的一个观点，就是"不务正业"；同时也说明，其实每一项"不务正业"都是正业。

刘心武：对。

张越：谁规定一个人只能干什么和必须干什么？

刘心武：对。（掌声）

张越：那我们想简单地跟您讨论一下今后，因为我们都听了您讲秦可卿，讲妙玉，讲元春，那我们不知道您还会不会再到《百家讲坛》来讲《红楼梦》？如果再讲，您更愿意讲谁？

刘心武：可以考虑，但是我也不知道是不是听众感兴趣？

张越：那就现场征求一下意见吧，大家感兴趣吗？

观众：感兴趣。

张越：那看来只好这样了。

刘心武：要尊重，因为你一旦在社会上做一件事，使你这个行为社会化了，要老老实实听从社会的多数人的，尊重他们的愿望，听取他们的意见。

张越：好，那我们就期待着刘心武老师进一步的更加有趣的揭秘《红楼梦》的讲座。好，今天感谢各位的参加，也谢谢刘老师！

刘心武：谢谢你，谢谢大家！

（此节目于2006年在CCTV-10播出）

周汝昌先生赠诗

《百家讲坛》开播刘心武《红楼梦八十回后真故事》前夕周汝昌先生赠诗：

喜闻名作家刘心武先生再登央视讲红楼

新红鲜绿倩谁栽，一望荒原事可哀。
可喜春风吹又到，种桃培杏满园开。

为有源头活水生，顺流千里百花荣。
新枝独秀添新意，开辟鸿蒙最有情。

不贵雷同贵不同，百川归海曰朝宗。
也曾一掌思遮日，无奈晴空有九重。

探佚缘何用力勤，草蛇灰线重千斤。
当仁不让真侠义，首尾全龙慰雪芹。

庚寅新正廿五日定稿

刘心武创作简历

1942年出生于四川省成都市，1950年后定居北京。

曾当过中学教师、出版社编辑、《人民文学》杂志主编。

1977年11月发表短篇小说《班主任》，被认为是"伤痕文学"发轫作。短篇小说代表作还有《我爱每一片绿叶》《黑墙》《白牙》等。

中篇小说代表作有《如意》《立体交叉桥》《小墩子》等。

长篇小说有《钟鼓楼》《四牌楼》《栖凤楼》《风过耳》等。

1985年发表纪实作品《5·19长镜头》《公共汽车咏叹调》，再次引起轰动。

1986-1987年在《收获》杂志开辟《私人照相簿》专栏，开创图文相融的新文本；1999年推出图文融合的长篇《树与林同在》。

1992年后发表大量随笔，结为多种集子。

1993年开始发表研究《红楼梦》的论文，并将研究成果以小说形式发表，陆续出版多部专著，2005年修订增补为《红楼望月》；同年在中央电视台《百家讲坛》录制播出《刘心武揭秘〈红楼梦〉》系列节目，至2008年前后播出44集；这期间陆续出版同名专著四部，产生强烈反响。

1995年后开始尝试建筑评论；1998年由中国建筑工业出版

社出版《我眼中的建筑与环境》；2004年由中国建材工业出版社出版《材质之美》。

作品多次获奖，如长篇小说《钟鼓楼》获第二届茅盾文学奖；短篇小说《班主任》获1978年全国首届优秀短篇小说奖第一名，此外短篇小说《我爱每一片绿叶》和儿童文学《看不见的朋友》《我可不怕十三岁》都曾获全国性奖项；长篇小说《四牌楼》还曾获得第二届上海优秀长篇小说大奖。

1993年出版《刘心武文集》8卷，至2009年8月在海内外出版的个人专著以不同版本计已达174种。

若干作品在境外被译为法、日、英、德、俄、意、韩、瑞典、捷克、希伯来等文字发表、出版。